HÖLLISCHER GOTT

LUZIFERS GEFÄHRTIN #3

ELIZABETH BRIGGS

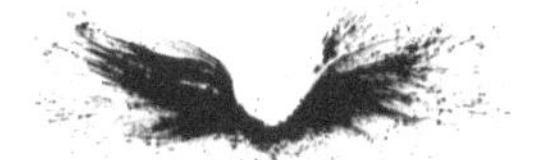

Umschlagentwurf von Sylvia Frost, thebookbrander.com

www.elizabethbriggs.com
Deutsche Übersetzung: Well Read Translation

ISBN ebook: 978-1-948456-34-0

ISBN paperback: 978-1-948456-29-6

1

LUZIFER

Der Himmel war einst wunderschön gewesen. Doch nun war er so trostlos wie meine Seele.

Seit Monaten war ich hier zwischen den verlassenen Ruinen dieser einst großartigen Zivilisation gefangen, unter einer Sonne, die niemals wirklich unterging. Obwohl ich vor Tausenden von Jahren hier geboren worden war, hatte mich das lange Leben in der Hölle verändert. Ich sehnte mich verzweifelt nach der Nacht, nach auch nur einer Minute völliger Dunkelheit, aber so etwas gab es im Land des Lichts nicht.

Alles, was ich spürte, war ein glühender Zorn, der unter meiner Haut brodelte und mich anstelle von Nahrung, Wasser oder Schlaf antrieb. All das brauchte ich nicht mehr, jetzt, da ich ein Altgott war. Ich war zum Krieg geworden, dem zweiten Reiter der Apokalypse, und meine Aufgabe war es, Chaos und Zwietracht zu säen – sobald ich es schaffte, zu entkommen. Ich musste einen Weg zurück in die Menschenwelt finden, um die Frau zu finden, die mich hier eingesperrt hatte. Um sie zu töten.

Während ich den Blick über den schimmernden Ozean vor mir schweifen ließ, strich ich Strife, meinem einzigen Gefährten an diesem trostlosen Ort, über den Hals. Der Geruch von Schwefel und der Klang der Hufe auf dem Stein waren mir während unserer Zeit hier so vertraut geworden wie der eigene Atem. Wie ich brauchte auch mein treues Pferd keine Nahrung, und egal wie schnell oder angestrengt er galoppierte, er wurde niemals müde oder gar erschöpft. Er war plötzlich erschienen, nachdem ich zum Krieg geworden war, und obwohl er nicht sprechen konnte, hatten wir eine Verbindung, die ich zwar nicht verstand, aber auch nicht in Frage stellen konnte. Ich war der Reiter, und Strife war mein Ross. So einfach war das.

Ich trieb Strife über den weißen, schimmernden Sand in Richtung der fließenden Wellen. Er bewegte sich schneller als jedes andere Pferd, so schnell wie die Sportwagen, die ich einst gefahren hatte, als ich noch unter den Menschen gelebt hatte. Gemeinsam waren wir so lange durch den Himmel geprescht, dass die Tage nur so dahinflogen, während wir nach einem schmalen Streifen zwischen den Welten suchten. Wir hatten uns alle Orte im Himmel angesehen, von denen ich wusste, dass sie einst Portale zu den anderen Sphären gewesen waren und an denen ich möglicherweise meine Kräfte einsetzen konnte, um zur Erde durchzubrechen. Alle bis auf einen.

Das Bermuda-Dreieck, treffenderweise auch bekannt als das Teufelsdreieck. Es gab einen Grund dafür, dass dort immer wieder Menschen verschwanden. Ich hoffte, mir das zunutze machen zu können.

Weißglühende Wut brannte in meinen Eingeweiden, als ich an die Frau dachte, die mich hier eingeschlossen hatte. Ich zwang Strife mit meinen Waden und Fersen, schneller zu laufen, mehr Tempo vorzulegen. Alles, um uns von diesem Ort fortzubringen, damit wir unsere Vergeltung in die Tat umsetzen konnten.

Ihr betörendes Gesicht hatte meine Gedanken beherrscht, seit sie durch das Portal verschwunden war und mich mit Strife im Himmel eingeschlossen hatte. Ich konnte nicht aufhören, darüber nachzudenken, was ich mit ihr machen würde, sobald ich sie gefunden hätte. Ich würde sie meinem Willen unterwerfen, sie in die Knie zwingen, sie für ihre Taten büßen lassen. Ich würde sie vollkommen vernichten. Und dann würde ich ihre Welt vernichten.

Schon bald würde sich der Krieg über die Erde ausbreiten, und dann in alle anderen Sphären. Engel, Dämonen, Menschen, Feen – niemand würde von meinem Zorn verschont bleiben. Alle würden sie sich vor mir verneigen. So wie es immer hätte sein sollen. Wie es mir zustand.

Ich war der König der Dämonen. Ich war ein Reiter der Apokalypse. Ich war ein Gott.

Ich trieb Strife in die Wellen, wo seine Hufe über die Oberfläche des Wassers glitten. Er konnte über Meer oder Land laufen, über Wüste oder Schnee, es spielte keine Rolle. Ich breitete meine Flügel aus, als wir über den dunkelblauen Ozean jagten, und genoss das Gefühl des Salzwassers auf meiner Haut und meinen Flügeln. Ich hielt mich mit den Knien fest und breitete die Arme aus, genoss die Kraft, die mich durchströmte. Der Krieg hatte mich gestärkt, mir eine göttliche und rechtmäßige Bestimmung verliehen. Niemand konnte sich mir widersetzen. Nicht mehr.

Nach stundenlangem Ritt über die Wellen spürte ich etwas vor uns, eine Veränderung in der Luft, ein Kribbeln auf meiner Haut. Mit jedem Schritt kamen wir näher, und ich wischte mir zum tausendsten Mal das Salzwasser aus dem Gesicht, während ich mich auf die kleine Insel mit der unverkennbaren magischen Eigenart konzentrierte.

Vor langer Zeit hatten die Reiche des Himmels, der Hölle und der Feen beständige Tore zur Erde, und an diesen Orten waren uralte Monumente errichtet worden. Als diese Tore geschlossen wurden, wurden viele der Stätten zu uralten Ruinen, wie Stonehenge oder Chichen Itza. Andere gingen mit der Zeit verloren, wie die Hängenden Gärten von Babylon oder der Leuchtturm von Alexandria. Dieser Ort gehörte zu den letzteren, eine Insel, die auf der Erde nicht mehr existierte, obwohl sie hier im Himmel weiterhin bestand.

Mit meinen Knien drängte ich Strife auf den Sand. Uralte Steine einer einst großen Zivilisation ragten vor mir auf. Diese Insel war lange vor der endgültigen Schließung des Himmels durch Erzengel Michael verlassen worden, und alles, was übrig geblieben war, waren ein paar bröckelnde Säulen und Steinmauern, die von Ranken überwuchert waren. Palmen und üppige grüne Vegetation hatten die Oberhand gewonnen, aber Strife hatte kein Problem, sich einen Weg hindurch zu bahnen, bis wir die Inselmitte gefunden hatten. Die großen Steine hier bildeten einen Kreis um einen dünnen Lichtstreifen, der wie ein klarer Sonnenstrahl in der Luft hing. Er war nur ein winziger Riss im Schleier zwischen den Welten, aber er musste genügen.

Strife scharrte auf dem sandigen Boden ungeduldig mit den Hufen und stieß feurigen Atem aus den Nüstern. Auch ich spürte es. Die Menschheit. Verzweiflung und Verfall, mit einem starken Hauch von Leidenschaft und Angst. Das Gefühl ihrer Welt zog mich an. Ich hatte meinen Weg zur Erde gefunden. Bald würde ich meine Rache bekommen, meine glorreiche Vergeltung.

Ich berührte den Lichtstreifen und trieb meine Kraft hinein, wobei ich auf die beträchtlichen Reserven zurückgriff, die mir als dem Altgott Krieg zur Verfügung standen. Uralte Zauber bildeten eine Schranke zwischen den Welten, deren Grenzen ich durchbrach, und so riss ich die Öffnung weiter auf. Licht brach hindurch, als ich das zerklüftete Portal spaltete, bis es groß genug war, um hindurchzutreten.

Strife stürmte ohne zu zögern vorwärts, und wir passierten das Portal. Das Wasser spritze von seinen Hufen, als wir inmitten des Ozeans die Erde erreichten. Die Insel war vor langer Zeit aus den dunklen Tiefen des Meeres aufgetaucht. Ich atmete tief die frische, salzige Luft ein, als die Sonne unter den Horizont sank und der Himmel sich verdunkelte. Endlich, die herrliche Nacht.

Der Mond und die Sterne erschienen am Himmel, während Strife über das dunkelblaue Wasser galoppierte. In Richtung meines Königreichs in Las Vegas. In Richtung der Frau.

Es war an der Zeit, Rache zu nehmen und meinen Thron zurückzuerobern. Dann konnte meine Apokalypse beginnen.

2
___

HANNAH

Die Hitze war im Mai in Las Vegas enorm, aber als Engel genoss ich sie. Die Wärme der strahlenden Sonne über mir war eine der wenigen Annehmlichkeiten, die ich in diesen Tagen hatte. Wenn ich ehrlich war, so war das Leben ziemlich miserabel, seit ich Luzifer im Himmel eingeschlossen hatte. Da der Krieg ihn eingenommen hatte, war er dort am sichersten. Ich wusste das, aber ich hasste jede Sekunde, in der er nicht da war. Solange ich jedoch keinen Weg fand, ihn vor sich selbst zu retten, würde sich das wohl auch nicht so bald ändern.

Sechs verdammte Monate und immer noch kein Ansatz einer Lösung. Außerdem war es nicht gerade hilfreich gewesen, dass ich in den ersten drei Monaten kaum mehr getan hatte, als zu schlafen und mich zu erbrechen. Übelkeit am Morgen, Übelkeit am Nachmittag, Übelkeit am Abend, die ganze verdammte Zeit Übelkeit, und meinem Körper war es egal, dass Luzifer weg war und jemand die Herrschaft übernehmen musste.

Diese Person war natürlich ich – schwanger, erschöpft und untröstlich, wie ich war. Ich hatte es kaum geschafft, alles unter Kontrolle zu halten, aber irgendwie gelang es mir.

Ich wurde zur Dämonenkönigin.

Mit tatkräftiger Unterstützung meiner Freunde. Alle hatten mir in der Zeit der Not zur Seite gestanden und sich alle erdenkliche Mühe gegeben. Azazel beschützte mich und bewahrte mich davor, den Verstand zu verlieren. Samael und sein Assistent Einial kümmerten sich um die geschäftlichen Belange und hielten die anderen Erzdämonen bei Laune. Olivia und ihre Engelsgefährten wurden zu meinen Vermittlern bei den Engeln, während mein jüngster Sohn Kassiel mir dabei half, alles über die Vier Reiter herauszufinden, was ich konnte. Sie alle waren meine Familie – aber sie konnten die Leere, die Luzifer hinterlassen hatte, nicht ausfüllen.

Ich holte tief Luft und atmete den Duft der Blumen um mich herum ein, der von dem anderen Projekt stammte, mit dem ich in den letzten Monaten beschäftigt gewesen war – Persephones Garten. Die neueste Oase der Entspannung im Celestial Resort and Casino stand kurz davor, der Öffentlichkeit in ihrer ganzen Pracht präsentiert zu werden. Es gab nichts Vergleichbares auf dem Vegas Strip, eine üppige grüne Fläche mit bunten Farbtupfern, die eine ruhige Oase inmitten der Wüstenstadt bildete. Die Natur tat ihr Übriges, mit ein wenig Hilfe von mir. Ich hatte alle meine Lieblingspflanzen gepflanzt, von Olivenbäumen und Trauerfeigen bis hin zu Lilien, Veilchen und Schwertlilien. Mein Lieblingsplatz war eine steinerne Bank, umgeben von Persephones Markenzeichen, der Narzisse, auch bekannt als Osterglocke.

Es fehlte nur noch eines – ein herrlicher Wasserfall. Ich ging den Pfad entlang und genoss den feinen Wassernebel, der meine erhitzte Haut beruhigte. Sobald er fertig war, würde der Wasserfall einen Tunnel bilden, der es den Gästen erlaubte, unter ihm hindurchzugehen und andere Teile des Gartens zu betreten. Das Einzige, was noch nicht fertig war, war die verborgene Grotte dahinter, die zwar nicht für die Hotelgäste gedacht, aber vielleicht das Wichtigste sein würde, was ich je erbaut hatte.

Stolz erfüllte meine Brust. Luzifer hatte mir diesen Fleck geschenkt, und ich hatte in den letzten Monaten bei der Gestaltung dieses Gartens einen Ort gefunden, an dem ich glücklich war. Ich hatte ihn mit Leben und Schönheit erfüllt, und obwohl ich den Duft einiger Blumen erst jetzt ertragen konnte, war es mein Reich. Ein Ort, an dem ich ganz ich selbst sein konnte, an dem meine Zeit und meine Energie nicht gefordert waren, an dem ich mit meinen aufgewühlten Gefühlen allein sein konnte.

Oder fast allein. In ebendiesem Augenblick hatte meine allgegenwärtige Gargoyle-Garde sich in einem Muster aufgestellt, von dem sie meinte, dass es mich an diesem Ort am besten schützen würde. Sie waren nicht aufdringlich, aber sie waren immer in der Nähe, meist in ihrer menschlichen Gestalt, um die Hotelgäste nicht zu erschrecken. Im Falle einer Bedrohung würden sie sofort Flügel und Krallen ausfahren und ihre Haut zu Stein werden lassen, um mein Leben und das der kostbaren Fracht, die ich trug, zu schützen.

Die Ironie des Ganzen war mir nicht entgangen. Vor nicht allzu langer Zeit hatte ich im Penthouse einen Gargoyle nach dem anderen getötet, als sie mich angegriffen hatten, und nun waren sie meine wertvollste Schutzmacht. Wie sehr sich die Dinge doch verändert hatten.

„Hannah", erklang Azazels Stimme vom anderen Ende des Gartens. Sie war in der Nähe der Lilien und verströmte deren Duft, als sie näher kam.

Ich strich mir mit der Hand über den Bauch und drehte mich zu meiner besten Freundin um. Als ich das tat, trat meine Tochter mich, und ich lächelte wegen der Erinnerung an ihre Anwesenheit. Doch dann verblasste mein Lächeln, denn ich wünschte mir, dass Luzifer bei uns sein könnte, um ihre ersten Bewegungen und die Freude zu erleben, die sie mit sich brachte.

Ich war fast am Ende des zweiten Trimesters angelangt. Er hatte schon so vieles verpasst. Ich hatte noch nicht einmal die Gelegenheit gehabt, ihm zu sagen, dass ich schwanger war, geschweige denn, dass ich eine Tochter trug.

„Die Erzdämonen haben sich zu einer Zusammenkunft versammelt", sagte Azazel. Ihr dichtes Haar war zu einem Zopf geflochten, und ihre dunkle Haut schimmerte in der untergehenden Sonne, vor der sie selbst mit der Sonnenbrille die Augen zusammenkniff. Es war später geworden, als ich gedacht hatte, und bald würde es dunkel werden. Das war der Zeitpunkt, an dem die Dämonen in Las Vegas zum Vorschein kamen. Meine Dämonen.

Ich nickte, zuckte aber ein wenig zusammen, als mein Baby erneut strampelte, dieses Mal mit dem Fuß gegen meine Rippen. Sie war jetzt schon sehr kräftig. Ähnlich wie die Tochter, die wir einst verloren hatten. Manchmal fragte ich mich, ob es dieselbe Seele war, die zu mir zurückkehrte und mir eine zweite Chance gab, ihre Mutter zu sein. Natürlich konnte ich das nicht wissen, aber der Gedanke gab mir ein kleines bisschen Frieden.

Dieses Mal würde ich sie nicht verlieren. Wenn Adam ihr dieses Mal etwas antun wollte, würde ich ihm die Kehle durchschneiden. Und dieses Mal würde er tot bleiben.

Zel bemerkte, wie ich zusammenzuckte, und ihre Hände wanderten sofort an ihre Taille, sodass die Griffe ihrer Dolche an ihren Handflächen lagen. „Ist alles in Ordnung?"

Theo, der Hauptmann meiner Gargoyle-Garde, erschien neben uns, als hätte ihn Zels Sorge herbeigerufen. Er war groß und muskulös, hatte schwarzes Haar und einen leichten französischen Akzent, und seine Hände waren bereits zu Krallen geworden. „Habt Ihr eine Bedrohung verspürt?"

Ich schüttelte den Kopf und schenkte den beiden ein kurzes Lächeln. Inzwischen hatte ich mich daran gewöhnt, dass sie übermäßig wachsam waren, auch wenn es manchmal lästig sein konnte. „Nein, es ist nichts. Mir geht's gut."

Theo warf trotzdem einen flüchtigen Blick in den Garten. „Sagt mir Bescheid, wenn Ihr etwas braucht, meine Königin."

„Das werde ich, danke."

Er verbeugte sich steif und zog sich dann wieder zurück. Theo war der jüngere Bruder von Romana, der neuen Gargoyle-Erzdämonin. Ihre Mutter, Belphegor, hatte sich gegen Luzifer verschworen, um ihn zu stürzen, aber Romana und Theo hatten nach ihrem Tod einen anderen Weg gewählt. Sie hatten Luzifer die Treue geschworen und dienten nun in dessen Abwesenheit mir. Das war auch gut so, denn die Gargoyles hatten sich als das einzige Volk erwiesen, das gegen die Angriffe der Pest immun war, solange sie in ihrer steinernen Form lebten. Das war einer der Gründe, warum Azazel sie zu meinem Schutz ausgewählt hatte. Ein kluger Schachzug, denn die Pest, alias Adam, war seit drei Monaten hinter mir her.

Es war schwer zu sagen, wie viel von ihm Adam und wie viel Pest war. Sie schienen zu einem einzigen schrecklichen Wesen verschmolzen zu sein, das darauf aus war, die Welt zu zerstören ... Und mich als seine Beute zu nehmen. Ich nahm an, dass das auch bedeutete, dass noch etwas von Adam in ihm steckte, was mir auch für Luzifer Hoffnung gab.

Ich würde auf keinen Fall zulassen, dass Adam mich erwischte, und ich würde eher die ganze Welt niederbrennen, bevor ich zuließe, dass er diesem Baby etwas antat. Er hatte mir schon einmal eine Tochter genommen, aber niemals wieder. Wenn er also hinter mir her war, und das wusste ich, dann war ich bereit. Meine ungewöhnliche Mischung aus Kräften des Lichts und der Finsternis war durch meine Schwangerschaft nur noch stärker geworden, und meine Gargoyles und ich hatten es geschafft, Adam abzuwehren und ihn so zu schwächen, dass er keine andere Chance hatte, als den Schwanz einzuziehen und zu fliehen. Seitdem hatte ihn niemand mehr gesehen.

Wahrscheinlich war das auch gut so, denn vor seinem Angriff hatte er Menschen im ganzen Land krank gemacht. Mit der Hilfe von Erzengel Raphael hatte ich eine Spezialeinheit aus Engelheilern und Gargoyle-Kriegern gebildet, die das von der Pest verursachte Chaos beseitigen sollten. Es war nur eine Frage der Zeit, bis er wieder auftauchte, und wenn er es tat, würden wir bereit sein. Ich warf einen Blick zurück auf den Wasserfall und sah durch das Wasser auf die Grotte dahinter. Eine Höhle mit einer Grabkammer darin, die stark genug war, um einen Altgott zu beherbergen.

Zumindest hofften wir das.

3

HANNAH

Mit Zel an meiner Seite ging ich in den Besprechungsraum, oder besser gesagt, ich wankte ein wenig. Ich versuchte, cool, gelassen und selbstbewusst zu wirken, und hoffte, dass ich so wirkte, als wüsste ich, was ich tat, auch wenn meine Tochter weiterhin auf höchst unangenehme Weise gegen meine Rippen drückte. Das Leben stand nicht still, wenn man schwanger war, schon gar nicht, wenn man ein Königreich von Dämonen zu regieren hatte.

Samael war bereits da, ebenso wie die Erzdämonen Lilith, Baal und Romana, die die Lilim, Vampire beziehungsweise Gargoyles vertraten. Ich nickte jedem von ihnen zu, als ich am Kopfende des langen Tisches Platz nahm, aber ich konnte nicht übersehen, dass noch drei weitere Erzdämonen hätten anwesend sein müssen. Die Drachen hielten sich immer noch fern und verhielten sich nach dem Tod ihres Anführers Mammon neutral. Sein Sohn Valefar war noch nicht offiziell zum Erzdämon ernannt worden, und ich vermutete, dass er abwarten wollte, was weiter geschah, ehe er sich für eine Seite entschied. Die Zahl der Drachen war so gering, dass ich ihm seine Vorsicht nicht verübeln konnte, wenngleich ich hoffte, dass er sich uns anschließen würde.

Die beiden anderen Erzdämonen hingegen wären selbst dann nicht willkommen gewesen, wenn sie zu diesem Zeitpunkt auf Knien zurückgekrochen wären. Nemesis, der Erzdämon der Kobolde, und Fenrir, der Erzdämon der Gestaltwandler, waren bei ihren Versuchen, Luzifer zu stürzen, zu weit gegangen. Was sie getan hatten war unverzeihlich. Ohne sie wären die Pest und der Krieg nicht entfesselt worden, und Luzifer wäre noch hier. Natürlich lag ein Teil der Schuld auch bei meinem ältesten Sohn, Belial. Er war zumindest anfangs der Drahtzieher hinter all dem gewesen, aber ich hatte ihn nicht mehr gesehen, seit wir seinen Vater im Himmel eingeschlossen hatten. Am Ende der Schlacht schien er eine Kehrtwende vollzogen zu haben, so als ob er es bereut hatte, sich gegen seinen Vater gestellt zu haben, aber seine anhaltende Abwesenheit beunruhigte mich. Jetzt war ich mir nicht mehr sicher, wo seine Loyalität lag.

Samaels dunkle Augen begegneten den meinen mit der stummen Frage nach meinem Befinden und ob wir anfangen konnten. In den letzten Monaten war er für mich unentbehrlich geworden, ein wahrer Freund, auf den ich mich in jeder Situation verlassen konnte, obwohl ich wusste, dass auch er litt. Er war nicht der Typ, der Gefühle zeigte, aber Luzifer war sein ältester Freund, und auch er vermisste ihn sehr. Ich legte den Kopf leicht schräg, um ihm zu bedeuten, dass ich bereit war.

Samael nickte mir zu und räusperte sich. „Nun, da unsere Königin hier ist, können wir beginnen. Darf ich um aller Aufmerksamkeit bitten?"

„Du hast immer meine Aufmerksamkeit", murmelte Lilith und zwinkerte ihm zu. Wie immer sah sie mit ihren dunklen Locken und den blutroten Lippen umwerfend aus, ihre grünen Augen wurden durch ein tief ausgeschnittenes Kleid in derselben Farbe betont. Als ältester Sukkubus strahlte sie Sinnlichkeit aus, ohne sich darum zu bemühen, eine perfekte Repräsentantin für die Sünde der Lust. Samael ließ seinen Blick auf ihr verweilen, aber sein Blick verhärtete sich, als er zu ihrem Geliebten, dem vampirischen Erzdämon Baal, wanderte. Samael und Lilith waren vor Tausenden von Jahren ein Paar gewesen, und so viel Vergangenheit zwischen ihnen führte zu einer Menge ungelöster Probleme. Nicht zuletzt ging es dabei um ihren Sohn Asmodeus und die Tatsache, dass Lilith ihn zum Sterblichen hatte werden lassen, damit er mit meiner menschlichen Freundin Brandy zusammen sein konnte. Ich war mir nicht sicher, ob Samael jemals darüber hinwegkommen oder akzeptieren würde, dass er seinen Sohn eines Tages endgültig verlieren würde. Trotzdem war es unmöglich zu ignorieren, wie Samael und Lilith sich ansahen, und als Sukkubus brauchte Lilith mehr als einen Liebhaber, um satt zu werden. Insgeheim hoffte ich, dass die beiden ihre Probleme eines Tages überwinden würden, aber Samael konnte manchmal verdammt stur sein.

„Danke, dass ihr gekommen seid." Ich richtete meinen Blick auf jeden meiner Erzdämonen, die im Gegenzug ihre Köpfe leicht neigten. Obwohl ich in diesem Leben als Engel geboren worden war, hatten sie mich alle in den letzten Monaten als ihre Königin akzeptiert, und ich schätzte ihre Loyalität. Mit ihrer Akzeptanz hatten sich auch die anderen Dämonen angeschlossen, und bisher hatte niemand meine Position in Frage gestellt. „Hat irgendjemand etwas über den Verbleib der Pest herausgefunden?"

Romana knurrte ein wenig bei der Erwähnung des Mannes, der ihre Mutter getötet hatte. Wie ihr Bruder hatte auch sie schwarzes Haar, steingraue Augen und einen leichten französischen Akzent, und sie trug einen hautengen Ganzkörperanzug. „Nein, nichts. Meine Gargoyles haben nach ihm gesucht, aber er hält sich wohl bedeckt und erholt sich von seinem Angriff auf dich."

Zel lehnte sich in ihrem Stuhl zurück und verschränkte die Arme. „Glaubst du, er will als Nächstes den Hunger und den Tod befreien?"

„Es ist unklar, was er will, mit Ausnahme von Hannah", sagte Lilith mit einem leichten Kopfschütteln.

„Ich habe vor kurzem erfahren, dass Fenrir und Nemesis immer noch vorhaben, die anderen Reiter zu befreien", sagte Baal, während er sich mit der Hand durch sein langes schwarzes Haar fuhr. Sein britischer Akzent ließ mich mit einem Stich in der Brust an Luzifer denken, obwohl Baals Akzent viel förmlicher war, passend zu seinem antiquierten schwarzen Anzug. Baal hatte die Kobolde und die Gestalt-wandler für uns ausgehorcht und so getan, als sei er ihr Verbün-deter in diesem Konflikt, obwohl es riskant war. „Obwohl ihr Versuch, Luzifer zu stürzen, vereitelt wurde, als er zum Krieg wurde, haben sie sich neu formiert und ihre nächsten Schritte geplant."

„Wie sieht ihr Plan jetzt aus?" Ich hob eine Augenbraue. Natürlich hatten sie einen Plan B. Etwas anderes hätte ich von Nemesis und Fenrir auch nicht erwartet.

Baal richtete seine eisblauen Augen auf mich. „Sie gehen nach Faerie, um den Hunger zu entfesseln, in der Hoffnung, dich zu Fall zu bringen. Sie haben ein Problem damit, dass du unsere Königin bist, wie du dir wahrscheinlich denken kannst."

„Das überrascht mich nicht", murmelte ich.

„Sie haben ein Problem mit jedem, der auf dem Thron sitzt, der keiner von ihnen ist", sagte Zel mit einem Schnauben.

„Ja, und wenn es ihnen irgendwie gelänge, dann würden sie sich als nächstes gegeneinander wenden", sagte Baal. „Sie haben auch keine Loyalität untereinander."

„Weißt du, ob Belial mit ihnen zusammenarbeitet?", fragte ich, obwohl ich fast Angst vor der Antwort hatte.

Baal schüttelte den Kopf. „Nein, ich habe sie in letzter Zeit nicht von ihm sprechen hören. Ich glaube nicht, dass er noch etwas mit ihnen zu tun hat."

Ich war erleichtert. Vielleicht gab es noch Hoffnung für meinen Sohn.

Samael führte die Finger zu einem Dach zusammen. „Wir haben bereits mit Hochkönig Oberon zusammengearbeitet, um Hungers Grabkammer in Faerie zu schützen. Sollten Fenrir oder Nemesis in diesem Reich auftauchen, werden wir sofort benachrichtigt."

„Wir müssen darauf vorbereitet sein, nicht nur gegen einen, sondern möglicherweise gegen drei Reiter zu kämpfen", sagte Romana mit einem leichten Knurren. „Und wenn der vierte freigelassen wird, sind wir alle verloren."

Bei dem Gedanken, gegen Luzifer zu kämpfen, stockte mir der Atem, aber natürlich hatte sie recht. Ich hatte keine Ahnung, ob von meinem Gefährten noch etwas übrig war, jetzt, da der Krieg von ihm Besitz ergriffen hatte, aber ich weigerte mich, die Hoffnung aufzugeben. Ich drückte meine Hände auf den Tisch und wandte mich an die anderen. „Wir werden alles in unserer Macht stehende tun, um das zu verhindern. Wir haben eine Grabkammer für die Pest vorbereitet, sollte sie hierher zurückkehren. Der Krieg ist im Himmel gefangen, und alle Schlüssel zu diesem Reich wurden verborgen."

„Was ist, wenn er entkommt?", fragte Lilith leise, mit einem Hauch von Trauer.

Ich schluckte schwer. „Ich werde versuchen, ihn zu retten, wie immer ich kann. Und wenn es mir nicht gelingt ... dann werde ich ihn aufhalten. Macht euch keine Sorgen. Ich werde tun, was getan werden muss."

Am Tisch herrschte Schweigen, und wir sahen einander mit ernsten Blicken an. Keiner von uns wollte Luzifer zu Fall bringen, aber wir wussten alle, dass es nötig sein könnte, um den Krieg aufzuhalten. Ich hatte mich schon seit Monaten auf diese schreckliche Eventualität vorbereitet. Würde ich Luzifer töten, falls dies die einzige Möglichkeit war, ihn aufzuhalten? Ja. Aber ich würde alles in meiner Macht stehende tun, um zuerst einen anderen Weg zu finden.

Die Sitzung endete mit allgemeinen Angelegenheiten der Dämonen, und als die Erzdämonen gegangen waren, atmete ich erleichtert auf und ging zurück ins Penthouse, um mich zu entspannen. Als ich eintrat, fragte ich mich instinktiv, was Luzifer wohl von den Veränderungen halten würde, die ich in seiner Abwesenheit vorgenommen hatte. Nichts Großartiges, nur ein Hauch von persönlichem Stil hier und da. Ein paar üppige Pflanzen und mehr Farbe, vor allem Grün- und Blautöne, mit bequemen Kissen und Überwürfen, die über die Möbel drapiert waren. Es war jetzt viel entspannter, was sowohl das Baby als auch ich in diesen schwierigen Zeiten dringend brauchten.

Ich fuhr mit den Fingern über die Wedel eines Farns und machte mich auf den Weg in die Bibliothek. Sie war lange Zeit mein Lieblingsraum gewesen, aber jetzt warf ich einen Blick auf den riesigen Stapel Bücher, den ich jede Nacht studierte, und auch meine Seele seufzte. Es war eine Mammutaufgabe, aber sie war für Luzifer. Für ihn hätte ich das jede Nacht für den Rest meines Lebens getan.

Ich schlug mein Notizbuch auf und warf einen Blick auf das Neueste, was ich über die Altgötter und die Vier Reiter erfahren hatte. Nichts davon schien Anlass zu großer Hoffnung zu geben. Die Altgötter konnten nicht vernichtet werden, weil sie uralt und uranfänglich waren und grundlegende Bestandteile des Univer-sums wie Licht und Dunkelheit, Tod und Leben verkörperten. So wie man die Pest, den Krieg, den Hunger und den Tod nie ganz aus der Welt schaffen konnte, so konnten auch die Altgötter nie wirklich besiegt werden. Aber sie waren nicht allmächtig. Zum einen konnten sie, ähnlich wie die Feen, nicht lügen. Natürlich waren sie wahrscheinlich genauso hinterhältig wie die Feen. Oder sogar noch schlimmer.

Zum anderen brauchten sie außerhalb der Leere Wirtskörper, wenn sie materiell sein wollten. Darüber hinaus verlangten die Reiter ein Opfer von diesem Wirt, um ihm im Gegenzug dafür alle Kräfte eines Gottes zu verleihen, obwohl ich mir nicht sicher war, ob das auf alle Altgötter zutraf. Die Pest verlangte ein Opfer des Herzens, das Adam gebracht hatte, als er seine Geliebte Belphegor tötete. Der Krieg verlangte ein Opfer des Geistes, und es schien, als hätte er Luzifers Erinnerungen an mich als Lohn dafür genommen. Der Hunger verlangte vermeintlich ein Opfer des Körpers, während der Tod ein Opfer der Seele verlangte – was immer das auch heißen mochte.

Nicht zum ersten Mal quälten mich Bedauern und Schuldgefühle, weil ich Luzifer im Himmel eingeschlossen hatte, aber ich hatte damals keine andere Wahl gehabt. Ich konnte ihn nicht auf die Erde kommen lassen, nicht nachdem ich gesehen hatte, dass der Krieg die Macht übernommen und meinen Gefährten in einen Fremden verwandelt hatte. Jemanden, den ich nicht wiedererkannte ... der mich nicht wiedererkannte.

Uns gingen die Möglichkeiten und die Zeit aus. Irgendwann würden wir zumindest einen der Reiter aufhalten müssen, wenn nicht sogar alle von ihnen. Wir hatten das Grab in meinem Garten, das aus Stonehenge entnommen und umfunktioniert worden war, aber wir waren uns nicht sicher, ob es einen Altgott wirklich lange beherbergen würde. Die Pest konnte eine Zeit lang darin verweilen, aber was war mit den anderen? Der Krieg war immer noch da draußen, und der Hunger würde möglicherweise bald wieder entfesselt werden. Wir konnten sie möglicherweise bezwingen, aber wenn der Tod entfesselt würde, so fürchtete ich, wären wir völlig aufgeschmissen.

Ich schlug einen der alten Bände auf, in denen die Altgötter in den Urzeiten beschrieben wurden, als die verschiedenen

Reiche noch miteinander verbunden gewesen waren. Damals kämpften die Altgötter oft gegeneinander und besiegten sich gegenseitig. Man konnte sie zwar nicht völlig vernichten, aber man konnte sie unterwerfen und aus ihren Wirten vertreiben, was mir zwar ein wenig Hoffnung machte, aber auch eine gehörige Portion Furcht einflößte.

Allmählich begann ich zu glauben, dass die einzige Möglichkeit, Luzifer zu retten, darin bestand, dass einer von uns die Kontrolle über einen anderen Altgott übernahm. Natürlich würde das ein Opfer erfordern, und es gab keine Garantie, dass derjenige, der es tat, stark genug sein würde, um nicht von dem Gott vereinnahmt zu werden, oder dass er nicht selbst gerettet werden musste, nachdem er ebenfalls zum Monster geworden war.

Nein, es musste einen anderen Weg geben, um an Luzifer heranzukommen. Ich musste mich nur weiter durch all diese Bücher wühlen, dann würde ich sicher etwas finden. Ich musste es tun.

Ich war die Einzige, die Luzifer vor sich selbst retten konnte.

Ich seufzte und stand auf, streckte meinen schmerzenden Körper, dann ging ich zurück in den Hauptbereich des Penthouses und in die Küche, um mir etwas zu essen zu holen. Ich hatte das Gefühl, dass es eine lange Nacht werden würde, und ich war schon wieder am Verhungern. Als ich den Kühlschrank öffnete und begann, die Fächer zu durchforsten, erregte etwas meine Aufmerksamkeit, etwas, das an meiner Seele rührte, und ich drehte mich um.

Mit einem Knall, der das ganze Gebäude zu erschüttern schien, zerbarsten die gigantischen Fenster, die den Strip überblickten, und Glas regnete auf das gesamte Penthouse herab. Instinktiv errichtete ich eine mit Licht durchwirkte Wand aus Dunkelheit, um mich vor der Explosion zu schützen, und als ich sie wieder herunterließ, blieb mir der Mund offen stehen.

Zwischen den zerklüfteten Scherben des hängenden Glases stand mein Gefährte, die Person, die ich am sehnlichsten zu sehen wünschte und vor der ich mich am meisten fürchtete.

Ich kroch zurück auf die andere Seite des Raumes. Die Stimme blieb mir im Halse stecken und hinderte mich daran, nach meinen Wachen zu rufen. Das konnte doch nicht wahr sein. Es war zu früh. Wir hatten uns noch keinen Plan erarbeitet.

Luzifer breitete seine schwarzen Flügel aus, und Wut und Hass brachen mit einem bedrohlichen roten Leuchten aus seiner Haut hervor, dieselbe Farbe wie die seiner Augen. Augen, die mich mit einer solchen Wut anstarrten, dass meine Hände zitterten und mein Herz raste.

Luzifer war da – und er sah aus, als wolle er mich umbringen.

4

LUZIFER

Ich brüllte, dass die Wände erzitterten, als ich im Penthouse landete. Mein Thronsaal, der nun von der blonden Frau vor mir entweiht worden war. Wie konnte sie es wagen, meinen Herrschaftssitz einzunehmen und ihn dann auch noch in einen verdammten Garten zu verwandeln? Wohin ich mich auch wandte, überall waren Blumen, und die Luft roch nach Natur. Man konnte fast hören, wie die Pflanzen wuchsen. Ein weiterer Grund, sie zu vernichten. Langsam. Schmerzvoll. Während sie auf ihren Knien um Gnade bettelte.

„Was zur Hölle denkst du, was du da machst?", fragte ich, während ich durch den Raum schritt. Die Anziehung, die von ihr ausging, war unwiderstehlich, und ich verzehrte mich beim Anblick ihrer kräftigen Hüften, ihrer üppigen Brüste und ihrer vollen Lippen. Ich witterte ihre Angst, und das war berauschend. Verdammt richtig, sie sollte Angst vor mir haben. Jedes Lebewesen sollte das. „Du hast mich im Himmel eingesperrt, und jetzt beanspruchst du mein Reich für dich?"

Trotz der Angst, die ihren Körper durchströmte, richtete sie sich auf und starrte mich trotzig mit diesen magnetischen blauen Augen an, während ihre Hand schützend auf ihrem Bauch verweilte. „Nein, Luzifer. Ich lebe hier – mit dir. Das ist unser Zuhause. Erinnerst du dich nicht?"

„Lügnerin!", brüllte ich.

Ihre Augen wurden groß, so als wusste sie, was ich vorhatte, noch bevor ich ein Schwert aus Höllenfeuer und Schatten beschwor. Es war Finsternis, umhüllt von rotem Zorn, und ein Gefühl der Macht durchströmte mich, als ich es über sie hielt. Aber als ich auf ihr Gesicht hinunterblickte, dieses schöne Gesicht, das mich seit Monaten verfolgte, fiel mein Schwert nicht auf sie herab. Ich umklammerte es fester, aber ich konnte den Todesstoß nicht ausführen.

Irgendetwas hinderte mich daran, sie zu töten. Und das Schlimmste daran war, dass sie es wusste.

Anstatt vor Angst zu schreien und davonzulaufen, kam sie näher. So nah, dass ich sie riechen konnte. Blumen, Vanille und etwas anderes, etwas Urweibliches, das meinen Schwanz hart werden ließ.

„Luzifer, leg das Schwert weg", sagte sie. „Vergiss nicht, wer du bist. Erinnere dich an mich."

„Ich weiß genau, wer ich bin", knurrte ich. „Und du wirst sterben."

„Nein, das werde ich nicht. Du kannst mich nicht töten." Sie legte ihre Hände auf meine Schultern, und das Schwert, das ich in der Hand hielt, löste sich auf wie Rauch. „Das wirst du nicht."

Ich legte meine Hand um ihre Kehle, aber meine Finger drückten nicht zu. Stattdessen wurde mein Griff mehr zu einer Liebkosung, und sie seufzte und schloss die Augen. So als ob es ihr gefiel. Wie konnte sie sich nur nach meiner Berührung sehnen? Und die wichtigere Frage – warum sehnte ich mich noch mehr nach ihrer?

„Wer bist du, Frau?"

Sie hob die Hand und streichelte zärtlich mein Gesicht, während sie mich mit etwas ansah, das ich nicht verstand. Ihre Berührung war wie ein elektrischer Blitz, der mich durchfuhr und mich auf eine Weise entflammte, wie es die Wut und der Hass nicht getan hatten. „Ich bin Hannah, deine Gefährtin. Deine Königin. Seit Anbeginn der Zeit sind wir durch das Schicksal aneinander gebunden. Du hast deine Erinnerungen an mich geopfert, als du zum Krieg wurdest, aber ich weiß, dass der Mann, den ich liebe, noch immer tief in dir verborgen ist."

Sie hatte Unrecht. Ich war Luzifer und Krieg, und in meinem zornigen Herzen war kein Platz für Liebe. Schon gar nicht für einen Engel. Dennoch löste ihre Berührung etwas in mir aus, und meine Hand glitt von ihrem Hals hinunter zu ihren Brüsten, während ich beobachtete, wie sich ihre Lippen mit einem leisen Keuchen öffneten. Bei diesem Geräusch griff meine andere Hand besitzergreifend nach ihrer Hüfte und zog sie an mich heran, ehe ich merkte, was ich tat.

Dann lag sie in meinen Armen, und mein Mund war auf ihrem, meine Lippen waren grob und fordernd und drückten auf ihre, während ich ihr den Atem raubte. Meine Zunge streichelte ihren warmen, feuchten, zarten Mund, als ich sie noch kräftiger küsste und mit dem Rücken gegen die Wand drückte, einen Arm um sie geschlungen, eine Hand auf ihrer Hüfte ruhend. Der Kuss dieser Frau fühlte sich so vollkommen richtig an, dass ich nicht genug von ihr bekommen konnte. An der Art, wie sie den Kuss erwiderte und sich an meine Schultern klammerte, merkte ich, dass auch sie es spürte. Aber wie?

Ich wusste es nicht. Es war mir egal. Ich musste sie haben. Mein Schwanz forderte seinen Platz in ihr, und ich würde sie so lange ficken, bis ich Antworten hatte. Ich drückte ihre Beine weit auseinander, schob eine Hand zwischen ihre Schenkel und fand sie nass und bereit. Sie keuchte und wölbte sich gegen mich, und ich stieß ein tiefes, zufriedenes Brummen aus. Bald schon würde sie meinen Namen schreien.

Ich riss ihr das lose sitzende Kleid vorne herunter und entblößte ihren BH und ihr Höschen, aber dann sah ich die Fülle ihres Bauches und hielt inne.

Verdammt! Die Frau war schwanger.

Meine Hand legte sich auf ihren Bauch und ich spürte das Leben, das in ihr wuchs. Es rief nach mir und erfüllte mich mit einer unmissverständlichen Wahrheit.

Meines.

Die Frau trug ein Leben in sich. Und nicht nur irgendein Kind, – nein, mein Blut erkannte es als sein Eigen.

Unmöglich.

Ich taumelte rückwärts und zwang mich, ihr ins Gesicht zu blicken. „Wie?"

Sie sah fast traurig aus, als sie mich anschaute. „Es ist deines, Luzifer. Aber das weißt du doch, oder?"

„Das kann nicht sein. Ich würde mich nie mit einem dreckigen Engel vereinen!"

Sie seufzte und griff wieder nach mir, aber ich wich zurück. Ich konnte ihr nicht trauen. Ich kannte sie nicht. Sie war ein Nichts für mich. Und doch trug sie irgendwie mein Kind unter dem Herzen. Was. Zur. Hölle. „Du kannst dagegen ankämpfen", sagte sie und trat näher an mich heran. „Kämpfe für mich. Für deine Tochter. Für uns."

Tochter? Ich wusste nicht, wovon sie sprach, aber irgendetwas stimmte hier nicht. Widerstreitende Gedanken und Gefühle kämpften in mir um die Macht, sodass ich nicht mehr wusste, was wahr war und was nicht. Sie hatte mich irgendwie ausgetrickst und meine Gedanken verwirrt, und ich musste hier weg, um einen Sinn in dem Ganzen zu erkennen.

Meine Flügel fuhren aus, und ich erlaubte der vertrauten

Wut und dem Hass, mich zu durchdringen. Ja, das war besser. Das war echt. Das war ich.

Ohne einen weiteren Blick stürzte ich mich durch die zerbrochenen Fenster hinaus, ihren Geschmack noch auf den Lippen. Ich konnte die Frau nicht töten. Nicht, solange sie mein Kind trug.

Aber ich würde wiederkommen.

5

———

HANNAH

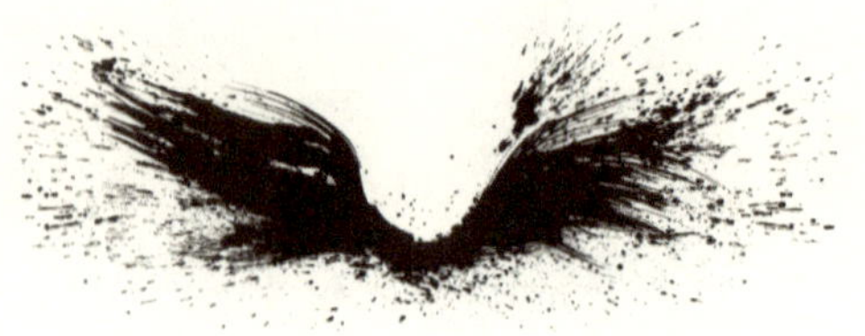

Verdammt, fast wäre ich zu Luzifer durchgedrungen.

Ich starrte durch die zerborstenen Fenster, durch die ihn seine rot glühenden Schwingen in die Nacht getragen hatten. Er war hierher gekommen, um mich zu töten, daran hatte ich keinen Zweifel, aber er hatte es nicht tun können. Obwohl er sich nicht mehr an mich erinnerte, hatte er gespürt, wie das Gefährtenband zwischen uns zuckte und ihn zu mir zog, bis es unmöglich war, sich dagegen zu wehren. Als er mich küsste, spürte ich wie mein Luzifer durchblitzte, und ich wusste, dass er noch nicht ganz verloren war. Noch konnte er gerettet werden – aber ich musste schnell handeln, bevor er einen weiteren Krieg zwischen Engeln und Dämonen auslöste oder etwas Schlimmeres tat, etwas, an das ich nicht einmal denken wollte.

Es gab nur einen Weg – ich musste den Hunger nutzen, um den Krieg zu stürzen.

Die Tür zum Penthouse flog auf und Theo kam hereingestürmt, gefolgt von den anderen Gargoyles meiner Wache. Ich griff hastig nach meinem zerrissenen Kleid und versuchte, mich zu bedecken, aber meine Hände zitterten und mein Herz schlug so laut, dass ich Theos Worte kaum hören konnte.

„Meine Königin, geht es Euch gut?" Theo hatte sein Schwert gezückt und hielt meinen Ellbogen behütend umklammert, bereit, meinen Körper mit seinem eigenen zu schützen, während seine Gargoyles das Penthouse durchsuchten und sich in die Lüfte erhoben, um nach der Bedrohung zu suchen.

„Mir geht es gut", sagte ich und versuchte, mich zu sammeln, während ich auf das Glas auf dem Boden hinunterblickte. Diese armen Fenster waren schon häufiger ausgetauscht worden, als ich zu diesem Zeitpunkt zählen konnte. „Ich bin nicht verletzt. Nur erschrocken, das ist alles."

„Wer hat das getan?", fragte er.

Ich zögerte, aber ich konnte es weder vor Theo noch vor irgendjemandem aus meinem inneren Zirkel verheimlichen. „Es war Luzifer."

Theo fluchte unterdrückt auf Französisch. „Er ist geflohen? Wohin ist er verschwunden?"

„Ich weiß es nicht."

Azazel flog mit einem mörderischen Gesichtsausdruck durch das Frontfenster. „Ich bringe ihn um", murmelte sie, als sie landete und ihre Flügel verschwanden. Sie warf einen Blick auf mich in dem zerrissenen Kleid und kniff die Augen zusammen. „Was hat er getan?"

„Nichts. Es geht mir gut." Ich hob meine immer noch zitternde Hand an meine Lippen und ignorierte das leichte Brennen, das seine derben Küsse verursacht hatten. Es ließ sich nicht leugnen, wie sehr mich seine Berührung erregt hatte, und das hatte viel damit zu tun, dass ich immer noch zitterte. Ich hatte Luzifer in den letzten Monaten so sehr vermisst, und mit diesen Schwangerschaftshormonen, die in mir wüteten, hatte ich nicht verhindern können, dass mein Körper auf ihn reagierte. Selbst jetzt pochte das Verlangen zwischen meinen Schenkeln und forderte seine Rückkehr, um zu beenden, was wir begonnen hatten.

Zel sah nicht überzeugt aus. „Das Baby?"

Ich rieb meinen Bauch und wurde mit dem vertrauten Gefühl belohnt, dass sie sich umwälzte. „Ihr geht es auch gut. Er hat uns nicht wehgetan. Das würde er nie tun."

Zel verschränkte ihre Arme. „Das wissen wir nicht mit Sicherheit."

„Wir verdoppeln unsere Wachen ab sofort", sagte Theo mit gesenktem Kopf. „Entschuldigt bitte, meine Königin. Das hätte nie passieren dürfen. Ich werde sofort untersuchen, warum meine Gargoyles nicht hier waren, um Euch zu verteidigen."

Ich winkte seine Entschuldigung ab. „So beeindruckend deine Wachen auch sind, ich glaube nicht, dass einer von ihnen Luzifer heute Nacht hätte aufhalten können. Aber ich bin fast zu ihm durchgedrungen, das heißt, es gibt noch Hoffnung."

Zels Gesicht wurde weicher. „Hannah, ich weiß, dass du das denkst, aber ..."

Ich hob eine Hand, um ihren Einwand zu unterbinden. „Ich werde einen Weg finden, ihn zu retten. Beruft sofort ein Treffen mit all meinen Beratern ein. Wir haben eine Menge zu besprechen und nur wenig Zeit, um einen Plan zu erarbeiten."

<hr>

Weniger als eine Stunde später saß ich in einem Schaukelstuhl, den Zel eines Tages für das Kinderzimmer mitgebracht hatte, das früher mein Schlafzimmer im Penthouse und anschließend mein Büro gewesen war. Sie hatte mir keine Erklärung gegeben, aber der Stuhl war plüschig und gemütlich, und ich saß seitdem gerne darin. Es war eine nette Geste von ihr gewesen, und es war das Einzige, was bisher in diesem Zimmer stand. Ich hatte das Kinderzimmer noch nicht eingerichtet – vor allem, weil ich törichterweise immer noch hoffte, Luzifer würde es mit mir tun. Vielleicht war diese Hoffnung naiv, aber ich konnte es mir nicht erlauben, sie aufzugeben. Wenn ich das täte, würde ich wirklich in Verzweiflung versinken, und davon hatte ich in meinem ganzen Leben schon genug.

Zel steckte ihren Kopf zur Tür herein. „Sie sind da."

Ich gesellte mich zu den anderen im Essbereich des Penthouse, der bereits vom Glas befreit worden war, und setzte mich an das Kopfende des Tisches zu den Personen, die bereit gewesen waren, alles stehen und liegen zu lassen, um mir zur Seite zu eilen. Samael und Einial natürlich, dazu Azazel und Theo, sowie mein jüngster Sohn Kassiel, dessen Gefährtin Olivia und ihre anderen Männer, Callan, Bastien und Marcus. Sie waren in den letzten Monaten zu meinem inneren Zirkel geworden. „Danke, dass ihr so kurzfristig gekommen seid."

„Was ist hier passiert?", fragte Kassiel, dessen grüne Augen voller Sorge auf die zerbrochenen Fensterscheiben blickten. Stolz und Liebe erfüllten meine Brust, als ich meinen jüngsten Sohn ansah und eine Spur von Trauer verspürte, weil er seinem Vater so sehr ähnelte. Unser jüngster Sohn war wirklich das Beste von uns beiden – klug, loyal und mutig, und er kämpfte immer für den Frieden.

Ich konnte nicht beschönigen, was passiert war, und so sagte ich einfach: „Luzifer ist aus dem Himmel entkommen."

Viele am Tisch schnappten nach Luft oder rissen entsetzt die Augen auf, aber Samael fragte nur: „Wie?"

„Ich weiß es nicht."

„Was wollte er?", fragte Olivia.

Ich stieß einen müden Seufzer aus. „Ich glaube, er wollte mich umbringen, aber er konnte es nicht. Selbst wenn er sich nicht mehr an mich erinnern kann, so erkennt er mich doch auf einer gewissen Ebene. Als er merkte, dass ich sein Kind trug, schien er ... verwirrt. Oder im Konflikt. Dann ist er verschwunden."

„Irgendeine Vermutung, wohin er als nächstes gehen könnte?", fragte Callan. Er war ein leidenschaftlicher Engelskrieger und der Sohn meiner Schwester Jophiel, die gestorben war, als sie mich vor der Pest beschützt hatte. Seitdem waren Callan und ich uns näher gekommen und klammerten uns an das, was uns an Familie geblieben war.

Bastien, ein weiterer Engel und stets der Logiker in der Gruppe, strich sich übers Kinn. „Wenn man sich vor Augen hält, dass er das letzte Mal versucht hat, den Krieg zwischen Engeln und Dämonen neu zu entfachen, vermute ich, dass es nicht gut sein wird, egal wohin er geht."

„Vergesst nicht, dass er auch die Menschen in wütende Krieger verwandeln kann", fügte Marcus hinzu und erinnerte mich an die letzten Momente im Himmel und das Chaos, das Luzifer verursacht hatte. Als Malakim-Heiler war Marcus einer der Engel, die sich mit den Nachwirkungen dieses Kampfes beschäftigt hatten.

„Umso wichtiger ist es, dass er sofort aufgehalten wird", sagte Zel.

Kassiel drehte sich zu ihr um. „Oder gerettet."

Zel runzelte die Stirn. „Wir werden sehen."

Ich zog die Stirn in Falten und kämpfte gegen die Erschöpfung an. „Luzifer ist eine Bedrohung, das ist nicht zu leugnen. Bevor wir etwas anderes tun, müssen wir Erzengel Gabriel darüber informieren, dass Luzifer wieder auf der Erde ist."

Einial meldete sich zum ersten Mal zu Wort. „Ich werde mich sofort darum kümmern."

„Ich danke dir." Ich nickte ihr zu, ehe ich fortfuhr. „Ich weiß nicht, ob es einen Weg gibt, Luzifer zu retten oder nicht, aber wir werden es versuchen. Ich bin bei meinen Nachforschungen auf etwas gestoßen, das mir Hoffnung gibt. Vielleicht können wir einen anderen Altgott benutzen, den Krieg zu unterdrücken und Luzifer zu befreien. Das bedeutet, dass wir uns sofort nach Faerie begeben müssen."

„Du willst den Hunger befreien?", fragte Kassiel und in seinen Augen zeichnete sich Entsetzen ab.

„Das will ich, ja. Bevor Nemesis und Fenrir es vor uns tun."

„Auf keinen Fall." Callan schlug die Hände auf den Tisch. „Das ist viel zu gefährlich. Besonders für dich in deinem jetzigen Zustand."

„Es ist die einzige Möglichkeit, die wir im Moment haben", sagte ich. Callan hatte beide Eltern verloren, und ich verstand, dass er den Gedanken nicht ertragen konnte, auch mich oder seine zukünftige Cousine zu verlieren. Mein Neffe neigte ohnehin dazu, diejenigen, die er liebte, übermäßig zu beschützen, aber selbst so konnte er mich nicht davon abhalten, das zu tun, was ich tun musste. Niemand konnte das. „Wenn wir den Hunger selbst befreien, haben wir die Kontrolle über die Situation."

„Aber einer von uns wird sich opfern müssen, um den Hunger aufzunehmen", sagte Olivia mit ruhiger Stimme.

„Ich werde es tun", sagte Kassiel, und alle anderen am Tisch meldeten sich und boten stattdessen ihren eigenen Körper an. Wärme erfüllte meine Brust, begleitet von einer schweren Portion Traurigkeit. Es gab so viel Liebe an diesem Tisch. So viel Mut. Ich konnte es nicht ertragen, auch nur einen von ihnen zu verlieren.

Zel richtete sich auf. „Ich muss es sein. Ich bin die Älteste und die Stärkste, und im Gegensatz zu den anderen hier habe ich nichts zu verlieren." Ihre dunklen Augen blickten mich an und schimmerten sowohl vor Schmerz als auch vor Entschlossenheit. „Du weißt, dass es so ist."

Ich presste meine Lippen zusammen, nickte dann aber. Azazel war eine gute Wahl, so ungern ich es auch zugeben mochte. Sie war eine der wenigen, die den Altgott in sich unter Kontrolle halten konnten, und im Gegensatz zu den anderen war sie nicht in einer Beziehung. Sie hatte ihre Gefährtin vor Jahren verloren, und soweit ich das beurteilen konnte, war sie nie wirklich darüber hinweggekommen. Ich war mir nicht sicher, ob sie das jemals konnte.

Aber sie war auch meine älteste und liebste Freundin, die mir seit Jahrhunderten zur Seite stand, über Hunderte von verschiedenen Leben hinweg. Was, wenn sie ein Monster wie Luzifer wurde? Würde ich sie dann aufhalten müssen?

Der Gedanke trieb mir Tränen in die Augen, aber ich wusste auch, dass sie recht hatte – es musste sie sein.

„Es ist also entschieden", sagte ich. „Azazel wird die Wirtin des Hungers werden. Einial, bitte sende eine Nachricht an Hohekönig Oberon und informiere ihn darüber, dass wir so bald wie möglich Einlass nach Faerie benötigen."

„Ich komme mit dir", sagte Kassiel. „Und wir müssen auch Damien holen."

Meine Brust zog sich bei dem Gedanken zusammen, endlich meinen anderen Sohn zu sehen. Ich wollte ihn schon seit Monaten in Faerie besuchen, aber es hatte nie geklappt, weil so viel anderes zu tun war. Jetzt brauchten wir ihn – Damien war einer der Wenigen, die die Grabkammer des Hungers öffnen konnten.

„Bevor du gehst, lass mich nach dir sehen", sagte Marcus und erhob sich. „Bist du sicher, dass du nicht von Luzifers Angriff verletzt bist?"

„Mir geht es gut", sagte ich zum gefühlt hundertsten Mal. Niemand schien zu glauben, dass Luzifer nie eine wirkliche Bedrohung für mich gewesen war, oder dass ich auf mich selbst aufpassen konnte, selbst wenn ich schwanger war.

„Du solltest dich von ihm untersuchen lassen, Mama", sagte Kassiel. „Oder zumindest das Baby durchchecken lassen. Wir wollen sichergehen, dass ihr beide fit für die Reise nach Faerie seid."

„Okay, okay." Ja, ich war im sechsten Monat schwanger, aber ich war auch ein unsterbliches Wesen mit Erzengelsblut und Erinnerungen, die Tausende von Jahren zurückreichten. Ich war nicht gerade zerbrechlich. Aber ich wusste, dass ihre Besorgnis nur ein Zeichen ihrer Liebe war, also zwang ich mich, nachzugeben.

Marcus ging um den Tisch herum und hockte sich neben mich. Ich drehte mich so weit, dass er seine Hand auf meine Bauchdecke legen konnte, und von seinen Handflächen ging ein sanftes weißes Leuchten aus. „Deine Tochter ist stark und mächtig. Genau wie du."

„Danke." Ich stieß einen leichten Seufzer der Erleichterung aus. Nicht, dass ich mir Sorgen gemacht hatte, aber nachdem ich schon einmal eine Tochter verloren hatte, war es immer ein Trost zu wissen, dass es dieser gut ging.

„Ich sollte auch mitkommen", sagte Marcus, als er aufstand. „Nur um sicherzugehen."

„Nein, du musst hierbleiben, falls die Pest zurückkommt", sagte ich. „Wenn das der Fall ist, werden die Menschen in diesem Hotel deine Heilung dringend brauchen. Du wirst bleiben, zusammen mit Olivia, Bastien und Callan."

Callan sprang auf. „Vergiss es. Ich komme mit euch. Die anderen können bleiben, aber du brauchst mindestens einen Engel bei dir. Schließlich ist das meine Cousine da drin."

Ich presste die Lippen aufeinander, nickte dann aber widerstrebend. Ich hätte wissen müssen, dass er unbedingt mit mir gehen wollte, sobald ich ihnen meinen Plan verraten hatte. „In Ordnung, und wir nehmen auch ein paar der Gargoyles mit. Samael und Einial, ihr müsst hier alles für mich am Laufen halten, während ich weg bin."

„Natürlich", sagte Samael. „Wir werden vorbereitet sein, falls Adam oder Luzifer zurückkehren sollten."

Um ihretwillen betete ich, dass das nicht passierte, sonst hätte ich vielleicht kein Königreich mehr, wenn ich aus Faerie zurückkam.

6

LUZIFER

Ein dünner Lichtstreifen des Mondes, der über Kalifornien hing, erhellte meinen Weg, während ich in Richtung Angel Peak galoppierte, einer kleinen Stadt, die nur den Engeln zugänglich war und in der Erzengel Gabriel derzeit residierte. Wie ein Narr hatte ich einst Frieden mit den Engeln geschlossen, aber der Krieg hatte mich eines Besseren belehrt – und nun war es an der Zeit, diesen uralten Streit wieder aufzunehmen. Dieser Konflikt zwischen Licht und Finsternis, Gut und Böse, Tag und Nacht war zeitlos und ewig. Es ging nicht um den Sieger, sondern um den Kampf selbst, und der musste weitergeführt werden.

Die Engelsfrau, die unter den Dämonen lebte und mein Kind in sich trug, sie würde keinen Krieg wollen. Irgendwie war ich mir dessen sicher. Aber was sie wollte, das zählte nicht. Wichtig war allein, die Engel in die Knie zu zwingen. Danach die Menschen und schließlich die Feen.

Dank meiner dunklen Kräfte war es mir ein Leichtes, mich in den Schatten der Nacht zu verbergen, während Strife durch

Städte, auf Autobahnen und über weite Landstriche jagte. Es dauerte nicht lange, bis wir im Vorgarten von Gabriels idyllischem kleinen Häuschen in den Bergen anhielten, das in der Nähe der Seraphim-Akademie lag, wo all die braven kleinen Engelskinder zur Schule gingen.

„Gabriel!", donnerte ich, als Strife um das Haus galoppierte. „Zeige dich!"

Als ich die Hinterveranda erreichte, wartete er schon auf mich. Gabriel nippte an einem Bier und schien mich erwartet zu haben. Mit seinem sandfarbenen Haar, den ausgeblichenen Jeans und dem freundlichen Gesicht sah er aus wie jemandes Lieblingsonkel, nicht wie der Anführer der gesamten Engelswelt.

„Hallo, Luzifer", sagte er mit trauriger Stimme, einer schwachen Stimme. „Man hat mir berichtet, dass du einen Fluchtweg aus dem Himmel gefunden hast. Ich dachte schon, dass du mir einen Besuch abstatten würdest."

„Wir beide haben noch eine Rechnung offen." Ich sprang von Strife ab, und er bäumte sich mit einem lauten Wiehern auf und donnerte davon. Er würde zurückkommen, wenn ich ihn brauchte.

„Willst du ein Bier?", fragte Gabriel und hielt mir eines hin.

Ich kniff die Augen zusammen und fragte mich, ob das eine Art Trick war. Dachte er, er könne mich vergiften? Oder war sein Plan, mich unachtsam zu machen, in der Hoffnung, mich mit einem Angriff zu überraschen? Sicherlich wusste er, dass das nicht funktionieren würde. „Nein, ich will kein verdammtes Bier. Ich bin hier, um eurem Volk den Krieg zu erklären."

Gabriel stieß einen langen Seufzer aus. „Und ich dachte schon, wir wären Freunde."

„Freunde?" Ich spuckte auf den Boden. „Wir sind Feinde, seit die Altgötter uns erschaffen haben."

„Das ist nicht wahr und das weißt du auch. Wir waren vor langer Zeit im Himmel befreundet, bevor du dich von uns abgewandt hast und in die Hölle gegangen bist. Sicher, es gab ein paar Jahre, in denen wir uns nicht verstanden und immer wieder versuchten, einander zu töten, aber nach dem Ende des Krieges wurden wir wieder Freunde. Außerdem sind unsere Kinder ineinander verliebt. Das macht uns jetzt zu einer Familie."

„Kinder?" Da wurde ich stutzig. „Ich habe keine Kinder."

Gabriel stieß einen leisen Pfiff aus. „Verdammt, der Krieg hat dir ganz schön zugesetzt, was? Schlimm genug, dass er dich Hannah vergessen ließ, aber deine eigenen Söhne zu vergessen ... das ist wirklich niederträchtig."

Söhne. Plural. Wie war das nur möglich? Wie konnte ich mich an all das nicht erinnern? Irgendetwas stimmte da nicht. Irgendetwas Gravierendes fehlte in meiner Vergangenheit, und ich musste es zurückbekommen. Ich tobte innerlich, kämpfte gegen den Einfluss des Krieges an, während ich nach Antworten suchte, aber er war zu stark. Die Wut überkam mich wieder, und ich spürte nur noch rasenden Zorn.

„Genug der Lügen!" Der Himmel hatte begonnen, sich in der Nähe des Horizonts purpurrot zu färben, ein Zeichen für die nahende Morgendämmerung. Da ich den Krieg in mir trug, hatte ich keine Angst, von Gabriel überwältigt zu werden, aber ich wollte es endlich hinter mich bringen. Ich formte mein Schwert aus Höllenfeuer und Finsternis und richtete es auf den Erzengel. „Als König der Dämonen erkläre ich den Engeln den Krieg. Bereite dein Volk auf die Schlacht vor."

Gabriel erhob sich, und seine silbernen Flügel breiteten sich hinter ihm aus. „Das kann ich nicht tun, Luzifer. Du weißt, dass ich mein Volk nie wieder freiwillig in den Krieg gegen die Dämonen schicken werde. Genauso wie du nie wieder gegen uns in den Krieg ziehen würdest, wenn du bei klarem Verstand wärst. Wir wissen beide, was es uns das letzte Mal gekostet hat. Wir haben den Himmel und die Hölle verloren, und wofür? Unseren Stolz?"

Wut durchströmte mich, während ich das Schwert erhob. „Wenn die Engel nicht bereit sind zu kämpfen, dann werde ich sie dazu zwingen. Ich werde eure Städte zerstören. Eure Schulen. Eure Häuser. Der Krieg wird zu eurem Volk kommen, und wenn ich erst einmal alle abgeschlachtet habe, die sie lieben, werden sie keine andere Wahl haben, als sich zu wehren – oder sich zu ergeben wie die Feiglinge, die sie sind." Der Hass auf diesen Engel, der sich für gut und rein hielt, schnürte mir die Brust zu. In Wirklichkeit war er rückgratlos, unfähig, einen Krieg zu gewinnen, den er seit Jahrtausenden geführt hatte. Jetzt versuchte er, mich mit seinen Worten der Täuschung und des Friedens zu überlisten und zu verhöhnen. Freunde? Wie könnte ich mit jemandem wie ihm befreundet sein? „Aber zuerst wirst du dich verbeugen."

Ich schritt vorwärts und ließ meine Kriegskräfte auf Gabriel los, um meine Wut in seinen eigenen Geist zu schicken. Gabriel war stark, wahrscheinlich einer der stärksten Köpfe, denen ich je begegnet war, aber ich hatte ihn schon einmal kontrolliert, und ich konnte es wieder tun. Und nach ein paar Minuten des Kampfes gab sogar der mächtige Erzengel Gabriel nach.

Schwach. Erbärmlich. Wie es alle Engel waren.

Nein, nicht alle von ihnen. Die Frau, die mich im Himmel eingesperrt hatte, war nicht schwach. Sie hatte sich gegen mich gewehrt. Und jetzt, wo sie mein Kind in sich trug, würde sie nur noch stärker werden.

Ich verdrängte alle Gedanken an sie, während ich Gabriel mit meinem Zorn erfüllte, bis seine Augen und Flügel in rotem Licht glühten. Sein Gesicht füllte sich mit Hass, als er mich ansah, und ich wusste, dass er mir an die Kehle gehen würde, wenn ich ihn losließe.

„Die Engel werden sich auf den Krieg vorbereiten", sagte er. „Wo sollen wir die Schlacht beginnen?"

„In Las Vegas." Das war der Sitz der Dämonenherrschaft hier

auf der Erde, und wenn wir dabei auch noch ein paar Menschen ausschalteten, umso besser. Die Frau war auch dort, aber ich würde mit ihr fertig werden. Irgendwie.

Der Große Krieg war wieder entbrannt, und bald würde er die ganze Welt verschlingen.

HANNAH

Als ich am nächsten Tag früh aufwachte, jagte das Adrenalin bereits durch mein Blut. Luzifer hatte uns mit seiner Flucht in die Enge getrieben, aber ich war bereit, ihn zu retten. Ich hatte jetzt einen Plan. Würde er funktionieren? Ich hatte keinen blassen Schimmer. Mir fiel jedoch sonst nichts ein, und wir mussten etwas versuchen. Ich konnte nicht zulassen, dass mein Mann noch länger ein Monster blieb ... oder dass er diese und alle anderen Welten zerstörte.

Ich wirbelte im Penthouse herum, bereitete alles vor, aß ein gesundes Frühstück und ging dann los, um mich für alles, was auf uns zukommen würde, zu wappnen. Allerdings führten Umstandsmodengeschäfte keine Rüstungen für schwangere Engel, also entschied ich mich für bequeme Kleidung, in der ich mich leicht bewegen konnte. Wenn alles gut ging, brauchten wir nicht zu kämpfen, aber in Situationen wie dieser war es am besten, auf das Schlimmste vorbereitet zu sein.

Mit einem engen Kreis von Gargoyle-Kriegern um mich herum machte ich mich auf den Weg zu Persephones Garten. Luzifers Angriff hatte sie beschämt, obwohl ich inzwischen herausgefunden hatte, dass Luzifer seine Kräfte als Krieg eingesetzt hatte, um ihren Geist zu trüben und sie zu verwirren. Sie hätten ohnehin keine Chance gegen ihn gehabt – es war besser für alle, dass sie sich ferngehalten hatten. Trotzdem war Theo seitdem besonders wachsam, und ich fürchtete, dass ich nie wieder einen Moment der Ruhe haben würde.

Als ich an meiner Lieblingsbank ankam, war ich sehr erstaunt, dass bereits jemand auf ihr saß – Belial. Mein ältester Sohn trug ein schwarzes T-Shirt, das seine Muskeln und Tätowierungen zur Geltung brachte, dazu dunkle, verblichene Jeans und Kampfstiefel. Hätte ich es nicht besser gewusst, hätte ich ihn für seinen Vater gehalten, aber Luzifer hätte sich in dieser Aufmachung niemals blicken lassen.

Er stand auf, als ich mich ihm näherte, und meine Wachen umringten ihn sofort mit Schwertern und Krallen, wobei einige von ihnen kurzerhand in ihre Gestalt als Gargoyle wechselten. Belial schien von all dem unbeeindruckt und machte sich nicht einmal die Mühe, Morningstar zu zücken, das Schwert auf seinem Rücken, das einst seinem Vater gehört hatte.

Ich eilte nach vorne und rief einen Befehl aus. „Halt! Das ist mein Sohn!"

„Er ist ein Verräter", sagte Theo und kniff die Augen vor Belial zusammen. „Er ist eine Bedrohung."

„Er ist keine Bedrohung für mich." Ich winkte ab, und die Gargoyles ließen widerwillig ihre Waffen sinken und traten zurück. Ich ging näher an meinen Sohn heran und nahm ihn in den Arm. „Was tust du hier? Wo bist du gewesen?"

„Du siehst gut aus, Mutter", sagte Belial und ließ seinen Blick kurz auf meinen Bauch fallen. Dann sah er mich wieder mit Trotz in den Augen an. „Ich habe gehört, du gehst ins Feenreich. Ich komme auch mit."

„Wo hast du das gehört?" Ich wurde stutzig und fragte mich, ob wir einen Spitzel in unserer Mitte hatten. Belial hatte mich offensichtlich im Auge behalten, denn er schien von meiner Schwangerschaft nicht überrascht zu sein, und er war exakt zum Zeitpunkt unserer Abreise hier. Jemand versorgte ihn mit Informationen. Wer war es – Samael? Einial? Auf jeden Fall nicht Azazel, sie hasste ihn …

Er zuckte leicht mit den Schultern. „Ich habe so meine Wege."

Eigensinniges Kind. Ich hätte gewettet, dass es Kassiel war. Immerhin waren sie Brüder.

Ich seufzte und verschränkte die Arme. „Warum willst du überhaupt mitkommen? Woher sollen wir wissen, dass wir dir vertrauen können?"

Belials Kiefer verkrampfte sich. „Ich bin schuld daran, dass die Pest befreit wurde, und ich hatte vor, das wiedergutzumachen, indem ich zum Krieg würde und Adam zur Strecke brächte. Vater hat das vermasselt, und jetzt muss man ihn auch noch retten. Wenn du den Hunger einsetzen willst, um ihn zu bekämpfen, will ich dabei sein."

„Was ist mit Nemesis und Fenrir?"

„Mit denen arbeite ich nicht mehr zusammen."

Seine Worte klangen wahr, und ich überprüfte seine Aura und sah dort keine weiteren versteckten Lügen oder Täuschungen. Ich nickte langsam, wohl wissend, dass es den anderen nicht gefallen würde, aber ich konnte nicht verhehlen, wie erleichtert ich war, meinen Sohn wiederzusehen. Er hatte einen Fehler gemacht – okay, eine ganze Menge Fehler. Aber er war immer noch mein Sohn, und ich würde ihm jederzeit eine weitere Chance geben.

Ich wollte ihm gerade sagen, dass er mit uns kommen konnte, als Azazel mit Callan und Kassiel um die Ecke kam. Sie waren zum Kampf gerüstet, und beim Anblick von Belial stieß Zel einen Schrei aus und stürzte mit gezückten Dolchen vorwärts. Callan knurrte und griff ebenfalls an, und dieses Mal griff Belial nach Morningstar.

Nur Kassiels schnelle Reaktion verhinderte, dass ein Kampf ausbrach. Er stellte sich dazwischen, um seinen Bruder vor Schaden zu bewahren.

„Was macht er hier?", fragte Zel, ihre dunklen Augen funkelten vor Zorn.

Ich stellte mich neben Kassiel und vor Belial. „Er kommt mit uns."

Callan schüttelte den Kopf. „Auf gar keinen Fall."

„Ich kann dem nur zustimmen, meine Königin", sagte Theo. „Mein offizieller Standpunkt lautet ebenfalls Nein."

„Wir sollten ihm eine Chance geben", sagte Kassiel, dessen Stimme immer noch ruhig und fest klang. Ja, es war eindeutig er gewesen, der Belial hierher gebracht hatte. Sie hatten wahrscheinlich seit Monaten miteinander Kontakt, und obwohl es mich ärgerte, dass Kassiel es mir nicht gesagt hatte, musste ich seine Loyalität gegenüber seinem Bruder respektieren.

„Wie können wir ihm vertrauen?", fragte Callan.

„Er hat die Wahrheit gesagt, als ich ihn befragt habe." Ich bedachte alle, die vor mir standen, mit einem strengen Blick und legte meine Autorität als Königin in meine Stimme. „Belial wird mitkommen. Das ist meine endgültige Entscheidung."

Theo verbeugte sich steif, Callan sah finster drein, nickte jedoch, und Zel sah mich mit versteinerter Miene an, aber schließlich neigte auch sie den Kopf. Belial stand einfach nur mit verschränkten Armen da, als ob ihn das alles nicht interessierte. Eine Lüge, natürlich. Auch wenn er andere mit seiner gleichgültigen Fassade täuschen konnte, wusste ich, dass er das Herz auf dem rechten Fleck hatte und sich mehr Sorgen machte, als er jemals zugegeben hätte.

Während sie alle ihre Waffen wegsteckten, betrat Einial den Garten mit einer Frau mit orangefarbenen Strähnen in ihrem schwarzen Haar, das zurückgebunden war, sodass ihre spitzen Ohren sichtbar waren.

„Das ist Mirabella", sagte Einial. „Eine unserer Gesandten im Feenreich. Sie ist halb Gefallene, halb Fee vom Herbsthof."

Mirabella verbeugte sich tief vor mir. „Meine Königin, ich werde das Portal zur Feenwelt öffnen."

„Danke", sagte ich ihr. „Kannst du es von hier aus tun?"

Sie richtete sich auf und nickte. „Zeit und Raum sind in jenem Reich anders, sodass man sich nicht an einen bestimmten Ort begeben muss, bevor man hinüberschreitet – ich muss mich nur auf das Ziel konzentrieren, und das Portal wird uns dorthin bringen."

„Das ist sehr praktisch", sagte ich.

„Ich bringe euch so nah wie möglich an den Palast von Hohekönig Oberon heran. Seid Ihr bereit, oder braucht Ihr mehr Zeit?"

Ich blickte kurz zu meinen Begleitern, aber keiner von ihnen erhob Einwände. Wir waren alle hier, und es gab keinen Grund für einen Aufschub. „Wir sind bereit."

Sie nickte und holte einen kleinen Edelstein aus ihrer Tasche. Er ähnelte dem, den ich benutzt hatte, um den Himmel zu öffnen, aber dieser hier funkelte in einem Regenbogen von Farben, die sich ständig veränderten und in einem hypnotisierenden Muster erschienen. Sie hielt ihn vor sich, und die Farben schossen in einem Strahl heraus und bildeten ein leuchtendes Portal, groß genug, dass wir alle hindurchgehen konnten. Einial trat zurück, da sie zurückbleiben würde, während Theo und einige seiner Soldaten vorausgingen, um zu gewährleisten, dass es sicher war.

Nachdem sie sich davon überzeugt hatten, dass keine Gefahr bestand, ging ich durch das Portal und betrat eine andere Welt, eine Welt der Natur, der Farben und des berauschenden Blumendufts. Ein sanfter Frühlingsregen fiel auf uns herab, und wenn ich mich richtig entsann, bedeutete das, dass es auch hier Morgen war. Das Feenreich war insofern einzigartig, als dass es alle Jahreszeiten innerhalb von vierundzwanzig Stunden durchlief, von glühend heißen Sommertagen bis hin zu bitterkalten Winternächten.

Wir standen in der Mitte eines Hofes, der von weißen Säulen umgeben war, die mit dunkelgrünem Efeu umwachsen waren, und ich blickte in den Himmel, der so blau war, dass er fast wie der Ozean glitzerte. Zu meiner Überraschung fühlte ich mich im Feenreich wie zu Hause, so wie auch damals im Himmel. Ich atmete die Düfte ein, die verlockend von den überdimensionalen Blüten herüberwehten, die um uns herum wuchsen, und etwas in mir erwachte, entfaltete sich und breitete sich aus, übernahm die Kontrolle.

Macht.

Ich streckte meine Finger aus, und winzige weiße Blüten erschienen vor ihnen, sprossen aus der Erde und dem Gras zu unseren Füßen und wuchsen schneller, als es in der Natur möglich gewesen wäre. Eine starke Brise kam auf, spielte mit den Grashalmen, ließ die Blumen tanzen, und ich lachte vergnügt auf. Als Persephone war ich eine Prinzessin des Frühlingshofes gewesen – und meine Kräfte waren zurückgekehrt.

„Was war das?", fragte Callan.

„Als Hannah Persephone war, besaß sie die einzigartige Fähigkeit, Pflanzen wachsen zu lassen", sagte Zel mit einem leichten Kopfschütteln. „Du hättest sehen sollen, was sie mit dem Palast in der Hölle angestellt hat."

„Woher hast du diese Kräfte?", fragte Belial. „Erst die Finsternis, jetzt das. In deinen anderen Leben hattest du sie nie."

„Ich glaube, es ist meine Gabe als Erzengel, die es mir erlaubt, die Kräfte aus meinen früheren Leben anzuzapfen", sagte ich, während ich mehr Pflanzen um uns herum wachsen ließ. Selbst als ich noch geglaubt hatte, ein Mensch zu sein, hatte ich Pflanzen und Blumen aufgesucht, weil ich sie beruhigend und erholsam fand. Ich war nicht in der Lage gewesen, diese Kraft zu entfalten, bis ich die Energie der Feen um mich herum spürte, aber sie war die ganze Zeit in mir gewesen – eine Erinnerung an mein Leben als Persephone. Auch meine Feenkräfte vom Frühlingshof waren wieder da und erlaubten mir, auch die Luft zu beherrschen.

Kassiel nickte, als könne er meine Gedanken nachvollziehen. „Ja, das macht Sinn. Jophiels Macht ließ einen vergessen. Deine Kraft ist die der Erinnerung."

Bei der Erwähnung meiner Schwester musste ich lächeln, aber es ergab auf eine seltsame Art und Weise Sinn. Ich hatte die meisten meiner Erinnerungen aus meinen früheren Leben wiedererlangt, und jetzt konnte ich auch diese Kräfte anzapfen. „Hoffen wir, dass ich Luzifer helfen kann, dasselbe zu tun."

Alle waren nun durch das Portal gekommen, Mirabella trat als Letzte hindurch. Das Portal schloss sich hinter ihr und der Edelstein in ihrer Hand wurde matt. „Der Hohekönig wohnt im Schloss auf dem Gipfel dieses Hügels", sagte sie und zeigte vor uns auf einen großen Berg, auf dessen Spitze ein strahlend weißes Märchenschloss mit Spitzen und Bögen und silbernen Türmen stand. „Hier warten Boten und andere Besucher, um Einlass zu erhalten. Ein Verkehrsmittel sollte in Kürze eintreffen."

„Wir könnten auch einfach hinauffliegen", murmelte Belial.

„Es ist besser, den Gepflogenheiten des Hohekönigs zu folgen", sagte Mirabella. „Wer sich ihm entgegenstellt, überlebt nicht oft."

„Ich bin ihm einmal begegnet und muss dem zustimmen", fügte Kassiel hinzu, wobei sich sein Mund verzog.

Zel legte die Hände an ihre Dolche. „Da kommt etwas."

Am Horizont tauchten Gestalten auf, und ich schirmte

meine Augen mit der Hand ab, als ich sie näherkommen sah. „Was ist das?"

„Greifen", sagte Mirabella. „Aus der persönlichen Flotte des Hohekönigs. Das ist eine große Ehre." Die Wesen landeten auf dem Hof. Für so große Geschöpfe waren sie überraschend anmutig und leicht auf ihren Klauenfüßen. Sie hatten Löwenkörper und die Flügel und Köpfe von Adlern. Auf ihren Rücken trugen sie goldene Sättel, in denen Feenreiter saßen. Mit ihren spitzen Ohren, ihrer überirdischen Schönheit und ihrem ungewöhnlich gefärbten Haar waren die Reiter unverkennbar Feen.

Am meisten überraschte mich jedoch, dass mein Sohn Damien an der Spitze der Gruppe ritt.

Als er von seinem Greif abstieg, eilte ich auf ihn zu und konnte mich nicht zurückhalten. Von allen meinen Söhnen war Damien derjenige, der mir am ähnlichsten war – oder zumindest mir, als ich noch Persephone war. Seine Augen hatten die Farbe von Immergrün und sein Haar war so dunkel wie Indigo, dass es schwarz aussah, bis das Sonnenlicht es traf und die Wahrheit über sein Feenerbe offenbarte. Als Prinz des Frühlingshofes trug er eine kleine goldene Krone mit juwelenbesetzten Blumen, dazu ein wallendes schwarzes Seidenhemd und eine Hose – letztere waren zwar schlicht, aber ganz offensichtlich von den besten Schneidern gefertigt. Er schenkte mir ein bezauberndes Lächeln, als ich mich ihm näherte. Ein Lächeln, das mich immer dazu gebracht hatte, ihm zu verzeihen, egal was er getan hatte – und er war immer ein sehr schelmisches Kind gewesen.

„Damien!" Ich zog ihn an mich, und mein Herz quoll über vor Liebe. Es war so viele Jahrzehnte her, dass ich ihn das letzte Mal gesehen hatte, in einem ganz anderen Leben. „Oder soll ich dich Dionysos nennen?"

Er machte ein gequältes Gesicht und lachte. „Nein, diesen Namen benutze ich nicht mehr. Damien ist in Ordnung."

Ich trat zurück, um ihn richtig ansehen zu können, und

bemerkte eine Dunkelheit in seinem Blick, die zuvor nie da gewesen war, obwohl sein Lächeln nie nachließ. „Ich habe dich so sehr vermisst."

„Es vergeht so viel Zeit zwischen deinen Leben. Aber ich habe gehört, dass Vater dem Fluch endlich ein Ende gesetzt hat. Kassiel hat mir ein paar Dinge erzählt, aber ich würde es gerne von dir hören."

Ich streckte die Hand aus und berührte sein wunderschönes Haar, das so herrlich in der Sonne glänzte. „Ja, wir haben viel zu besprechen."

„Das ist wohl wahr." Er grinste und schob meine Hand von seinem Haar. „Zum Beispiel, dass du meine Schwester unter dem Herzen trägst."

„Das ist seltsam, nicht wahr?", fragte Kassiel, während er näher kam. „Alle leben wir seit Hunderten von Jahren, und jetzt bekommen wir eine kleine Schwester."

„Für uns ist das nicht so ungewöhnlich", sagte Belial. „Wir haben es schließlich mit euch durchgemacht."

„Es ist schön, euch beide wiederzusehen", sagte Damien, und die Brüder umarmten einander auf diese typisch männliche Weise, die meist aus Schulterklopfen und Gebrumme bestand. Mein Herz schmolz dahin, weil ich die drei zum ersten Mal seit … nun, wahrscheinlich Jahrhunderten wieder zusammen sah. Unsere Familie war endlich wiedervereint. Nur Luzifer fehlte noch. Ich nahm mir fest vor, ihn wieder zurückzuholen und diesen Moment mit ihm an meiner Seite noch einmal zu durchleben.

„Schön, mich zu sehen, meinst du." Kassiel reckte Belial grinsend das Kinn entgegen. „Wir sind uns bei diesem Kerl immer noch nicht sicher."

Damien zog eine Augenbraue hoch. „Was hat er denn jetzt angestellt?"

„Das erzähle ich euch später", sagte Kassiel, während Belial sie beide finster anschaute.

„Ich freue mich schon auf den vollständigen Bericht." Damien wies auf die Burg über uns. „Im Moment wartet der Hohekönig, und ich schlage vor, dass wir uns beeilen."

„Ja, wir sollten ihn nicht warten lassen", sagte ich. „Zumal ich das Gefühl habe, dass wir seine Hilfe brauchen werden."

„Dann lasst uns den nächsten Teil eurer Reise antreten." Damien trat einen Schritt nach vorne und legte seine Hand auf meinen Ellbogen. Er führte mich zu den Greifen, und die anderen Feenreiter standen auf und verneigten sich. Wir blieben vor einem Greif stehen, der an Damiens Greif angebunden war und keinen Reiter hatte.

„Ich habe schon so lange keine Greifen mehr gesehen." Ich streckte die Hand aus und erlaubte dem Greif, seinen Kopf gegen meine Fingerspitzen zu drücken. Sein warmer Atem strich über meine Haut und sein gekrümmter Schnabel stieß an meine Hand. Ohne Vorwarnung sank er auf die Knie und drehte neugierig den Kopf, während er auf meinen nächsten Schritt zu warten schien.

„Sie hat dich akzeptiert", sagte Damien mit einem Lächeln. „Das ist eine Einladung, auf ihren Rücken zu klettern."

Ich fuhr mit den Fingern durch ihre üppigen weißen Federn, als ich mich auf dem weichen, goldenen Fell und dem festen Sattel niederließ. Wie die meisten magischen Wesen aus Mythen und Legenden waren Greifen im Feenland beheimatet und dienten als Transportmittel für die Adligen der verschiedenen Höfe. „Es ist gut zu wissen, dass ich nach all den Jahren mein Gespür für magische Wesen nicht verloren habe."

Damien bestieg den Greif neben mir. „Daran habe ich nie gezweifelt."

Meine Gefährten saßen hinter den Feenreitern, und ich war

die einzige, die mit einem eigenen Greif geehrt wurde. Ich hoffte, dass ich noch wusste, wie man einen ritt.

Als alle auf ihren Greifen saßen, schwangen sich unsere Tiere in die Luft, breiteten ihre Flügel aus und brachten uns zur Burg und zu einem der gefährlichsten Männer der Welt – dem Hohekönig der Feen.

8

───────

HANNAH

Wir flogen durch die Luft auf Oberons Burg zu, und der Ritt auf dem Greif war etwas ganz anderes als mit der Kraft meiner eigenen Flügel zu fliegen. Seine schlanken Muskeln spannten sich unter meinen Schenkeln an, und der gleichmäßige Rhythmus seiner Schwingen erzeugte Luftströme, die mich umspielten.

Die Burg ragte vor uns auf und funkelte im Sonnenlicht, als wäre das gesamte Gebäude aus Kristall. Vielleicht war es das auch. Die Türme ragten hoch in die Luft, und bunte Fahnen, die die verschiedenen Höfe repräsentierten, wehten langsam vor dem blauen Himmel. Selbst hier gab es überall Bäume und Blumen, die perfekt in die Architektur eingebunden waren. Die Feen waren tief mit der Natur und den Elementen verbunden, und das gehörte zu den wenigen Dingen, die ich vermisste, seitdem ich nicht mehr zu ihnen gehörte.

Die Greifen ließen sich im Burghof vor dem Palast nieder, wo Dutzende von Wachen in kunstvollen silbernen Rüstungen und gefiederten Helmen postiert waren. Ein Mann in feiner Livree stand auf den breiten Stufen, die zu der massiven, mit

Edelsteinen besetzten und mit alten Runen verzierten Tür führten. Er verbeugte sich tief, als ich mich ihm näherte, während sich meine Wachen und Gefährten hinter mir verteilten und meine Söhne an meiner Seite blieben.

„Eure Majestät, der Hohekönig erwartet Euch", sagte er. „Bitte folgt mir."

Der Mann warf einen leicht abschätzigen Blick auf meine Gruppe, als sich die Tür hinter ihm öffnete und sich trotz ihrer Größe geräuschlos bewegte. Er führte uns ins Innere des Palastes, in einen großen Eingangsbereich, der mit weiteren Wachen und einigen edlen Feen in ihren schönsten Kleidern und mit Haaren in allen Schattierungen des Regenbogens angefüllt war. Ich sah genau hin, aber ich erkannte keinen von ihnen. Das war nicht weiter verwunderlich, denn es war viele Jahrhunderte her, dass ich Persephone gewesen war, und ich hatte in diesem Leben ohnehin die meiste Zeit in der Hölle verbracht.

Als der Mann uns weiter in das Innere des Gebäudes führte, nahm ich die Umgebung in Augenschein und fühlte mich wie in der Zeit zurückversetzt – oder wie in mein früheres Leben. In dieser Burg hatte sich seit Hunderten von Jahren so gut wie nichts verändert, und ich vermutete, dass das für das ganze Feenreich galt. Technologie funktionierte in diesem Reich nicht, und die Feen waren generell gegen Veränderungen. Das war einer der Gründe, warum sie es vorzogen, sich in Konflikten neutral zu verhalten und hier im Feenreich isoliert zu leben, sodass in diesem Reich nur sehr wenige Besucher kamen oder gingen.

In jedem der Räume, die wir passierten, herrschte eine ruhige Atmosphäre, bis wir in einem Wartebereich vor zwei großen Türen anhielten, die meiner Erinnerung nach zum Thronsaal führten. Hier unterhielten sich weitere Feen miteinander, allesamt Adlige, ihrer Kleidung und den Juwelen nach zu urteilen, die ihre Körper schmückten. Alle trugen elegante Kleider, die wie aus dem 18. Jahrhundert aussahen, und sie warfen uns abschätzige Blicke zu, als wir eintraten. Meine Gruppe war für den Kampf gekleidet, nicht für das höfische Leben, aber daran war jetzt nichts mehr zu ändern.

Eine große, schlanke Frau stand am Fenster und trug ein pastellrosa Kleid aus feinster Seide. Ihr Haar hatte die Farbe violetter Hortensien, und auf dem Kopf trug sie eine Krone, die der von Damien ähnelte, aber viel kunstvoller war. Sie drehte sich langsam um und enthüllte sich so, dass mir der Atem in der Brust stockte.

„Mutter?" Ich trat vor, um sie zu begrüßen, aber ihre funkelnden blauen Augen waren kühl und gleichgültig, als sie ihren Blick auf mich richtete. Demeter war die Königin des Frühlingshofes und meine Mutter, als ich noch Persephone gewesen war. Es war viele Jahrhunderte her, seit ich sie gesehen hatte, und mein Herz füllte sich mit Freude bei dem Gedanken, wieder ein Mitglied meiner Familie zu treffen.

Sie nahm mich ruhig in Augenschein, ihre Augen musterten mich von Kopf bis Fuß, während sich ihre Lippen leicht verzogen. „In diesem Leben bist du nicht meine Tochter."

Ich wich zurück, als hätte sie mir eine Ohrfeige verpasst. Wie konnte sie so gefühllos und grausam sein? Meine Kinder gehörten nicht weniger zu mir, weil es nicht dieser Körper war, der sie zur Welt gebracht hatte. Und sie würde immer meine Mutter sein, ganz gleich, wie lange es her war.

„Mutter, bitte." Ich hasste es, eine Erklärung für meine Gefühle geben zu müssen, und versuchte, nicht schwach zu erscheinen, während ich sie darum bat, unsere Beziehung anzuerkennen. „Ich weiß, ich war lange Zeit weg, aber ich habe meine Erinnerungen und meine Kräfte wiedererlangt. Ich bin wirklich wieder deine Tochter. In Geist und Seele, wenngleich nicht im Körper."

„Ich habe den Tod meiner Tochter betrauert. Sie ist fort, und du ... du bist eine Fremde." Sie ging an meiner Gruppe vorbei und hinterließ den Duft von Lavendel hinter sich. Ihre Worte trafen mich tief, und ich starrte ihr nach, als sie sich mit dem Rücken zu mir einer anderen Gruppe von Feen anschloss.

Selbst Damien sah schockiert und entsetzt über die Worte seiner Großmutter aus. „Es tut mir leid. Ich hatte sie gebeten, mit mir zu diesem Treffen zu kommen, aber mir war nicht klar, dass sie so reagieren würde, wenn sie dich sieht."

„Es ist nicht deine Schuld." Ich seufzte und versuchte nicht zu zeigen, wie sehr es mich belastete. Demeter war schon immer eine schwierige Mutter gewesen, und manche Dinge änderten sich nie. Immerhin hatte sie Luzifer dazu gebracht, diesem lächerlichen Abkommen zuzustimmen, das mich dazu gezwungen hatte, die Hälfte meiner Zeit in der Hölle und die Hälfte meiner Zeit hier im Feenreich zu verbringen, obwohl ich schon erwachsen gewesen war und selbst über mein Leben entscheiden konnte. Sie als strenge Mutter zu bezeichnen, war eine Untertreibung.

Alle Gedanken an meine Mutter verschwanden, als der Mann, der uns hierher geführt hatte, eine dünne, silberne Fanfare hochhielt, die er zu blasen begann, sobald sich die Türen öffneten, um uns einzulassen. Ich betrat zuerst den Thronsaal und schritt mit meinem Gefolge über einen langen weißen Teppich. Hier gab es noch mehr Wachen in voller Rüstung sowie weitere Adlige in langen Roben oder eleganten Anzügen, die uns mit hochmütigen Blicken musterten.

Der Mann, dem wir gefolgt waren, verbeugte sich tief an der Taille. „Ich stelle vor: Königin Hannah der Dämonen samt ihres Gefolges."

Hohekönig Oberon saß auf einer breiten Podestebene auf einem riesigen Thron aus verziertem Gold und Silber, der von einigen der besten Handwerker der Feenwelt entworfen worden war. Erlesene Metallranken schlängelten sich ineinander, sodass es aussah, als säße der König auf einem Stuhl aus Pflanzen und

Blumen, und doch wirkte er so, als sei er völlig entspannt. Hinter ihm befanden sich riesige Fenster, durch die man in den Himmel blicken konnte, mit einem atemberaubenden Blick auf einen Großteil der Feenwelt im Hintergrund.

Der mächtigste Feenmann aller Zeiten richtete seinen Blick auf mich, während sich meine Gruppe tief vor ihm verbeugte. Fast hätte auch ich mich verbeugt, doch dann erinnerte ich mich daran, dass ich ihm jetzt ebenbürtig war. Über seinen spitzen Ohren trug er eine Krone im Stil seines Throns und er hatte langes schwarzes Haar und kalte Augen mit einem Ausdruck, der irgendwie gelangweilt und grausam zugleich wirkte.

„Es ist lange her", sagte er mit seiner hochmütigen Stimme zu mir. „Ich mochte dich lieber als Persephone, obwohl ich die Ironie genieße, dass du jetzt ein Engel bist. Und Dämonenkönigin obendrein."

Es kostete mich all meine Selbstbeherrschung, nicht mit den Augen zu rollen. Hielt jeder in diesem Reich an der Vorstellung fest, dass ich Persephone war? Doch während ich mich verändert haben mochte, war Oberon immer noch dasselbe Arschloch wie eh und je.

Allerdings fiel mir eine Veränderung gegenüber meinem früheren Leben auf – es gab keinen Thron mehr neben ihm. Ich hatte kürzlich erfahren, dass meine Tante, seine Frau Titania, tot war, und die meisten glaubten, dass Oberon dafür verantwortlich war. Sie war die ältere Schwester meiner Mutter und eine mächtige Feenkönigin, aber sie war nicht in der Lage gewesen, Kinder zu gebären. In seiner Verzweiflung, einen Sohn und Erben zu zeugen, hatte Oberon viele Affären. Als Vergeltung verfluchte sie ihn dazu, nur Töchter zeugen zu können. Das Gerücht besagte, dass er viele Jahre lang alles versucht hatte, den Fluch zu brechen, und als nichts funktionierte, tötete er Titania in einem Anfall von Wut. Ich glaubte es. Er war ein boshafter Mann. Leider musste ich mich hier in seinem Reich benehmen.

Ich biss die Zähne hinter meinem schmalen, verspannten Lächeln zusammen. „Danke, dass du uns so kurzfristig empfangen hast. Wie du in meiner Nachricht gesehen hast, ist Luzifer vor kurzem aus dem Himmel entkommen."

„Der Krieg, meinst du", korrigierte Oberon. „Ich vermute, dass von Luzifer nicht mehr viel übrig ist."

„Das werden wir sehen." Meine Fingernägel bohrten sich in meine Handflächen, als ich mich zwang, einen kühlen Kopf zu bewahren.

„Er will einen Krieg anzetteln, der alle Reiche einbezieht, auch das Feenreich. Er muss aufgehalten werden – und wir glauben, dass die einzige Möglichkeit, dies zu tun, darin besteht, einen anderen Altgott einzusetzen."

Ein paar erschrockene Ausrufe hallten durch den Thronsaal, bevor es wieder totenstill wurde. Oberon richtete sich bei meinen Worten auf und legte seine Hände auf die Lehnen seines Throns. „Ihr wollt den Hunger befreien."

„Das wollen wir, ja."

Er legte den Kopf schief, während er überlegte. „Einen der Reiter freizulassen, um einen anderen aufzuhalten, ist ein riskantes Unterfangen. Doch der Hunger hasst den Krieg, also könntet ihr Erfolg haben, wenn ihr sie gegeneinander antreten lasst. Aber was macht man dann mit dem Gewinner? Oder mit dem Verlierer, was das betrifft?" Er strich sich über das Kinn. „Es gibt vielleicht eine andere Möglichkeit, Luzifer zu retten."

„Und die wäre?", fragte ich und konnte meinen Eifer kaum verbergen. Ich hatte alle Bücher nach einer anderen Lösung durchsucht, war aber auf nichts Brauchbares gestoßen, aber vielleicht verfügte Oberon über ein noch älteres Wissen, als ich es mir erschließen konnte.

„Wenn jemand von einem Altgott besessen ist, kann diese

Person den Kampf in sich selbst führen – einen inneren Kampf, um den Gott zu besiegen und seine Kräfte an sich zu übernehmen." Er hob die Augenbrauen. „Nur wenige sind stark genug, um so etwas fertigzubringen, aber Luzifer ist einer von ihnen."

Mein Herz wurde schwer. „Nur hat er versagt."

Belial drehte sich zu mir um. „Er hat nur versagt, weil er all seine Erinnerungen an dich verloren hat und deshalb nicht gegen den Krieg kämpfen wollte. Ohne dich hat er keinen Grund, sich den Frieden zu wünschen."

„Er hat Recht", sagte Damien. „Du warst immer diejenige, die Vater zur Ruhe gebracht hat, von Anfang an."

Kassiel nickte. „Und es ist dein Verdienst, dass er den Krieg mit den Engeln überhaupt beendet hat."

Ein kleiner Hoffnungsschimmer regte sich wieder in meiner Brust. „Wenn wir ihm also seine Erinnerungen zurückgeben könnten, wäre er vielleicht in der Lage, den Krieg zu bekämpfen und ihn zu besiegen. Aber er hat diese Erinnerungen geopfert – wie sollen wir sie zurückbekommen?"

Auf diese Frage schien niemand eine Antwort zu haben.

Oberon winkte mit einer trägen Hand. „Vielleicht ist es unmöglich. Vielleicht müsst ihr die Reiter wieder in Grabkammern einsperren, wie wir es in alten Zeiten getan haben. Oder ihr könntet versuchen, sie in die Leere zu schicken."

Die Leere – das Reich, in dem alle Altgötter lebten. Es war völlig abgeschottet, sodass niemand es betreten oder verlassen konnte, hauptsächlich um alle anderen Reiche vor den mächtigen Wesen darin zu schützen.

„Wie sollen wir das machen?", fragte ich.

„Luzifer hatte vor langer Zeit einen Schlüssel zur Leere", sagte Oberon. „Er wurde ihm von seinem Vater gegeben. Vielleicht hat er ihn noch irgendwo versteckt?"

„Ich kann mich an keinen Schlüssel erinnern, der irgendwo

versteckt ist." Ich wandte mich an die anderen, die mit mir gekommen waren. „Weiß einer von euch etwas?"

Alle murmelten verneinend oder schüttelten den Kopf. Verdammt. Eine weitere Sackgasse. Selbst wenn ich Luzifer in die Leere schicken wollte, was nur als letzter Ausweg in Frage kam, waren die möglichen Verstecke für einen Schlüssel zu viele, als dass man sie zählen konnte. Es würde viel länger dauern, danach zu suchen, als die Pest und der Krieg brauchen würden, um die Reiche zwischen ihnen zu zerstören.

Ich holte tief Luft, als der vor uns liegende Weg offensichtlich wurde. „Dann haben wir keine andere Wahl, als den Hunger freizulassen."

„Habt ihr jemanden, der bereit ist, dieses Opfer zu bringen?", fragte Oberon.

Azazel trat vor. „Ich werde es tun."

„Ich melde mich auch freiwillig", sagte Belial.

„Ich auch", meldete sich Damien.

Oberon trommelte mit den Fingern auf dem Thron. „Vielleicht ist einer von euch stark genug, um den Hunger zu kontrollieren. Vielleicht aber auch nicht. Ich werde einige meiner eigenen Leute mit euch schicken, um sicherzugehen, dass es richtig gehandhabt wird."

„Genau das habe ich auch erwartet." In Wahrheit hatte ich mir Sorgen gemacht, dass er mit uns kommen würde. Schließlich war er einer derjenigen, die die Vier Reiter ursprünglich in die Falle gelockt hatten, und ich dachte, er würde dabei sein wollen, wenn derjenige befreit wurde, der in seinem Reich war. Ich nahm an, dass Oberon sich nicht mehr gerne die Hände schmutzig machte. Er war anders gewesen, als ich noch Eva war. Kein solches Arschloch. Ein echter Anführer seines Volkes.

Der Hohekönig hob sein Kinn. „Ich kann nicht zulassen, dass ein Reiter der Apokalypse in meinem Reich umherstreift. Wir haben den Hunger dank unserer starken Verbindung zur Natur so lange in Schach gehalten, aber wenn das Grab erst einmal offen ist, weiß niemand, was mit unserem Reich geschehen wird.“

„Du weißt, dass ich nicht zulassen werde, dass der Hunger den Feen Schaden zufügt“, sagte Damien mit einer kleinen Verbeugung vor seinem Onkel. „Wenn ich das Opfer bringen muss, dann würde ich es tun, um unser Volk zu schützen.“

„Ich weiß, dass du das tun würdest. Das ist der einzige Grund, warum ich dieses Unterfangen überhaupt zulasse.“ Oberons Augen verhärteten sich und seine Stimme wurde schneidend. „Und wenn alles andere fehlschlägt, dann öffne ein Portal zur Erde, damit die Hungersnot jene Welt anstelle der unseren zerstören kann.“

Jepp. Immer noch dasselbe Arschloch.

LUZIFER

Las Vegas erstreckte sich unter mir – all die Lichter, all die Macht, all die Gier. Ich atmete sie ein, verbrauchte sie wie Treibstoff, bevor ich meine Aufmerksamkeit auf das Celestial und mein Penthouse ganz oben richtete. Ich würde nicht lange brauchen, um meine Dämonenkrieger zu versammeln und sie in die Schlacht zu führen. Sobald die Engel eintrafen, würden wir sie mitsamt den ahnungslosen Sterblichen, die sich in der Gegend aufhielten, verheeren und zerstreuen. Niemand würde von meinem Zorn verschont bleiben.

Meine Flügel peitschten durch die Nacht, während ich von Dunkelheit verborgen über der Stadt schwebte. Als ich am Stratosphere-Casino vorbeiflog, berührte etwas meinen Geist wie eine nicht abrufbare Erinnerung, aber dann unterdrückte die Gegenwart des Krieges das Gefühl. Er war immer da, verwoben mit meinem eigenen Ich, und bald vergaß ich alles außer meiner überwältigenden Wut.

Ich ließ mich vor dem Celestial nieder, zog meine Flügel ein, und strich meinen Anzug zurecht. Dieses Mal hatte ich vor, mein Reich gebührend zu betreten, und ich würde mich meinem Volk ankündigen, damit es wusste, wem es wirklich diente. Und was die Frau anging? Ich hatte vor, sie einzusperren und sie wie einen Singvogel im Käfig zu halten, bis sie mein Kind zur Welt gebracht hatte. Dann würde ich entscheiden, was ich mit ihr tun würde.

Doch als ich mein Casino betrat, stellte ich fest, dass es beunruhigend leer war, und hörte Rufe und Schreie weiter vorne an der Bar. Ich ging rasch weiter, vorbei an den menschlichen Körpern, die um die Blackjack-Tische und vor den Spielautomaten auf dem Boden lagen, jeder von ihnen von einer unnatürlichen Farbe und mit fauligen Geschwüren übersät. Einige waren noch am Leben, stöhnten und hielten sich den Kopf oder die Brust, ihre Gesichtszüge waren zu fratzenhaften Masken verzogen, während sie sich auf dem Teppich wanden.

Die Pest. Dieser Name durchzuckte mich, und mein ganzer Körper reagierte auf das widerliche Gefühl, das er vermittelte. Ja, sie war hier. Ein weiterer Reiter. Eine Art Bruder, wenn auch keiner, der mir willkommen war. Aber warum war er hier? Was suchte er? Wollte er sich mit mir verbünden – oder mich herausfordern?

Ich fand ihn in der Styx Bar, umgeben von steinernen Gargoyles, die es schafften, ihn in Schach zu halten und seinen Angriffen zu widerstehen, obwohl ich ahnte, dass das nicht lange so weitergehen würde. Sie hielten inne, als sie mich sahen, und einige von ihnen öffneten vor Schreck den Mund. Andere wiederum blickten mich hoffnungsvoll an, als ob ich sie vor ihrem Schicksal bewahren könnte. Ich würde sie retten, aber nur, weil sie mir gehörten. Ich umschloss sie mit meiner Macht, bändigte sie nach meinem Willen und nahm ihnen alle Gedanken außer denen an Kampf und Gewalt.

Die Pest drehte sich zu mir um und knurrte. Ihre Augen glühten weiß und waren von Wahnsinn erfüllt. Ihre Haut war gelb und mit Blasen übersät, ihr Haar weiß und dünn, und ihr Körper stank nach Verwesung und Krankheit. Allein ihre Nähe gab mir das Gefühl, vergiftet zu sein, obwohl meine Kräfte mich vor einem Großteil ihrer Krankheit schützten. „Warum bist du hier?", fragte ich auf eine Weise, dass der Pest die Schultern erstarrten. „Dies ist mein Reich."

„Du weißt, warum." Sie legte den Kopf mit einem manischen Grinsen schief. „Oder vielleicht weißt du es auch nicht. Hast du auch unsere alte Fehde vergessen?"

Ihre Worte wühlten etwas in mir auf, aber wieder einmal war es unerreichbar. Der Körper, den sie mitgenommen hatte, gehörte Gadreel, einem Gefallenen, der mir einst gedient hatte und der sich als Reinkarnation Adams herausgestellt hatte. Ich erinnerte mich an all das, aber nicht daran, warum er mich verraten hatte, und auch nicht daran, warum ich einen so großen Hass auf Adam hegte.

Ich ballte meine Hände zu Fäusten und ließ meine Wut in einer roten Glut aus mir herausströmen. „Was willst du? Antworte mir!"

Seine eigene faulig gelbliche Energie schoss auch aus ihm heraus und traf auf meine eigene. „Ich bin wegen Eva hier."

„Eva?" Ich kannte niemanden mit diesem Namen.

Er stieß ein schrilles Lachen aus. „Du erinnerst dich wirklich nicht. Das ist gut. Das wird es viel einfacher machen. Geh mir aus dem Weg, und ich schaffe sie dir vom Hals, damit du mit deinen Kriegsplänen fortfahren kannst. Du kannst diesen Ort haben. Ich will nur Eva."

Meine Augen wurden schmal, als seine Worte eine neue Welle des Zorns in mir entfachten, und mein Herz schlug, als würden Strifes Hufe über meine Rippen donnern. „Du sprichst von der Frau, die in meinem Penthouse lebt."

Die Pest trat mit herausforderndem Blick einen Schritt nach vorne. „Sie gehört zu mir, und ich bin hier, um sie einzufordern."

„Nein." Das Schlimmste brach so vehement aus mir heraus, dass die Schnapsflaschen und die Spiegel in der Bar erzitterten.

Es brachte sogar die Pest dazu, einen Schritt zurückzutreten, in Richtung der Gargoyle-Krieger unter meiner Kontrolle, die geduldig darauf warteten, ihren Zorn zu entfesseln, obwohl sie mit den Zähnen nach ihr schnappten und versuchten, sie mit ihren Krallen zu verletzen.

Die Pest zog eine Augenbraue hoch. „Sind wir also wieder bei diesem uralten Spiel?"

Ich wusste nicht, was sie damit meinte, aber ich wusste, tief in meinem Innersten, in meiner Seele, dass die Frau – Hannah oder Eva oder wie auch immer sie genannt wurde – nicht Adam gehörte. Das Leben in ihr war nicht das seine. Sie gehörten mir. Mir ganz allein.

„Raus aus meinem Hotel." Ich spie die Worte regelrecht aus.

„Es muss so nicht sein", sagte er. „Nicht mehr. Wir sind jetzt eins. Zwei Reiter der Apokalypse, die dasselbe Ziel verfolgen, nämlich auf Erden Chaos zu verbreiten. Wir können die Vergangenheit hinter uns lassen – verdammt, das hast du schon getan – und als Brüder nach vorne blicken. Sobald wir den Hunger und den Tod freigesetzt haben, werden wir noch stärker sein. Wir werden über alle Reiche herrschen – sogar über die Leere selbst."

Ich trat näher an ihn heran und drückte ihn mit zu Fäusten geballten Händen gegen die Wand. „Ich bin hier bereits der König, und ich bin nicht gut im Teilen. Verschwinde von hier, bevor ich dich vernichte."

Er begegnete meinem Blick, ein Mundwinkel verzog sich. „Du kannst es versuchen, aber du weißt genau, dass man uns nicht töten kann."

„Die Pest nicht – aber diesen Körper schon."

Ich hob eine meiner Fäuste und schlug sie ihm ins Gesicht, sodass eine der pochenden Eiterbeulen dort aufplatzte. Die Flüssigkeit darin brannte wie Säure, als sie über meine Haut lief, aber ich schüttelte sie ab. Ich war noch nicht fertig. Ich zückte mein Schwert und bereitete mich darauf vor, ihn niederzustrecken, aber er schlängelte sich davon wie das glitschige Scheusal, das er war.

Als ich mich zu ihm umdrehte, stand er auf der anderen Seite der Bar und hatte einen Bogen mit Pfeilen. Jede Spitze pulsierte mit gelber und schwarzer Macht, eine Kombination aus Pest und gefallener Finsternis. Er ließ die Pfeile schneller los, als es menschenmöglich war, aber ich warf einen Schild der Dunkelheit auf, um ihn zu stoppen, und beschoss ihn dann mit blauem Höllenfeuer, durchsetzt mit roter Wut. Er stürzte sich mit seinen kränklichen grauen Flügeln, die viele Federn verloren hatten, darüber hinweg, und für jemanden, der so krank aussah, war er erstaunlich agil. Ich ließ meine Gargoyle-Wachen los und sie sprangen vor ihn und versperrten ihm den Weg. Er drehte sich zu mir um und schoss weitere Pfeile ab, aber er war nicht schnell genug gegen mich – ein Wesen, das nur zu einem Zweck geschaffen wurde: zu kämpfen.

Ich stürzte mich auf ihn und ließ mein Schwert in ihn fahren. Er stieß einen grässlichen Schrei aus und schaffte es dann, mich mit einem seiner Pfeile zu durchbohren. Schwäche und Krankheit durchströmten mich und versuchten, mich zu verlangsamen, aber ich kämpfte gegen seine Kräfte an und weigerte mich, mich von ihm aufhalten zu lassen. Ich konnte nicht zulassen, dass er die Frau oder mein Kind bekam. Eher würde ich diesen ganzen Ort niederbrennen, bevor ich das zuließe.

Ich hob das Schwert und schlug nach ihm, wobei ich in seine Schulter und in seine Brust schnitt. Er stieß einen entsetzlichen Schrei aus, als das Höllenfeuer ihn traf, und flog dann durch die Gargoyles aus dem Casino. Ich eilte ihm hinterher, meine eigenen Flügel gaben mir Geschwindigkeit, aber als ich draußen ankam, sah ich, wie er auf sein Pferd sprang, davonritt und in die Menge der Touristen und Spieler eintauchte. Schreie folgten ihm, aber sein Pferd war so schnell, dass viele kaum Zeit hatten zu reagieren, als er an ihnen vorbeizog.

„Folgt ihm", befahl ich meinen Gargoyles. Sie waren nicht so schnell wie sein Pferd, aber da er verletzt war, hatten sie vielleicht eine Chance, ihn einzuholen. Ich hätte ihm folgen können, aber ich hatte hier dringendere Angelegenheiten zu erledigen, und ich war mir sicher, dass der Bastard so schnell nicht wiederkommen würde, um mich herauszufordern.

Außerdem musste ich nach der Frau sehen, bevor ich etwas anderes tat. Selbst wenn ich ihr gegenüber nur Hass und Wut empfand, musste ich sicher sein, dass mein Kind in Sicherheit war.

Ich flog hinauf zum Penthouse, aber es war dunkel. Es war niemand da.

Die Frau war verschwunden.

10

HANNAH

Riesige weiße Säulen ragten in die Luft und schimmerten im sanften Mondlicht des Tempels, in dem sich die Grabkammer des Hungers befand. Unsere Greifen kreisten darüber und ermöglichten es uns, das gesamte Bauwerk in Augenschein zu nehmen. Es war offensichtlich seit vielen Jahren nicht mehr angerührt worden, und die Natur hatte es fast vollständig verschluckt. Bis auf die riesige Statue von Oberon an der Vorderseite des Gebäudes. Sie musste mindestens vierzig Fuß hoch sein und stellte ihn auf einem mit Gold und Edelsteinen geschmückten Thron sitzend dar, wobei er eine Krone trug und in einer Hand ein Zepter hielt. Der Eingang zum Tempel befand sich unterhalb des Throns, sodass man unter Oberons wachsamen Augen passieren musste, um ihn zu betreten.

Eine ähnliche Statue hatte es einst auf der Erde in Griechenland gegeben. Sie hatte Oberon in seiner Verkleidung als Zeus dargestellt. Viele Jahre lang war er auf der Erde unter diesem Namen verehrt worden, aber die Statue war vor langer Zeit zerstört worden. Nur ihr Spiegelbild hier im Feenreich war erhalten geblieben.

Der Tag war aus dem Frühlingserwachen in die Hitze des Hochsommers übergegangen, und nun befanden wir uns in einem milden Herbst, der sich rasch zum Winter hin abkühlte. Das Licht hatte sich verändert, wurde weicher und fiel in blassen Streifen zwischen die Säulen, als unsere Greifen sich vor der Statue niederließen. Ich stieg ab und betrachtete die unberührte Umgebung. Ich war nicht mehr hier gewesen, seit ich Eva gewesen war und wir den Hunger zum ersten Mal weggesperrt hatten. Belial war damals noch ein Kind gewesen. Weit und breit gab es nichts außer diesem Tempel und dem dichten, dunklen Wald, der ihn umgab.

„Natürlich würde der Eingang zur Gruft unter seinen Füßen liegen", murmelte Belial, als wir die Steintüren vor uns betrachteten. Sie waren mit Ranken und anderen wilden Pflanzen bewachsen, aber ich schnippte mit der Hand, und sie lösten ihren Griff um den Stein und zogen sich in die Erde zurück.

Damien warf einen angewiderten Blick auf die Statue. „Ja. Oberon würde niemandem sonst die Bewachung einer so gefährlichen Sache wie des Hungers anvertrauen."

Ich drehte mich um und betrachtete die große Gruppe von Anwesenden, die mich auf dieser Mission begleitet hatten. Meine Söhne, alle drei wild entschlossen, ihren Vater zu retten, trotz aller Probleme, die sie mit ihm hatten. Mein Neffe Callan, der beschützend neben mir schwebte, und Azazel, die mit einem grimmigen Gesichtsausdruck dastand. Theo organisierte seine Gargoyle-Wachen in einer Formation um das Grab herum, während die vom Hohekönig Oberon gesandten Feenkrieger teilnahmslos daneben standen, als ob sie sich nur einschalten würden, falls etwas schiefgehen sollte. Unsere Botin Mirabella, von der ich erfahren hatte, dass sie einen Vater am Herbsthof hatte, stand abseits von ihnen, bereit, für uns ein Portal zurück zur Erde zu öffnen, wann immer wir dies wünschten.

„Wir sind alle bereit", sagte Kassiel. „Die Feen öffnen jetzt die Tempeltüren."

Ich nickte, bevor ich mich an Zel wandte. „Willst du das immer noch tun?"

Sie runzelte die Stirn. „Wollen? Nicht unbedingt. Aber es muss getan werden, und ich bin die beste Person für diese Aufgabe."

Ich nahm ihr Gesicht in meine Hände und schaute ihr in die dunklen Augen. „Versprich mir, dass du gegen den Hunger ankämpfst und irgendwie du selbst bleibst. Ich kann dich nicht auch noch verlieren, Zel."

Sie legte ihre Hände auf meine und schaute mich mit Entschlossenheit und Liebe an. „Ich verspreche es. Vor langer Zeit habe ich geschworen, dich zu beschützen und an deiner Seite zu kämpfen, und ich werde auch jetzt nicht damit aufhören."

Ich nickte, trat einen Schritt zurück und blinzelte die Tränen in meinen Augen weg. „Ich hab dich lieb."

„Jetzt werde mir bloß nicht sentimental, kleiner Engel", sagte Zel mit einem Grinsen, und ihr Gesicht wurde weicher. Dann drückte sie mich fest an sich und flüsterte: „Ich hab dich auch lieb, aber wage es ja nicht, es jemandem zu sagen."

Die Tempeltür öffnete sich mit einem lauten Rumpeln und einer Staubwolke, und Zel und ich traten zurück, um zuzusehen. Im Inneren war nichts als Dunkelheit zu erkennen, aber Callan und ich konnten das mit etwas Engelslicht beheben.

„Los geht's", sagte ich zu meinem Team und wies in Richtung des Eingangs. Bisher gab es keine Spur von Nemesis oder Fenrir, aber ich wollte auch nicht hierbleiben und warten, bis sie auftauchen.

Theo ging zuerst mit einigen seiner Wachen hinein, zusammen mit Callan, der den Weg mit einer hellen Kugel aus schwebendem Licht erhellte. Ich ging als Nächstes mit Azazel, Damien und Kassiel hinein, wobei ich mein eigenes Licht benutzte, um einen staubigen Steinkorridor mit abgestandener Luft zu beleuchten, der kaum groß genug war, dass zwei von uns nebeneinander hindurchgehen konnten. Weitere meiner Gargoyle-Wachen folgten hinter mir, dazu noch ein paar Feenkrieger ganz hinten. Der Rest blieb draußen, für den Fall, dass dort irgendeine Bedrohung auftauchen sollte.

Der Gang entwickelte sich zunehmend zu einem Tunnel, der sich immer weiter nach unten erstreckte. Seit Tausenden von Jahren war niemand mehr in diesem Tempel gewesen, und je tiefer wir in die Erde vordrangen, desto bedrückender wurde der Raum. Ich konnte es kaum erwarten, wieder nach draußen zu kommen.

Schließlich führte uns das Gefälle des Tunnels zu einer weiteren großen Tür, die mit magischen Runen bedeckt war, genau wie die Gräber der Pest und des Krieges. Die Luft hier war besonders stickig, und mir drehte sich der Magen um angesichts der grausamen Macht, die von der Grabkammer ausging. Das Baby strampelte ebenfalls, und ich legte meine Hand auf sie, um sie stumm zu beruhigen.

„Das ist sie", sagte Callan. „Die Grabkammer des Hungers."

Kassiel betrachtete sie eingehend. „Sie ist direkt in den Tempel hineingebaut."

Belial deutete Damien an, nach vorne zu gehen. „Du bist dran. Mach uns stolz."

Damien schnitt eine Grimasse, trat aber dicht an die Tür heran und zog ein kleines Messer heraus. Nur wenige konnten die Gruft des Hungers öffnen, darunter Oberon selbst oder eine seiner Töchter – und mein Sohn Damien. Dazu musste man in diesem Reich geboren sein, mit dem Blut eines derjenigen, die die Gruft ursprünglich versiegelt hatten.

Damien sah zu mir herüber und ich nickte, obwohl ich innerlich bebte. Wir mussten es tun, aber das bedeutete nicht, dass ich darauf vorbereitet war, was gleich passieren würde. Sollten wir wirklich den dritten Reiter auf die Welt loslassen? Würde dieser Plan funktionieren, oder würden wir nur unser eigenes Verderben heraufbeschwören?

Damien zog die Klinge mit einem sauberen Schnitt über seine Handfläche. Ich fuhr zusammen, doch er zuckte nicht einmal, und dann drückte er seine blutige Hand gegen die Tür der Grabkammer. Die Runen begannen zu leuchten und tauchten uns alle in einen unheimlichen grünen Schleier. Dann flog die Tür mit einem so starken Ruck auf, dass wir alle zurückgeschleudert wurden. Ich knallte gegen die nächstgelegene Wand, und nur meine neuerlich wiedergefundene Luft-Magie dämpfte meinen Aufschlag und schützte das Baby.

„Ich bin frei", ertönte eine schreckliche, krächzende Stimme aus den dunklen Tiefen der Grabkammer, dann sickerte eine kränkliche grüne Schwade mit dem Gestank von verfaulenden Pflanzen und verdorbenem Essen aus der Gruft. Während wir uns alle von der Druckwelle erholten und wieder auf die Beine kamen, verdichtete sich der grüne Dunst zur verschwommenen Gestalt einer Frau, deren Gesichtszüge undeutlich waren und sich wie Rauch wandelten. „Ich bin der Hunger ... und ich muss mich nähren. Wer wird das Opfer bringen und meine Kräfte erlangen?"

„Der dritte Reiter ist eine Frau?", fragte Callan neben mir.

Zel erhob sich und klopfte sich den Staub ab. „Ich werde das Opfer bringen."

Kaum hatte sie die Worte ausgesprochen, trat eine der Feenwachen hinter sie und stieß ihr ein Schwert in die Brust. Ich schrie auf, als Zel aufgespießt wurde, dann sah ich durch die magische Verkleidung des Feenwächters hindurch und entdeckte eine wunderschöne Frau mit feuerrotem Haar. Nemesis.

Ich schleuderte sie mit einem kräftigen Luftstoß zurück, während Callan nach vorne sprang, um Zel aufzufangen, als diese zu Boden stürzte. Blut strömte aus ihrer Brust, und ich verfluchte mich dafür, dass ich Marcus nicht erlaubt hatte, mit uns zu kommen, und dass ich Nemesis' Illusionen nicht schon früher durchschaut hatte. Ich hatte den Feenwachen, die uns nach drinnen gefolgt waren, kaum Beachtung geschenkt, und nun lag Zel im Sterben. Was konnte ich tun?

„Nimm ihren Körper und heile sie", schrie ich den Hunger an, während ich verzweifelt versuchte, Zels Wunden zu versorgen und die Blutung zu stoppen. Zel war kaum noch bei Bewusstsein, ihr Körper verlor an Kraft, während er versuchte, sich selbst zu heilen.

„Nein", dröhnte die raue, weibliche Stimme. „Sie ist zu schwach. Sie würde nicht überleben."

Zwei Gargoyle-Wachen, die ich erkannte, stürmten plötzlich in den Bereich, und einer von ihnen schrie: „Meine Königin, die Gestaltwandler greifen außerhalb des Tempels an! Wir sind umzingelt!"

Ich fluchte leise und wandte mich an die anderen, die bei mir waren. „Haltet die Stellung und bringt Zel zu einem Heiler! Ich kann Nemesis selbst aufhalten." Da meine Söhne alle aussahen, als wollten sie mir widersprechen, hob ich eine Hand und rief: „Los!"

Callan trug Zel nach draußen, und ich betete, dass es nicht das letzte Mal war, dass ich sie lebend sah. Damien und Kassiel folgten zusammen mit einigen Wachen, aber Theo und Belial blieben bei mir.

Die Gestalt des Hungers begann sich ebenfalls in Richtung Ausgang zu bewegen. „Ich hungere ... wer wird mich nähren?"

„Ich werde es tun", sagte Belial, der sich vor den Hunger stellte und den Rest von uns mit seinem Körper abschirmte. Das Herz schlug mir bis zum Hals, als ich daran dachte, dass mein

Sohn ein Reiter werden könnte – aber er war wohl auch die beste Wahl, wie ich mit Bedauern zugeben musste.

Der Hunger grinste ihn an, dann schlug die Frau ihn mit einer geisterhaften Hand zur Seite. „Ich brauche einen weiblichen Wirt."

„Nimm mich", sagte Nemesis und erhob sich, während ihre Kobolde, die alle als Feenwächter verkleidet waren, hinter ihr ihre Waffen schwangen. „Ich bin die, die du willst."

Die grüne, gespenstische Gestalt des Hungers bewegte sich auf sie zu, aber auf keinen Fall würde ich zulassen, dass Nemesis die Kontrolle über diesen Altgott erlangte. Dies war meine einzige Chance, Luzifer vor dem Krieg zu retten, und ich wollte sie nicht ungenutzt verstreichen lassen. Nemesis hatte uns immer wieder verraten, und jetzt hatte sie Zel erstochen – ich wollte sie nicht gewinnen lassen.

„Nein." Ich schritt vorwärts, wobei sowohl Dunkelheit als auch Licht von mir ausgingen, meine Luftkräfte peitschten an mein Haar, während dornige Ranken zu meinen Füßen aus dem Boden wuchsen. Es war an der Zeit, dieser Schlampe zu zeigen, was geschah, wenn man sich mit der Dämonenkönigin anlegt. „Der Hunger ist mein."

Meine dicken Ranken wickelten sich um Nemesis und stachen mit den Dornen in ihre nackte Haut, aber ihr wuchsen lange, schwarze Krallen, mit denen sie die Ranken durchtrennte, und dann gelang es ihr, auf die andere Seite der Höhle zu flüchten. Belial und Theo begannen, gegen die anderen Kobolde zu kämpfen, aber Nemesis war die Einzige, die für mich von Bedeutung war.

Sie spaltete sich in Dutzende von Ebenbildern auf, die alle mit Schwertern und Klauen nach mir schlugen, aber ich ließ das Licht der Wahrheit um mich herum erstrahlen und fand die echte Nemesis. Ich beschoss sie mit Licht und Finsternis, aber sie war so schnell, dass sie fast schon bei einem Wimpernschlag zu verschwinden schien, und es gelang ihr, allem auszuweichen. Ich würde sie aber auf keinen Fall entkommen lassen. Mit einem Brüllen erschuf ich einen Tornado aus Luft, durchsetzt mit Licht und Finsternis, und ließ ihn auf sie los. Er erfasste Nemesis in seinem Inneren, dann griffen meine Ranken nach oben und zerrissen sie, Glied um blutiges Glied. Obwohl ich mich nie am Tod erfreut hatte, sah ich mit grimmiger Genugtuung zu, wie Nemesis zerstört wurde.

Man legte sich nicht mit einer schwangeren Frau an, die ihre Familie beschützt.

„Meine Königin, geht es Euch gut?" Theo humpelte an meine Seite, eine Hand um seine Taille geschlungen.

Die Leichen der Kobolde lagen auf dem Boden verstreut, und Belial versetzte einem von ihnen mit Morningstar den letzten Schlag. Dann drehte er sich um und betrachtete die Teile von Nemesis, die in einer Blutlache auf dem Boden lagen.

„Scheiße, Mutter", sagte Belial. „Ich wusste nicht, dass du so grausam bist."

„Ich habe getan, was ich tun musste." Ich sah mich in der Höhle um und mir stockte der Atem. „Wo ist der Hunger?"

Belial zog sein Schwert aus der Scheide. „Sie muss während des Kampfes geflohen sein."

Wir eilten den Tunnel hinauf und kamen auf einem verschneiten Schlachtfeld heraus. Wandler und Kobolde kämpften gegen Gargoyles und Feen, und ich war erleichtert zu sehen, dass sowohl Damien als auch Kassiel wohlauf waren. Ich suchte die Umgebung ab und entdeckte die grüne Gespenstform des Hungers, die über allen schwebte. Sie schwebte einige Sekunden lang über Mirabella, drehte sich dann um und griff nach einem großen weißen Wolf mit eisbedecktem Fell, der neben Fenrir stand.

Der Hunger war auf der Suche nach einem neuen Wirt. Das konnte ich nicht zulassen. Aber Zel war weg, von Callan in

Sicherheit gebracht, und der Hunger wollte einen weiblichen Körper.

Es gab nur eine Person, die stark genug war, sie aufzunehmen.

Mich.

11

HANNAH

Ein Pfad aus abgestorbener, brauner Gewächse führte direkt zum Hunger. Pflanzen verdorrten und starben, Blumen verloren ihre Blütenblätter, das Laub verfärbte sich schwarz. Gestaltwandler und Gargoyles fielen auf dem Weg auf die Knie, so als hätten sie alle Kraft zu kämpfen oder gar zu stehen verloren.

Der Hunger nährte sich.

Alles an diesem Anblick ließ meine Seele aufbegehren. Ich war eine Göttin des Frühlings und der Natur, und sie war das Gegenteil von allem, was mir heilig war. Dennoch musste ich mich ihr hingeben … es gab keine andere Möglichkeit.

Fenrir in seiner riesigen Wolfsgestalt sah, wie der Hunger auf die Eiswölfin zuging, und sprang ihr mit gefletschten Zähnen vor die Füße. Wer auch immer diese Wölfin war, Fenrir wollte nicht, dass sie vom Hunger vereinnahmt wurde. Und ich hatte gedacht, Fenrir würde sich um nichts und niemanden kümmern, außer um sich selbst. Aber der Hunger ließ sich nicht aufhalten, nicht von Fenrir, schleuderte ihn beiseite und näherte sich dann der weißen Wölfin.

Ich entfaltete meine silbernen Flügel und stürzte mich auf den Hunger, wobei ich meine Kräfte des Windes nutzte, um mir Auftrieb zu verschaffen. „Hunger!", brüllte ich.

Der Altgott drehte sich zu mir um, gerade als die Eiswölfin sich wieder in eine schöne Frau mit weißem Haar und spitzen Ohren verwandelte. Sie holte einen Edelstein hervor, aktivierte ihn und öffnete mit einem Schlüssel ein Portal, durch das sie und Fenrir schlüpften. Es schloss sich, ehe der Hunger zurück auf die Erde entweichen konnte. Wie der Feigling, der er war, hatte Fenrir wieder den Schwanz eingezogen – und die meisten seiner Gestaltenwandler zurückgelassen.

Da ihre Wirtin verschwunden war, gab der Hunger ein verärgertes Knurren von sich, wandte sich dann aber mit seiner Energie zu mir. Seine Nähe war wie ein Energiesog – allein seine Gegenwart ließ mich müde, hungrig und schwach werden, so als hätte ich seit Tagen weder gegessen noch geschlafen.

„Ich befehle dir, dich zu unterwerfen", sagte ich und wiederholte die Worte, die ich von Belial bei der Pest gehört hatte, doch dann fügte ich meine eigene Variante hinzu. „Hunger, ich brauche deine Hilfe."

„Ist das so?", fragte die Frau mit einem grässlichen Krächzen.

„Ich muss den Krieg besiegen. Mir wurde gesagt, dass du die Einzige bist, die ihn aufhalten kann."

Ihre geisterhafte Gestalt wurde dunkel und wütend. „Ja ... Der Krieg muss leiden ..."

Nicht gerade das, was ich wollte, aber ich ließ es dabei bewenden. „Diene mir, und wir werden ihn gemeinsam zur Strecke bringen."

„Mutter, nein!", rief Belial. Er stand neben Kassiel und Damien, die ebenfalls seine Worte wiederholten, aber ich ignorierte sie. Meine Söhne mussten wissen, dass dies der einzige Weg war, jetzt, da der Hunger befreit war.

„Bist du bereit, das Opfer zu bringen?", fragte der Hunger.

Ich zögerte. Ich war bereit, alles zu tun, um Luzifer zu retten … außer unser ungeborenes Kind zu gefährden. „Das hängt davon ab, was du von mir verlangst. Ich trage ein Kind in mir, und ich werde nicht zulassen, dass du etwas tust, das ihm schaden könnte."

Das Wesen des Hungers rückte näher, als sie mich betrachtete. Die ganze Lichtung um den Tempel herum wurde still, als alle unseren Austausch beobachteten. Keiner kämpfte mehr – dank des Hungers waren sie ohnehin zu schwach.

„Auch ich war einst eine Mutter", sagte sie mit ruhigerer Stimme. „Vielleicht kennst du meinen Sohn, Baal."

„Das tue ich, ja. Er ist einer meiner Verbündeten." Ich erinnerte mich vage daran, dass Baal gesagt hatte, der Hunger sei ein Elternteil von ihm, aber ich hatte damals angenommen, dass er seinen Vater meinte.

„Es gab auch andere Kinder", fuhr der Hunger fort. „Der Krieg hat einige von ihnen ermordet. Die anderen … vielleicht sind sie noch am Leben. Vielleicht gelingt es mir, sie zu finden."

„Dann verstehst du sicher, dass ich alles tun würde, um mein Kind zu schützen."

„Ja. Ich werde diesem Kind nichts antun. Ich schwöre es."

Erleichterung löste meine Brust und ließ mich aufatmen. Als Altgöttin konnte sie nicht lügen. „Welches Opfer würdest du dann von mir verlangen?"

„Das Opfer deiner Fruchtbarkeit. Dein Kind wird sicher und gesund bleiben. Es wird mächtig und stark sein. Dafür werde ich sorgen. Aber dieses Kind wird dein letztes sein. Nach ihrer Geburt wird dein Körper kein Leben mehr hervorbringen."

Ich schlang meine Arme um mich, als ihre Worte zu mir durchdrangen. Das letzte. Es war schwer, das zu erfassen. Ich hatte nicht in Erwägung gezogen, nach diesem einen Kind noch weitere zu bekommen, aber bei der Vorstellung, dass es nicht mehr möglich sein würde, fühlte ich mich leer. Ich strich mit der

Hand über meinen Bauch, spürte, wie sich das Baby in mir bewegte, und wusste, dass ich dieses Wunder nie wieder erleben würde, sobald es geboren war. Ich musste kurz schlucken, während mir die Tränen in die Augen stiegen, aber dann drehte ich mich um und sah meine drei klugen, tapferen und gutaussehenden Söhne an. Luzifer und ich waren mit ihnen gesegnet worden und nun mit dieser Tochter, die in mir heranwuchs. Solange dieses ungeborene Kind in Sicherheit war, konnte ich akzeptieren, dass ich nach ihr nie wieder ein anderes Kind haben würde.

„Ich nehme dieses Opfer an."

„Sehr gut." Der Hunger bewegte sich auf mich zu und erinnerte mich dabei an einen Bienenschwarm. „Ich freue mich darauf, wieder Mutter zu werden."

Irgendetwas an der Art, wie sie diese Worte sprach, ließ mein Blut gefrieren. Es lag eine Endgültigkeit in ihrem Tonfall, so als würde das Kind ihr Kind werden und nicht meins. Sie dachte, sie würde die Kontrolle über mich übernehmen, aber ich würde mich wehren. Ich erinnerte mich an Oberons Worte über die Möglichkeit, einen der Altgötter zu besiegen und dann selbst einer zu werden, als mich die geisterhafte Gestalt des Hungers umgab. Ihre Macht umhüllte mich und durchdrang meine Haut, sickerte in meine Poren, glitt in alle Öffnungen, bis sie tief in meine Seele geschlüpft war. Vor überwältigendem Hunger und verzweifeltem Verlangen wollte ich mir fast die Augen ausreißen, und dazu kam eine so starke Melancholie, dass ich kaum noch atmen konnte. Ich wurde von einer tiefen, intensiven Sehnsucht angetrieben, nicht nur nach Nahrung, sondern nach Macht. Nach Leben.

Es war unmöglich, gegen die enorme Macht des Hungers anzukämpfen. Wie hatte ich je gedacht, ihn besiegen zu können? Die Göttin breitete sich in meinem Körper aus, nahm ihn in Besitz, machte mich zu ihrer Wirtin. Und ich konnte es nicht verhindern. Kein Wunder, dass Luzifer den Weg ohne seine Erinnerungen nicht gefunden hatte. Er hatte nie eine Chance gehabt.

Ich blickte auf das Schlachtfeld, auf das tote Gras und die geschwächten Wesen, die alle vor mir knieten. Ich konnte ihre Auren sehen, ihre Kraft, ihre Essenz, und ich atmete sie ein, schöpfte aus ihrer Kraft und nahm sie für mich in Anspruch. Es lag in meiner Natur, mich zu nähren, und niemand konnte mich davon abhalten, jedes einzelne Lebewesen um mich herum auszusaugen. Nur dann würde ich stark genug sein, um den Krieg aufzuhalten.

Mein Blick fiel auf die drei Männer vor mir, die immer wieder meinen Namen riefen. Damien sackte zusammen, seine schöne Haut wurde blasser, während ich ihm die Lebenskraft aussaugte. Kassiel lag auf Händen und Knien, sein Gesicht war fahl. Belial, der Älteste und Stärkste, wehrte sich am vehementesten, aber auch er unterlag schließlich meiner Macht.

Als er auf dem Boden aufschlug, erwachten meine Sinne wieder und ich schreckte auf. Was hatte ich nur getan? Ich konnte nicht zulassen, dass der Hunger denjenigen, die ich liebte, die Kraft raubte. Es waren meine Kinder, die er aussog, und hinter ihnen meine Freunde und Verbündeten. Ich musste ihn davon abhalten, sie alle zu töten. Ich musste irgendwie die Oberhand gewinnen.

Ich zwang mich, die Energie, die ich geraubt hatte, wieder abzugeben, damit sie zu den Menschen um mich herum zurückkehren konnte. Der Hunger versuchte erneut, die Kontrolle über mich zu erlangen, aber diesmal wusste ich, was er vorhatte, und ich wehrte mich. Ich konnte sie jetzt spüren, die Dualität, in der ich an mir selbst festhalten musste, um mich zu festigen und nicht hinter dem Hunger zu verschwinden. Wenn ich es zuließ, würde er die treibende Kraft sein, bis wir zu einem schrecklichen, furchtbaren Wesen verschmolzen, das jedem Lebewesen in jedem der Reiche das Leben aussaugte, bis nichts mehr übrig war. Der Hunger sträubte sich stärker, übertrug mehr von seiner Macht auf mich, während er versuchte, nach allem Leben um uns herum zu greifen und es zu rauben. Ich konterte, indem ich mit meinen Persephone-Kräften lebendige Energie in die Umgebung schickte, die Pflanzen um uns herum wieder zum Leben erweckte und ihre Fäulnis mit meinen Kräften des Wachstums bekämpfte. Das machte den Hunger nur noch wütender, doch mir wurde auch etwas klar: Ich war die direkte Gegenspielerin des Hungers. Er ließ die Pflanzen verwelken und sterben, und ich ließ sie wachsen und gedeihen.

Ich war Persephone, die Göttin des Frühlings und des Todes. Ich war Eva, die ursprünglich die Vier Reiter eingeschlossen hatte. Und ich war Hannah, ein Engel der Wahrheit, und die verdammte Dämonenkönigin. Der Hunger dachte, er könnte meinen Körper übernehmen und mein Kind als sein eigenes aufziehen, aber er hatte keine Ahnung, wie mächtig ich war. Vor allem, weil es nicht nur um mich ging. Ich hatte auch meine Tochter, ein kleines Stück Luzifer, das in meinem Körper wuchs. Mein Baby war stark, und ich wusste, dass wir gemeinsam den Hunger bezwingen und ihn unter Kontrolle halten konnten.

Meine Tochter strampelte, als ob sie mein Bedürfnis, gemeinsam zu kämpfen, verstanden hatte, und ich schöpfte aus meiner Liebe zu Luzifer, um mich zu fokussieren. Ich blickte auf meine Söhne, die alle wieder aufrecht standen und mich mit einer solchen Liebe ansahen, dass ich überwältigt war. Meine Familie war meine Stärke. Die Liebe gab mir Kraft.

Dies ist mein Körper, sagte ich dem Hunger. Und du wirst dich mir unterwerfen.

Niemals, schrie die Göttin, während sie in mir wütete. Ein überwältigendes Gefühl der Verzweiflung, der Not und des Hungers, das niemals gestillt werden konnte, erfüllte mich, aber ich sah meine Söhne an und verdrängte es. Ich konzentrierte mich auf das Leben und die Liebe und nutzte die Erinnerungen an all meine früheren Leben, um mich zu motivieren. Ich war Hunderte von Malen wiedergeboren worden, meine Seele war jedes Mal stärker geworden, und jedes Leben hatte mir ein winziges bisschen mehr Kraft gegeben. Genug Kraft, um sogar einen Altgott zu besiegen. Ich zwang den Hunger in einen kleinen Teil meines Innern, drückte ihn immer fester in mich hinein, nahm ihm die Kraft und den Willen, bis er sich in nichts auflöste. Das intensive Verlangen und die Gier verschwanden, ebenso wie die Gegenwart der Göttin. Das Einzige, was blieb, war ihre Kraft, die wie knisternde Elektrizität durch meinen Körper floss und die ich nun beherrschen konnte.

Der Hunger war fort, und ich war noch da.

Nein, das war nicht richtig.

Ich war jetzt der Hunger.

Ein Altgott. Ein Reiter der Apokalypse. Ein Wesen, das mächtig genug war, den Krieg aufzuhalten.

Eine schwarze Stute erschien aus der Nacht und ritt auf mich zu, und ich hielt ihr die Hand vor die Nase. Sie schnaubte mich mit Wärme und Erkennen an, als sie gegen meine Finger stupste. Ich kannte dieses Pferd, und es kannte mich. Misery, sagte etwas in mir. Das war ihr Name.

Während ich über diese seltsame Verbindung zu dem Pferd nachdachte, das ich gerade erst kennengelernt hatte, eilten meine Söhne zu mir herüber. „Was war das?" Belials Knöchel waren weiß um das Heft von Morningstar, das sowohl in weißem als auch in schwarzem Licht glühte.

„Geht es dir gut?", fragte Kassiel.

Damien starrte mich an. „Ist der Hunger da drin?"

„Ich bin der Hunger." Ich streichelte die Flanke des Pferdes, dann drehte ich mich um und sah sie alle verwundert an. „Aber ich bin auch immer noch ich."

Belial zog eine Augenbraue hoch. „Du hast sie besiegt?"

Kassiel grinste. „Natürlich hat sie das."

„Wie das?", fragte Damien.

„Ich habe meine Liebe zu meiner Familie als Kraftquelle benutzt", sagte ich und streichelte meinen Bauch, während ich meine Söhne anlächelte.

„Das ist verdammt kitschig", sagte Belial und rollte mit den Augen.

„Mag sein, aber es hat funktioniert, nicht wahr?" Ich umarmte jeden von ihnen fest, so erleichtert, immer noch ich selbst zu sein, aber jetzt mit zusätzlicher Hoffnung. Wenn ich den Hunger besiegen konnte, dann konnte Luzifer sicher auch den Krieg besiegen. Er brauchte nur mich, um ihn zu lenken und ihm zu helfen, sich daran zu erinnern, wer er war.

Ich sah mich um, und die meisten Gestaltwandler und Kobolde waren entweder geflohen oder getötet worden. Die meisten meiner Leute standen noch, außer Callan und Zel. Sie lagen auf dem Boden unter einem toten Baum, und ich eilte zu ihnen hinüber.

„Wie geht es ihr?", fragte ich.

Callan sah mit schmerzverzerrter Miene zu mir auf. „Sie braucht sofort einen Heiler."

Während Damien Mirabella zurief, sie sollte das Portal zur Erde öffnen, kniete ich mich neben meine beste Freundin und legte meine Hand auf ihre Wange. Sie war schwach, und ich spürte ihre Lebenskraft auf eine Weise, wie ich es noch nie zuvor getan hatte. Eine leise Stimme sagte mir, dass es ein Leichtes wäre, ihr das zu nehmen, was noch übrig war – vielleicht ein Rest der Essenz des Hungers. Etwas, mit dem ich zu leben lernen müsste, und es zu kontrollieren.

Aber wenn ich Energie und Leben nehmen konnte, konnte ich es auch geben? Ich konnte es mit Pflanzen tun, warum nicht auch mit anderen Wesen?

Ich legte meine Hände auf die riesige, blutende Wunde in

Zels Bauch, die ich nicht ansehen wollte, weil sie zu schrecklich zu betrachten war. Während Engelsheiler wie Marcus ihre Verbindung zum Licht nutzten, um zu heilen, war ich anders, und meine Kraft kam aus der Natur. Genau wie der Hunger zuvor zog ich die Lebenskraft der Pflanzen um uns herum an und ließ das Gras wieder braun werden. Der Baum über uns verdorrte und starb, seine Blätter fielen auf uns wie Regen. Ich sammelte alles in mir und leitete es dann an Zel weiter.

Die Magie brachte Zels eigene Selbstheilung in Gang, und sie keuchte auf, als ihre Augen sich öffneten. Ihre Bauchwunde schloss sich wieder und die Farbe kehrte in ihr Gesicht zurück, während sie mich erschrocken anstarrte.

„Was ...?", fragte sie.

„Ich werde dir später alles erklären." Ich strich ihr mit Tränen der Erleichterung in den Augen über die Wange. „Aber wenn du jetzt damit aufhören könntest, mir ständig fast wegzusterben, wäre das klasse."

Sie zuckte leicht mit den Schultern, obwohl es ihr schwer fiel. „Ich kann nichts versprechen."

„Meine Königin, das Portal ist bereit", sagte Mirabella von hinten.

„Ich danke dir." Ich befahl allen, durch das Portal zu gehen, während ich mein Bestes tat, um den Ort wiederherzustellen. Die Stelle, an der ich Zel geheilt hatte, würde sich jedoch nie wieder erholen, fürchtete ich. Sie würde unfruchtbar bleiben, ein düsteres Mahnmal für ihren beinahen Tod.

Callan trug sie durch das Portal, und dann waren nur noch wenige von uns übrig. Ich blickte ein letztes Mal auf die Grabkammer und die sie überragende Statue zurück und fühlte eine seltsame Mischung aus Verbundenheit und Hass für diesen Ort, zweifellos durch diesen neuen Teil von mir, der für Tausende von Jahren dort gefangen gewesen war.

Mirabella berührte sanft meinen Ellbogen. „Bevor du gehst,

möchte ich dir danken, dass du mich und Eira vor dem Hunger gerettet hast."

Ich blinzelte sie an. „Eira?"

„Die Tochter von Fenrir, die Eiswölfin. Sie ist eine Halb-Fee vom Winterhof. Ihre Mutter starb, als sie noch ein Baby war, und so wurde sie von Fenrir bei den Gestaltwandlern aufgezogen. Sie war eine Botin für die Dämonen wie ich und eine gute Freundin, zumindest bis Fenrir sich gegen Luzifer wandte." Ihre Stimme verstummte mit einem Hauch von Traurigkeit. Es war eine deutliche Mahnung, dass dieser Bürgerkrieg unser Volk zerrissen hatte, und Luzifer und ich noch viel Arbeit vor uns haben würden, um die Wunden zu heilen, selbst nachdem wir Fenrir aufgehalten hatten. Wenigstens war Nemesis jetzt Vergangenheit.

„Ich tue alles, was ich kann, um mein Volk zu schützen", sagte ich zu Mirabella.

Sie verbeugte sich tief, und ich wandte mich dem Portal zu. Es war an der Zeit, zur Erde zurückzukehren, um Luzifer gegenüberzutreten.

Und mich dem Krieg zu stellen.

12

LUZIFER

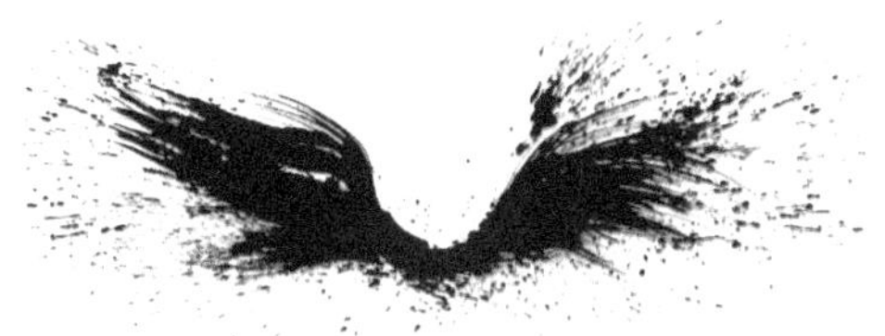

Nachdem ich festgestellt hatte, dass die Frau und mein Kind verschwunden waren, hatte ich in meiner Wut das Penthouse zerstört. Ich erinnerte mich kaum noch daran und kam erst wieder aus meinem Berserkerrausch heraus, als Samael und einige Engel hereinstürmten und versuchten, mich aufzuhalten. Wie töricht waren sie, zu glauben, sie könnten es mit mir aufnehmen. Nur ein Hauch meiner Macht verwandelte sie in hirnlose Krieger, die nach Blut lechzten, und nun diente Samael mir erneut. Die Engel, die bei ihm waren, wurden im Keller des Celestial angekettet. Wir würden sie als Kriegsgefangene benutzen, oder vielleicht als Köder, falls nötig.

Ich schenkte mir einen Drink ein, stellte mich an den Rand des Balkons und blickte auf die Stadt hinab, die mir gehörte. Eine Stadt, die bald Schrecken und Blutvergießen erfahren würde, wenn der Krieg zwischen Engeln und Dämonen wieder begann. Samael versammelte gerade unsere Truppen und bereitete sie auf die Schlacht vor. Bald würden auch die Engel hier sein. Mein Blut raste bei dem Gedanken an die Gefechte, die bald in diesen hell erleuchteten Straßen ausbrechen würden. Ich sehnte mich nach dem Klirren der Waffen und dem spritzenden Blut, nach den Todesschreien und dem Triumph.

Ich wandte mich um und betrachtete die zerstörten Möbel in meinem Penthouse. Die schwarzen Ledersofas und das Klavier waren mir vertraut und weckten viele Erinnerungen, aber andere Teile meiner Vergangenheit waren gähnende schwarze Löcher. Das Leder war nun zerrissen, das Klavier zertrümmert. Aber das machte nichts. Es war besser so. Es gab keinen Raum in meinem Haus, in dem es nicht nach der Frau roch, und ihre Gegenwart drang mit jedem Atemzug in mich ein.

Aber jetzt war sie nicht hier. Auch Samael wollte mir nicht sagen, wohin sie gegangen war. Irgendwie schaffte er es, dieser einen Frage zu widerstehen, aber ich würde bald eine Antwort bekommen. Diejenigen, die sich meinem Willen nicht beugten, würden zugrunde gehen.

Ich musste die Frau finden und sie hierher bringen. Jetzt, wo ich sie geküsst hatte, hinterließ ihre Abwesenheit ein Vakuum in meiner Brust, das ich nicht erwartet hatte und von dem ich nicht wusste, wie ich es füllen sollte.

Sobald ich diesen Gedanken hatte, erfüllte mich der Krieg mit Zorn auf die Frau, die mir dieses Gefühl verursacht hatte. Jetzt, wo ich meinen rechtmäßigen Platz als Dämonenkönig eingenommen hatte, brauchte ich nichts und niemanden außer mir selbst. Schon gar nicht sie.

Samael erschien im Eingangsbereich des Penthouses. „Luzifer."

„Dein König", korrigierte ich ihn. Ich warf ihm einen strengen Blick zu, und er neigte den Kopf.

„Mein König. Eine große Gruppe von Engeln nähert sich der Stadt."

„Ausgezeichnet." Ich kippte den Rest meines Getränks hinunter. „Sind unsere Soldaten bereit?"

„Ja, aber ..." Er zögerte, und ich spürte, wie er gegen meine

Kontrolle ankämpfte. „Seid Ihr sicher, dass dies die bestmögliche Strategie ist?"

„Du wagst es, mich in Frage zu stellen?" Ich schmetterte mein leeres Glas auf den Tresen, und es zersprang in meiner Hand. „Der Krieg gegen die Engel hätte nie enden dürfen. Ich habe einen Fehler gemacht, als ich mit ihnen Frieden schloss, aber die Tage des Friedens sind nun vorbei. Wir werden nicht aufhören, bis sie sich ergeben oder bis wir jeden einzelnen von ihnen vernichtet haben."

Samael schüttelte kurz den Kopf, presste aber die Lippen zu einem Strich zusammen. „Natürlich, mein König."

Der Bastard war stur, kein Zweifel, und viel zu ruhig, als dass meine Kriegskräfte ihn hätten anstacheln können. Aber als Luzifer hatte ich andere Tricks. Ich hatte meine Überredungskünste schon lange nicht mehr bei Samael eingesetzt, aber ich konnte auch nicht zulassen, dass er meine Entscheidung in Frage stellte.

„Du bist mir gefolgt, als wir das erste Mal den Himmel verließen und die Hölle zu unserem Zuhause machten. Du wirst mir auch jetzt folgen." Ich legte Kraft in meine Worte und schenkte ihm ein arrogantes Lächeln. „Wir können doch nicht zulassen, dass die Engel nach all diesen Jahren gewinnen, oder?"

„Nein, können wir nicht", murmelte er. Schließlich ließ seine Kraft gegen meine nach und er senkte den Kopf. „Ich werde Euch überallhin folgen, mein König. Sogar in diesen Krieg."

„Es wird keinen Krieg geben", sagte die Stimme der Frau hinter mir.

Ich riss meinen Kopf in Richtung des Eingangs zum Penthouse, wo die Engelsfrau stand, die man Hannah nannte. Irgendetwas an ihr war anders, und ich brauchte einen Moment, um zu begreifen, warum – sie strahlte die Macht eines Altgottes aus. Wie zur Hölle war das möglich?

Drei große, dunkelhaarige Männer standen hinter ihr, und

noch mehr Verwirrung machte sich in meinem Kopf breit, so als müsste ich mich an etwas erinnern. Ich sah sie mir genau an, aber sie kamen mir nicht bekannt vor, auch wenn sie genauso an meinem Gedächtnis zerrten wie die Frau.

„Es ist bereits getan", sagte ich ihr. „Der Krieg kommt in diese Stadt und dann in den Rest der Welt und dann in alle anderen. Du kannst nichts mehr tun, um ihn aufzuhalten."

„Ich kann dich aufhalten." Sie ging auf mich zu, und als sie näher kam, strahlte sie jene uralte, alles verzehrende Kraft aus. Eine Kraft, die ich als meiner eigenen ähnlich erkannte.

„Hunger?", fragte ich. Nein, das war nicht richtig. Die Engelsfrau war nicht der Hunger, aber die Macht des Hungers strahlte von ihr aus und rief den Krieg herbei und stieß ihn ab. Sie waren alte Feinde, und der Krieg wollte, dass ich sie vernichte. Töten, töten, töten, sagte er mir immer wieder. Aber ich konnte meinen Blick nicht von den Lippen der Engelsfrau abwenden, oder von der Fülle ihrer Brüste und Hüften, oder von der leichten Wölbung ihres Bauches, wo sie mein Kind trug. Meine Tochter. Ohne nachzudenken, atmete ich ein und nahm eine neue Welle ihres Duftes tief in mich auf.

„Ich habe den Hunger befreit und wurde ihre Wirtin, so wie du es mit dem Krieg getan hast", sagte sie. „Aber dann habe ich die Kontrolle übernommen und sie besiegt, indem ich ihre Macht für mich beansprucht habe. Auch du kannst das, Luzifer."

Ich starrte sie an und versuchte zu begreifen, wie das möglich sein konnte. Ich spürte einen winzigen Funken Hoffnung, bevor der Krieg ihn im Keim erstickte und in mir tobte.

Töte sie, befahl er.

„Verschwinde", schaffte ich es, mit zusammengebissenen Zähnen zu sagen, während ich die Frau anstarrte. Innerlich war ich hin- und hergerissen von meinem Bedürfnis, sie zu töten und gleichzeitig zu beschützen. „Bleib ... weg ..."

„Nein, das werde ich nicht." Sie legte mir eine Hand auf

die Brust. „Der Krieg will dich davon überzeugen, dass alles aus Konflikten und Wut besteht, aber das stimmt nicht. Du musst tief in dich gehen und versuchen, den Frieden zu finden."

Ich umklammerte ihre Hand fest, konnte sie aber nicht loslassen. „Es gibt keinen Frieden in mir."

„Das ist der Krieg, der da spricht. Der Mann, den ich liebe, hat jahrelang für den Frieden gekämpft. Er hat den Krieg mit den Engeln beendet. Er hat an ihrer Seite gekämpft, als sie von innen heraus bedroht wurden."

„Ich bin nicht der Mann, von dem du sprichst."

„Du bist es. Du weißt es nur nicht mehr, weil der Krieg dir die Erinnerung an mich und unsere Kinder genommen hat." Sie wandte sich wieder an die drei Männer. „Unsere Söhne. Belial. Damien. Kassiel."

Ich warf einen weiteren Blick auf sie, und alle sahen sie so aus, als wären sie bereit, mich anzugreifen und ihre Mutter zu verteidigen, sollte ich einen Schritt auf sie zugehen. Plötzlich spürte ich, dass auch sie von meinem Blut abstammten, und sah einige meiner Züge in ihren Gesichtern widergespiegelt. Auch das Kind in ihr ließ sich nicht verleugnen. Die Frau sprach die Wahrheit.

„Ich werde euch alle töten", zwang der Krieg mich zu sagen, als er erneut versuchte, die Kontrolle zu erlangen.

„Nein, das wirst du nicht", sagte sie. „Du würdest ihnen nie etwas antun. Du erinnerst dich vielleicht nicht an sie, aber du kennst sie. Schließlich bist du zum Krieg geworden, um unseren ältesten Sohn Belial zu retten."

Ich hatte keine Erinnerung an das, wovon sie sprach, doch wusste ich irgendwie, dass es wahr war. In meinem Inneren jagte der Krieg Wut und Hass durch meine Adern und versuchte, mich mit Blutgier zu überwältigen, aber ich wehrte mich gegen ihn. Ich musste die Wahrheit darüber erfahren, was mit mir geschehen war. Aber er war so stark, dass es unmöglich schien, ihn zu besiegen.

„Luzifer." Die Stimme der Frau rief mich zu ihr zurück, und sie streckte die Hand aus, um mein Gesicht zu streicheln. „Du weißt, dass ich deine Gefährtin bin, auch wenn du dich nicht an mich erinnern kannst. Mach dir dieses Gefühl zu eigen. Du bist im Moment nicht du selbst. Du hast deine Erinnerungen zu unser aller Wohl geopfert, aber jetzt musst du mir vertrauen. Glaub an mich und an unsere Liebe. Glaub an unsere Familie."

Ich begann den Kopf zu schütteln und widersprach ihren Worten. Sie war nichts für mich. Nichts. Ich war Luzifer und Krieg. Liebe gab es in meiner Welt nicht. „Nein!"

Sie fasste mir an die Wange und küsste mich, ihr Mund war weich und sanft, aber unnachgiebig. Ich zog sie in meine Arme und erwiderte den Kuss, meine Zunge erforschte ihren Mund. Diese Frau hatte etwas an sich. Ich konnte ihr nicht nahe genug kommen.

Sie zog sich zurück, nahm mein Gesicht in ihre Hände und starrte mir in die Augen. „Widersetz dich dem Krieg, Luzifer. Du kannst ihn besiegen. Lass mich dir helfen."

„Ich kann nicht. Er ist zu stark."

„Du bist stärker."

Dann küsste sie mich erneut, öffnete ihren Mund und berührte meine Zunge mit ihrer. Hitze brodelte zwischen uns, und ich zog sie näher zu mir, bis wir fast ein Körper waren. Gleichzeitig spürte ich, wie ein Teil meiner Wut und meines Zorns von mir abfielen, gemeinsam mit meiner Lebenskraft. Die Magie des Hungers raubte mir Energie und Kraft, und sie nahm sie mir, während sich ihr Mund auf meinem regte.

Meine Hände wanderten hinunter, um ihren Bauch zu umfassen, um das Leben zu spüren, das in ihr wuchs und das ich mit erschaffen hatte. Ein kleiner Tritt erwiderte meine Berührung, als würde meine Tochter nach mir greifen und nach ihrem

Vater rufen. Sie brauchte mich, und das gab mir all die Kraft, die ich nötig hatte, um weiter zu kämpfen.

Der Krieg tobte in mir, aber er wurde schwächer, während Hannah ihm seine wütende Energie entzog. Ich klammerte mich an sie, aber der Krieg wollte diesen Kampf nicht so einfach enden lassen. Plötzlich entlud er eine Welle rasender Wut, und Gargoyles und Gefallene stürzten sich auf das Penthouse, um meine Söhne anzugreifen. Sie waren sogar hinter meiner Frau her. Hinter meiner Tochter.

„Nein!", brüllte ich, als ich den Krieg zurückdrängte und die Angreifer zum Schweigen brachte. Er würde meiner Familie nichts antun. Ich war bereit, mich selbst zu opfern, aber nicht sie. Niemals sie.

Du brauchst mich, sagte der Krieg. Ich kann dich mächtig machen.

Ich bin schon mächtig, Arschloch. „Konzentriere dich auf Frieden und Liebe", sagte Hannahs Stimme, die durch den wirbelnden Zorn in meinem Kopf, den ich verzweifelt zu bekämpfen versuchte, zu mir durchdrang. „Ich weiß, dass du das schaffst."

Ich stieß meine Gefährtin von mir, während meine Knie nachgaben und ich meinen Kopf umklammerte. „Ich kann nicht."

Sie griff wieder nach mir, nahm meine Hände und hielt sie in ihren, während sie mich mit sanftem Blick beobachtete. Ein blasses Licht begann sie zu umgeben, etwas, das ich als das Licht der Wahrheit erkannte. Ein Trick der Erelim-Engel. „Erinnere dich daran, wer du bist. Ja, du bist der Dämonenkönig, aber du bist auch mein Gefährte. Mein Ehemann. Mein Schicksal. Du bist der Mann, der in jedem Leben nach mir gesucht hat. Der jedes Mal geduldig auf meine Wiedergeburt gewartet hat. Der den Fluch gebrochen und sich geopfert hat, um die zu retten, die er liebt. Vergiss mich nicht. Erinnere dich an uns."

Ihr Licht umgab mich, und alles wurde mir blitzartig wieder

bewusst. Ich erinnerte mich an alles. Eva und Hannah und jedes andere Leben. An unsere Söhne. An alles.

Ich hatte den Krieg gegen die Engel beendet und für den Frieden gekämpft, wegen Hannah. Wegen meiner Familie. Die Erinnerung an sie gab mir den letzten Anstoß, den ich brauchte, um mich gegen den Krieg zu wehren, um ihn zu Staub zu zermahlen.

Er versuchte, aus meinem Körper zu entkommen, wahrscheinlich, um einen anderen Wirt zu finden, aber ich hielt ihn mit meiner Kraft fest und hielt ihn in mir. Dann schlug ich mit allem, was ich hatte, auf ihn ein, bis seine Essenz in meinem Körper in einem Blitz von wütendem roten Hass explodierte.

Und dann war er weg.

Die Stimme des Krieges hallte nicht mehr in meinem Kopf wider, sein Zorn spannte meine Muskeln nicht mehr an und steuerte meine Gedanken nicht mehr. Doch etwas von ihm war immer noch in mir, ein fester Bestandteil von mir.

Ich war Luzifer, aber ich war auch der Krieg.

„Hannah." Ich drückte meine Gefährtin an mich, während Erleichterung und Liebe meine Brust erfüllten. „Ich wusste, du würdest einen Weg finden, mich zu retten."

„Es tut mir leid, dass es so lange gedauert hat."

„Es tut mir leid, dass ich versucht habe, dich zu töten."

Sie lächelte zu mir hoch und zuckte mit den Schultern. „Du hast dir nicht viel Mühe gegeben."

„Ist es vorbei?", fragte Belial von hinten. „Bist du frei?"

Ich drehte mich zu meinen Söhnen um, und mein Herz schwoll an, als ich sie alle drei zusammen sah. Meine Familie – alle hier, um mich zu retten. Einschließlich dieses neuen Geschenks, das jetzt in Hannah heranwuchs. „Ja. Ich bin frei."

13

———

HANNAH

Ich schlang meine Arme um Luzifer und presste mein Gesicht an seine Brust, so unendlich erleichtert, ihn zurück zu haben, dass ich kaum atmen konnte. Ich spürte die Gegenwart des Krieges nicht mehr, sondern nur noch den Mann, den ich seit Tausenden von Jahren geliebt hatte.

Er berührte meine Wange und ich sah zu ihm auf. In seinen Augen leuchtete Liebe, und von dem roten, zornigen Glühen des Krieges war keine Spur mehr zu sehen. Nur *war* er jetzt der Krieg, so wie ich der Hunger war. In meinen zahlreichen früheren Leben waren wir vieles gewesen, doch dies war am unglaublichsten.

Luzifer wandte sich mit einem Lächeln wieder unseren Söhnen zu. „Ihr seid alle hier. Es ist schon so lange her."

„Ohne ihre Hilfe hätte ich dich nicht retten können", sagte ich und mein Herz barst vor Stolz und Liebe. Ich hatte mir gewünscht, dass unsere ganze Familie wieder zusammenkäme, und jetzt hatte sich mein Wunsch erfüllt. Es sollte auch nicht das letzte Mal sein, dass dies geschah. Ich hatte zu sehr dafür

gekämpft, Luzifer zu retten und diese Familie wieder zusammen-
zubringen, und ich wollte sie bewahren.

„Ich danke euch", sagte er zu ihnen."

„Vater, es ist zu viel zu lange her, seit wir uns gesehen haben."
Damien trat vor und ergriff Luzifers Hand, während ich mich
zurückzog, damit sie sich umarmen konnten. Ich hatte mich mit
meinen Söhnen versöhnt, und nun war Luzifer an der Reihe.
Kassiel umarmte seinen Vater ebenfalls, und nur Belial hielt sich
zurück, in dessen Augen Unsicherheit lag. Doch als Luzifer sich
unserem ältesten Sohn zuwandte, umspielte ein Hauch von
Belustigung seine Lippen und in seinem Blick lag Vergebung.
Schließlich trat Belial vor und schüttelte Luzifers Hand. Er sagte
etwas Leises, etwas, das nur sein Vater hören konnte, und Luzifer
nickte.

Dann drehte sich Luzifer wieder zu mir um und zog mich
erneut in seine Arme. Seine Hand kroch tiefer zwischen uns, bis
sie auf meinem geschwollenen Bauch ruhte, und seine Augen
sahen mich voller Ehrfurcht an. „Noch ein Kind. Ich hätte nie
gedacht, dass das möglich wäre."

Ich nickte und legte meine Hände auf seine. „Eine Tochter,
laut Marcus. Sie ist auch stark."

„Das kann ich sehen. Stark wie ihre Mutter." Er sah so glücklich aus, aber dann seufzte er. „Ich habe so viel von deiner
Schwangerschaft verpasst. Das tut mir leid."

„Es ist nicht deine Schuld. Ich hatte nur so eine Ahnung,
dass ich schwanger sein könnte, als du zum Krieg wurdest, aber
ich war mir nicht sicher, bis wir den Himmel verlassen hatten
und Marcus mich untersucht hatte." Ich zögerte und überlegte,
ob ich ihm von meinem Opfer mit dem Hunger erzählen sollte,
aber vielleicht sparte ich mir das besser für einen privaten
Moment auf. Stattdessen schaute ich mich im Penthouse um und
bemerkte, wie es in meiner Abwesenheit verwüstet worden war.
„Was hast du mit diesem Haus gemacht?"

Er zuckte mit den Schultern. „Ich habe es in einem Anfall von Raserei zerstört, als ich zurückkam und feststellte, dass du weg warst."

Ich seufzte. „Dieses arme Penthouse. Es hat schon so viel durchgemacht."

Luzifer nickte, sein Gesicht war nachdenklich. „Ja, das hat es. Vielleicht ist es an der Zeit, es hinter uns zu lassen."

„Mein König", sagte Samael hinter uns. Ich hatte kaum bemerkt, dass er während der ganzen Sache anwesend gewesen war.

Luzifer machte eine finstere Miene und winkte mit der Hand, und Samaels Schultern senkten sich vor lauter Erleichterung ein wenig. „So. Jetzt stehst du nicht mehr unter der Kontrolle des Krieges – oder meiner Kontrolle."

„Genau darüber wollte ich mit dir sprechen", sagte Samael. „Die Engel kommen, um die Stadt anzugreifen. Sie sollten jeden Moment hier sein."

Luzifer fluchte leise vor sich hin. Seine Flügel, die wieder ganz schwarz waren und nur eine leichte rote Aura hatten, breiteten sich aus, als er sich mir zuwandte. „Es scheint, dass ich einen Krieg mit den Engeln begonnen habe, und jetzt muss ich ihn beenden."

„Natürlich hast du das", sagte ich mit einem leichten Kopfschütteln. „Ich komme mit dir."

Luzifer nahm meine Hand und drückte ihr einen Kuss auf. „Ich würde nichts anderes erwarten, meine Königin." Er wandte sich wieder an Samael. „Bitte sorge dafür, dass alle Dämonen sich zurückhalten und versuche, alles ändere rückgängig zu machen, was ich getan habe, als ich noch der Krieg war. Kassiel, ich habe Olivia und ihre anderen Männer eingesperrt, als ich der Krieg war, und ich möchte mich dafür entschuldigen. Vielleicht können du und deine Brüder sie jetzt befreien."

„Wir sind schon dabei", sagte Kassiel.

Während die anderen sich im Celestial um alles kümmerten, flogen Luzifer und ich vom Balkon in die Nacht. Auch von meinen silbernen Flügeln ging ein kaum wahrnehmbares grünliches Glühen aus, der einzige Hinweis auf meinen neuen Status als Altgöttin. Luzifer zog eine Augenbraue hoch, ich zuckte mit den Schultern, und wir hielten uns an den Händen, während wir durch die klare Nachtluft flogen. Wir waren wieder vereint, und das fühlte sich verdammt gut an.

Kurz vor der Stadt trafen wir auf etwa hundert Engelskrieger, die über die Wüste auf Las Vegas zuflogen, angeführt von Gabriel. Er trug eine silbern glänzende Rüstung und einen Speer, sein Blick war bedrohlich. Etwas Zorniges lauerte in ihm, etwas, das nur durch das Vergießen von Blut befriedigt werden würde. Jeder einzelne Engel rüstete sich zum Angriff, sobald sie uns sahen, aber zu meiner Erleichterung warteten sie auf Gabriels Befehl.

„Ist das deine Vorstellung von einer Schlacht?", rief Gabriel Luzifer zu. „Wo sind deine Dämonenkämpfer? Oder ist dein Ego tatsächlich so groß?"

„Es wird heute keine Schlacht geben", sagte Luzifer, und dann breitete er seine Macht nach außen aus. „Ich entbinde euch."

Der zornige Schleier löste sich aus Gabriels Augen und er blinzelte uns verwirrt an. „Luzifer? Hannah?"

„Es tut mir leid, mein alter Freund." Luzifer legte seine Hand auf Gabriels Schulter. „Ich war nicht ich selbst. Ich wünsche mir nicht wirklich einen Krieg mit deinem Volk."

„Ich auch nicht", sagte Gabriel, bevor er sich seinen Soldaten zuwandte. „Zieht euch zurück! Kehrt in eure Häuser zurück. Es wird heute hier keinen Kampf geben."

Die Engelskrieger schienen alle etwas verwirrt zu sein, steckten aber ihre Waffen weg und zogen ab. Einige sahen erleichtert aus, dass sie heute kein Dämonenblut vergießen würden, während andere enttäuscht wirkten. Bald war nur noch Gabriel übrig, und wir drei schwebten in der Luft, während wir uns gegenüberstanden.

Luzifer brach das Schweigen. „Du hast mir schon einmal einen Drink angeboten, und ich habe ihn abgelehnt. Lass mich dir jetzt einen anbieten."

„Ich nehme an", sagte Gabriel. „Ich würde gerne wissen, wie du dich von dem Bann des Krieges befreit hast."

Wir drei flogen gemeinsam zurück zum Penthouse, unsere Schuhe knirschten auf zerbrochenem Glas und gesplittertem Holz, als wir uns in unserem zerstörten Haus niederließen.

„Entschuldige das Chaos", sagte ich zu Gabriel und seufzte. „Luzifer hatte ein kleines Aggressionsproblem, aber wir haben uns darum gekümmert."

„Wo ist der Krieg jetzt?", fragte Gabriel.

„Er ist weg", sagte Luzifer, während er zwei Drinks aus der einen Schnapsflasche, die irgendwie seinen Zorn überlebt hatte, sowie ein Glas Wasser für mich einschenkte.

Gabriel zog die Brauen zusammen. „Wie kann ein Altgott verschwunden sein?"

„Der Hunger ist auch weg", sagte ich. „Obwohl das nicht ganz richtig ist."

Luzifer deutete zwischen uns hin und her. „Du siehst das, was vom Hunger und vom Krieg übrig ist."

„Wie ist das möglich?"

Ich nahm das Glas Wasser von Luzifer entgegen. „Ich habe den Hunger befreit, wurde ihre Wirtin und habe sie dann besiegt."

Gabriels Augen wurden groß. „Ich hatte keine Ahnung, dass das möglich ist."

„Oberon sagte mir, dass es möglich sei, obwohl er nicht glaubte, dass es funktionieren würde." Ich neigte den Kopf, als ich darüber nachdachte. „Ich vermute, bei den meisten würde es nicht funktionieren. Ich konnte die Hungergöttin bekämpfen, weil meine Essenz das Gegenteil der ihren ist. Genauso wie Luzifers Wesen das Gegenteil des Krieges ist – sobald er sich daran erinnerte, wer er wirklich ist. Mit der zusätzlichen Kraft und Magie des Hungers war ich in der Lage, mein Erelim-Licht der Wahrheit einzusetzen und es auf ein bislang unerreichtes Niveau zu steigern, um Luzifers Erinnerungen zurückzubringen. Bevor ich selbst eine Altgöttin wurde, wäre mir das nie möglich gewesen – nur der Hunger konnte den Krieg so schwächen, dass meine anderen Kräfte Wirkung zeigten."

Gabriel nahm mit einem Grinsen einen Schluck aus seinem Glas. „Luzifer ... ein Mann des Friedens. Wer hätte das gedacht, vor all den Jahren?"

„Verbreite dieses Gerücht nicht weiter", sagte Luzifer mit einem Grinsen. „Ich muss schließlich mein Schurken-Image bewahren."

„Ich denke nicht, dass das ein Problem sein wird." Gabriel trank seinen Drink aus und stellte sein Glas ab. „Ich lasse euch beide allein, damit ihr euch unterhalten könnt, während ich sicherstelle, dass keine Engel zurückbleiben, die einen oder zwei Dämonen ausschalten wollen." Er klopfte Luzifer auf die Schulter. „Es ist gut, dass du wieder da bist."

Nachdem er weggeflogen war, drehte ich mich zu Luzifer um und war erleichtert, ihn endlich allein zu haben. Wir hatten eine Menge nachzuholen – und viele Dinge zu besprechen.

14

____

HANNAH

Luzifer nahm meine Hände und zog mich zu sich heran. „Es ist kein Tag vergangen, an dem ich nicht an dich gedacht habe, selbst als ich der Krieg war. Dein Gesicht verfolgte mich bei jedem Gedanken, obwohl ich nicht verstand, warum."

„Ich habe auch jeden Tag an dich gedacht. Ich fühlte mich so schuldig, weil ich dich eingesperrt hatte ..."

Er legte einen Finger auf meine Lippen. „Nein. Du hast das Richtige getan."

„Das weiß ich, aber ich habe es trotzdem gehasst, und es war so schwer ohne dich ..."

„Hannah." Mein Name war eine wohltuende Liebkosung, so intuitiv wie jede seiner Berührungen. Er küsste mein Haar und strich mir die zerzausten Strähnen aus dem Gesicht. „Nach dem, was ich gesehen und gehört habe, hast du in meiner Abwesenheit Erstaunliches geleistet. Du hast dich zur Königin unseres Volkes erhoben, und das alles, während du schwanger warst. Ich bin nur enttäuscht, dass ich so viel verpasst habe."

„Du warst ja nicht absichtlich weg." Ich legte meine Hand auf seine Brust und spürte den beruhigenden Schlag seines

Herzens unter meiner Handfläche. „Du hast getan, was getan werden musste."

Er gab ein Brummen von sich, das Zustimmung oder auch Frustration hätte sein können, dann strich er mit der Hand über meinen Bauch. „Aber jetzt bin ich hier und gehe nirgendwo hin. Ich werde jede Sekunde dieser letzten Monate deiner Schwangerschaft an deiner Seite verbringen, bis du mich anflehst, dich in Ruhe zu lassen. Fußmassagen? Ich bin der Mann dafür. Seltsame Gelüste? Kein Problem. Peinlicher Schwangerschaftssex? Wann immer du willst."

Ich musste ein wenig lachen, aber dann erinnerte ich mich daran, dass dies das letzte Mal sein würde, dass wir das alles durchmachen würden. Ich wandte mich ab, meine Augen füllten sich mit Tränen, aber Luzifer hielt mein Kinn fest.

„Was ist los?", fragte er. Seine Stimme war voller Sorge.

„Um dich zu retten, musste auch ich ein Opfer bringen." Ich schluckte den Kloß der Traurigkeit in meinem Hals hinunter.

Schrecken erfüllte seine Augen. „Stimmt etwas nicht mit dem Baby? Hat ... Hat der Hunger ...?"

Ich schüttelte rasch den Kopf, ehe er etwas Falsches glaubte. „Nein, der Hunger hat ihr nichts angetan. Sie ist nur ..." Ich hörte auf zu reden, aber zwischen Luzifers Brauen bildeten sich Zornesfalten, und ich musste zu Ende sprechen, damit er sich nicht noch Schlimmeres einbildete. „Sie ist das letzte Baby, das ich haben kann."

Er schloss mich in seine starken Arme und drückte mich an seine Brust. „Das tut mir so leid, Hannah. Es tut mir so leid, dass sie dir das genommen hat."

„Uns", murmelte ich gegen seine Schulter. Ich drückte ihn fest an mich und spürte die Trauer tief in meinen Knochen, als ich mein Opfer wirklich verinnerlichte. Auch Luzifer klammerte sich an mich. Zweifellos spürte er seinen eigenen Kummer und seine Trauer.

Er zog sich zurück und wischte mir eine Träne aus dem Auge. „Es tut mir leid. Ich hatte keine Ahnung, dass du so viel aufgeben musstest, um mich zu retten.“

„Ich will nicht lügen, es schmerzt. Ich bin mir nicht sicher, ob ich nach diesem noch ein Kind will, aber zu wissen, dass es unmöglich ist ...“

„Ich verstehe, und mir geht es genauso.“

Ich versuchte zu lächeln. „Aber wir haben vier gesunde Kinder, oder?“

Er nickte und betrachtete immer noch meine Augen. „Das ist ein Erbe und mehr als genügend Ersatz. Natürlich hat unser Erbe mehrfach versucht, uns zu stürzen, aber wir haben Zeit, das mit ihm zu klären.“

Darüber musste ich ein wenig lachen. „Es war so schön, sie alle zusammen zu sehen. Wir müssen unsere Familie von jetzt an eng zusammenhalten.“

„Das habe ich auch schon gedacht. Ich habe früher so viele Fehler mit unserer Familie gemacht, aber jetzt ist alles anders. Der Fluch ist gebrochen, und wir werden keine langen Jahre ohne dich verbringen müssen. Unsere Tochter wird nie versuchen müssen, sich an ihre Mutter in einem neuen Körper zu gewöhnen, so wie unsere Söhne es mussten.“

„Nein, das wird sie nicht“, sagte ich erleichtert. „Und jetzt, wo wir Altgötter sind, können wir Adam endlich besiegen, sodass er niemals eine Bedrohung für sie sein wird.“

„Adam ...“ Er knurrte ein wenig bei dem Gedanken. „Er kam als die Pest hierher, während du weg warst, aber ich habe ihn abgewehrt. Ich glaube, ich habe ihn geschwächt, aber ich bin mir sicher, dass er zurückkommen wird.“

„Wir werden bereit sein, wenn er kommt. Wir haben bereits einen Plan ausgearbeitet.“

„Natürlich habt ihr das.“ Luzifer drückte mir einen Kuss auf die Stirn. „Ich bin immer wieder erstaunt über deine Stärke. In jedem Leben inspirierst du mich. Aber in diesem hast du dich wahrlich selbst übertroffen, meine Königin."

„Ich danke dir. Du bist auch nicht so schlecht, weißt du." Ich schlang meine Arme um seinen Hals. „Also, was diesen peinlichen Schwangerschaftssex angeht …"

Ein verführerischer, maskuliner Ton der Belustigung knurrte tief in seiner Kehle. „Was immer meine Frau wünscht."

„Gibt es in diesem Penthouse irgendetwas, das nicht verwüstet ist?", fragte ich.

Er hob mich hoch, als würde ich nichts wiegen, und trug mich in das Schlafzimmer, das wir einst geteilt hatten und in dem ich monatelang allein geschlafen hatte. Das Bett war unberührt, immer noch mit schwarzen Seidenlaken bezogen, dazu meine zusätzlichen türkisfarbenen Kissen.

„Selbst in meinem Zustand der Raserei konnte ich das nicht zerstören", sagte Luzifer, als er mich darauf absetzte. Seine Stimme war leise und tief und jagte mir einen Schauer der Vorfreude über den Rücken. „Obwohl ich langsam glaube, dass wir vielleicht einen neuen Wohnort brauchen …"

Ich packte sein Hemd und riss es auf, sodass die Knöpfe davonflogen. „Hör auf zu reden und fick mich endlich. Es ist sechs Monate her, dass ich dich gesehen habe, und diese Schwangerschaftshormone sind mörderisch."

Er schenkte mir ein verruchtes Grinsen, als er sein Hemd auszog und die glatte, muskulöse Brust zum Vorschein brachte, die ich so sehr vermisst hatte. „Früher habe ich ganze Lebenszeiten auf dich gewartet. Sechs Monate sind gar nichts."

Ich schnappte mir ein Kissen und schlug ihn damit. Er nahm es mir ab und warf es mit einem Lachen beiseite, dann drückte er mich ans Bett, wobei er darauf achtete, meinen Bauch nicht zu zerquetschen. Sein Kuss verschlang mich, während sich seine Hände über meinem Kopf mit meinen verflochten. Mein Körper wölbte sich ihm entgegen, und das

Bedürfnis, mich von ihm ausfüllen zu lassen, war so stark, dass ich dachte, ich würde schreien. Ich konnte nur seinen Kuss erwidern, meine Hüften gegen ihn stemmen und ihn stumm um mehr anflehen.

Er richtete sich auf, gerade so weit, dass er mir das Oberteil ausziehen und den BH aufreißen konnte. Dann starrte er auf mich herab, seine Finger strichen über die Wölbung meines Körpers und umfassten meine Brüste. „Unglaublich."

„Es hat sich einiges verändert, während du weg warst." Ich zuckte zusammen und schwankte zwischen Verlegenheit und Freude.

Er begegnete meinem Blick mit hungrigen Augen. „Ich liebe dich so sehr, gemeinsam mit meinem Kind. Ich werde jede Sekunde davon auskosten."

„Fang jetzt an", murmelte ich und griff nach seiner Hose.

„Du bist so ungeduldig", neckte er. Er öffnete meine Hose und zog sie mir aus, wobei er auch meinen Slip mitnahm. Ich trug noch immer die Kleidung, in der ich gegen den Hunger gekämpft hatte, und sie war ein wenig staubig, aber das war ihm egal.

Er betrachtete mich ein paar Sekunden lang, dann sank er zwischen meine Beine und küsste die Seite meines Knies, und mir stockte der Atem. Ich erwartete, dass er die Innenseite meines Oberschenkels küssen würde, aber als ich den Atem anhielt und wartete, entfernte er sich und begann mit dem anderen Knie.

„Wie ich schon sagte, ich werde dich genießen."

Ich keuchte, schloss aber die Augen, denn dass Luzifer mich auskostete … das hatte ich vermisst.

Seine Finger umfassten die Außenseiten meiner Oberschenkel, als er sie weiter spreizte, und mein Atem beschleunigte sich allein durch die Vorfreude. Seine Zunge berührte meine Haut, und ich bewegte meine Hände, bis ich mit ihnen durch sein dichtes, dunkles Haar strich.

Ich zerrte daran und versuchte, ihn näher an mich zu ziehen. „Luzifer."

Er gab wieder dieses amüsierte Brummen von sich, aber dann erbarmte er sich meiner und bedeckte meinen Kitzler mit seinem Mund. Ich stieß ein heiseres Stöhnen aus, weil ich endlich etwas von dem bekam, wonach ich mich gesehnt hatte, während seine Zunge durch meine Schamfalten fuhr und jeden Zentimeter von mir kostete, als könne er nicht genug bekommen. Er vergrub sein Gesicht in meiner Muschi, und ich verlor jeglichen Gedanken, als er stärker an meinem Kitzler saugte. Er ergötzte sich daran wie ein hungriger Mann, als sei ich die beste Mahlzeit, die er jemals gehabt hatte.

„Mmm." Er brummte voller Zufriedenheit. „Du hast mich vermisst."

„So sehr." Aber meine Worte wurden von heftigen Atemzügen unterbrochen, als sein Mund Wunder an mir vollbrachte. Meine Hände waren wieder in seinem Haar, zerrten an den dunklen Strähnen, und er reagierte auf mich, übte mehr Druck aus, leckte und saugte härter und schneller. Dann sah er mich an, seine Augen glühten rot, bevor er seinen Kopf wieder senkte und mit seiner Zunge in einem besitzergreifenden Zug über meine Klitoris strich. Das reichte aus, um mich von ihm wegzudrehen, während sich alle meine Muskeln anspannten und entspannten. Ich befand mich im freien Fall, der Atem stockte in meiner Brust, während ich das Gefühl auskostete.

Mein Körper bebte und ich rang nach Luft, als Luzifer sich mit einem dunklen Lächeln über mich erhob. Dann zog er langsam seine Hose herunter, sein großer, perfekter Schwanz ragte voller Lust hervor. Ich war nicht die Einzige, die sich hier nach Erleichterung sehnte.

Ich setzte mich ein wenig auf und nahm seinen Schwanz in den Mund, nur für ein paar Sekunden, ich konnte nicht anders. Ich musste ihn auch schmecken. Er keuchte und ich genoss mein kleines Maß an Kontrolle über diesen Mann, der es gewohnt war, jeden anderen Teil seines Lebens zu kontrollieren. Hier gehörte er mir.

„Verdammt, ich habe dich auch vermisst", sagte er, während er meinen Kopf liebevoll umfasste. Doch dann überwältigte auch ihn sein Verlangen, er stöhnte auf und zog seinen Schwanz ruckartig aus meinem Mund.

Er legte sich zurück aufs Bett und zog mich auf sich, so dass ich mich auf ihn setzen musste. Seine Finger gruben sich in meine Hüften und er hob mich hoch, während er mir in die Augen sah, die intensiv und rot glühten. Ich fragte mich, ob meine auch glühten, aber das war mein letzter Gedanke, bevor ich nach unten sank und ihn in mich gleiten ließ.

Es war ein unglaubliches Gefühl, als wir beide endlich zusammen waren. Ich war mir nicht sicher, ob es daran lag, dass ich schwanger war, oder daran, dass wir jetzt beide Götter waren, aber ich spürte ihn so viel mehr als je zuvor, sowohl körperlich als auch auf geistiger Ebene. Unsere Seelen waren miteinander verwoben, ebenso wie unsere Körper.

„Du fühlst dich so gut an." Luzifer stöhnte, ein tiefer Ton, der uns beide durchdrang. Seine Hände lagen auf meinen Hüften, dann fuhr er mit ihnen über meine Rippen und zu meinen Brüsten, berührte mich überall, als hätte er mich noch nie zuvor gefühlt. Dann stieß er hart zu und füllte mich so tief, dass ich stöhnte. Aber es war genau das, was mein Körper brauchte, und jetzt wollte ich mehr.

Zuerst ließ Luzifer mich meinen eigenen Rhythmus bestimmen, während er meine Brüste streichelte und sah, wie sie über ihm hüpften, und ich warf meinen Kopf zurück und genoss die Lust, die sich in mir aufbaute. Ich ritt ihn härter und schneller, und ich liebte das Gefühl, wie sein Schwanz mit jedem Stoß tiefer in mich eindrang. Doch dann kehrten seine Hände zu meinen Hüften zurück, und er knurrte, als er begann, nach oben zu stoßen, sich mir anzupassen, mich in dem Winkel zu halten, den er wollte, und mich härter und schneller zu ficken, als könne er nicht genug bekommen.

Er griff nach oben, um seine Hand in meinem Haar zu vergraben, zog mein Gesicht zu seinem hinunter und küsste mich auf eine Weise, die keinen Zweifel daran ließ, dass ich ihm gehörte. Sein besitzergreifender Stoß heizte mein eigenes Verlangen nur noch mehr an, und ich ließ mich gehen und erlaubte ihm, die völlige Kontrolle über meinen Körper zu übernehmen. Ich verschmolz mit ihm, während wir uns wie eine Einheit bewegten, und jeder seiner Stöße entfachte mehr Hitze in mir, bis ich seinen Namen schrie und meine Nägel in seine Haut grub, um meine Lust hinauszuschreien. Als der Orgasmus mich überrollte, brach die Kraft aus mir heraus, und dann veränderte sich Luzifers Atmung, und er schloss sich mir mit seinem eigenen Energiestoß an. Um uns herum zersprang Glas, aber ich bemerkte es kaum, als er noch ein paar Mal zustieß und den Moment in die Länge zog, in dem wir so verbunden waren wie noch nie zuvor.

Als mein bebender Körper langsam wieder zur Ruhe kam, sank ich auf seine Brust, wobei ich mich wegen meiner beschwerlichen Fülle leicht zur Seite rollen musste. Dann bemerkte ich die Pflanzen, die überall im Raum wuchsen und die ich wohl erschaffen hatte, als er mich zum Höhepunkt gebracht hatte. Ups. Luzifers Orgasmus hingegen hatte noch mehr vom Penthouse zerstört und das Wenige, was noch stand, vernichtet.

Er folgte meinem Blick und hob eine Augenbraue. „Das ist neu."

„Geht es nur mir so, oder war der Sex als Altgott noch intensiver?"

„Ich bin mir nicht sicher", grummelte er, während er einen Finger in mich gleiten ließ. „Ich denke, wir sollten es noch einmal tun, um sicher zu sein."

„Jetzt schon?"

„Auf jeden Fall." Er packte mich und setzte mich auf meine Knie, dann bestieg er mich von hinten. Sein Schwanz war bereits hart und drückte gegen meinen Eingang, bettelte um Einlass. „Immerhin haben wir sechs Monate aufzuholen ... und ich habe die Ausdauer eines Gottes."

Danach gab es keine weiteren Worte mehr, als ich mich gegen seinen Schwanz stemmte und ihn tief in mich eindringen ließ, während er nach vorne griff und mein Haar packte, um meinen Kopf nach hinten zu reißen. Er nahm mich hart und schnell, als würde er sterben, wenn er nicht jeden Zentimeter von mir beanspruchte – aber wir waren jetzt Götter und nichts konnte mir etwas anhaben. Ich genoss jede Sekunde davon, bis ich wieder seinen Namen schrie und mich um seinen Schwanz zusammenzog, um seinen eigenen Höhepunkt herauszupressen, während unsere Kraft die gesamte Etage des Penthouses zum Beben brachte. „Wenn wir so weitermachen, müssen wir wahrscheinlich umziehen", sagte ich, während mein Körper noch unter den Nachwirkungen meines letzten Orgasmus bebte.

„Das habe ich auch schon gedacht." Er schloss mich in seine Arme und küsste mich. „Aber im Moment zählt nur, dass wir zusammen sind – und nichts wird uns jemals wieder trennen."

15

LUZIFER

Ich warf einen weiteren Blick auf den Bücherstapel auf dem Schreibtisch. Hannah hatte keinen Stein auf dem anderen und keinen Wälzer ungeöffnet gelassen. Es gab Bücher, bei denen ich daran zweifelte, dass sie sie überhaupt verstehen konnte, aber ich konnte mir vorstellen, wie sie sich die Zeit nahm, die brüchigen Seiten umzublättern und nach einem vertrauten Wort oder einem Diagramm am Rand zu suchen. Wie oft hatte sie bis spät in die Nacht in diesem Raum gesessen und nach einem Weg gesucht, um mich aus den Fängen des Krieges zu befreien?

Ich brauchte keine Antwort. Mein Instinkt sagte mir, dass sie während ihrer Suche jeden Abend zu einer langen Nacht gemacht hatte. Außerdem war sie während meiner Abwesenheit irgendwie zur Dämonenkönigin aufgestiegen, und das alles, obwohl sie schwanger war – und ziemlich angeschlagen, wie ich herausgefunden hatte.

Ich hatte immer gewusst, dass Hannah mich retten würde. Das war einer der Gründe, warum ich überhaupt ein solches Risiko eingegangen war. Aber als ich den Beweis für all ihre unermüdliche Arbeit sah, wusste ich ihre Bemühungen noch mehr zu schätzen.

Ich atmete den Duft meiner Bibliothek ein – die alten Seiten, die Ledersessel und jetzt auch den leichten Blumenduft von Hannahs Pflanzen. Obwohl ich einen Großteil des Penthouses zerstört hatte, während ich der Krieg gewesen war, hatte ich genug von diesem Raum unberührt gelassen, um ein paar Stunden an meinem Schreibtisch zu arbeiten und zu versuchen, alles aufzuholen, was ich in den letzten sechs Monaten verpasst hatte.

Und ich hatte eine Menge verpasst, wie es schien. Mit dem Krieg in meinem Körper war die Zeit anders für mich verstrichen als sonst. Ich hatte nicht über normale Dinge nachgedacht und musste weder essen noch schlafen. Ich hatte zwei Ziele.

Zum einen, der Enge des Himmels zu entkommen. Und zweitens, Krieg und Chaos in die Welt zu bringen.

Hannah betrat die Bibliothek und strahlte in einem blassgrünen, bodenlangen Kleid, das ihren runden Bauch zur Geltung brachte. Stolz und Liebe erfüllten mich, und ich stand sofort auf, ging durch die Bibliothek zu ihr und nahm sie in die Arme. Ich hatte mich noch nie zuvor glücklich geschätzt. Und schon gar nicht so wie jetzt.

„Hallo, Liebling. Wie geht es dir heute Morgen?", fragte ich, während ich sie an mich drückte.

„Seltsam. Ich brauche nicht mehr zu schlafen oder zu essen ... aber ich tue beides immer noch gerne." Sie zuckte mit den Schultern. „Wie geht es dir?"

„Mir geht es blendend. Es ging mir nie besser." Ich drückte ihr einen Kuss auf die Stirn. „Ist es Zeit für das Meeting?"

„Ich glaube schon."

„Kommst du mit mir?" Ich senkte meine Stimme und flüsterte ihr ins Ohr. „Wir haben später noch Zeit für ein Nickerchen."

Sie rollte mit den Augen. „Natürlich komme ich mit zu dem Meeting. Ich kann dich nicht auf meine Erzdämonen loslassen, bevor ich nicht gesehen habe, dass du weißt, was du tust.“

„Ach, das sind jetzt deine Erzdämonen?“ Ich nahm ihre Hand und führte sie aus der Bibliothek, erfreut, nach so vielen Leben, die ich ohne sie verbracht hatte, meinen Thron zu teilen. „Ich sehe schon, wie es ist – ich lasse dich für ein paar Monate allein und du übernimmst die Kontrolle komplett.“

„Wie heißt es so schön? Was dein ist, ist mein, und was mein ist, ist mein ...“

„Das klingt wie eine Ehe, ja.“

Während wir uns an den Händen hielten und uns wie junge Verliebte angrinsten, fuhren wir mit dem Aufzug eine Etage tiefer, in die Schaltzentrale. Die Dämonen, die dort arbeiteten, verbeugten sich und einige klatschten sogar, als wir eintraten, und ich schenkte ihnen allen ein freches Grinsen und einen kleinen Wink, obwohl Hannah den Kopf schüttelte. Es konnte nie schaden, sie daran zu erinnern, dass ich wirklich all den Geschichten über mich gerecht wurde.

Wir betraten den Konferenzraum, wo unsere verbündeten Erzdämonen und Samael bereits auf uns warteten. Sie standen alle auf, als wir eintraten, und Lilith stürzte tatsächlich nach vorne und warf ihre Arme um mich. Dann umarmte sie Hannah als Nächste.

„Du hast es geschafft“, sagte sie. „Du hast es tatsächlich geschafft, ihn zu retten.“

„Das hat sie“, bestätigte ich und lächelte meine Frau verschmitzt an. „Ich verdanke Hannah meine Rettung, aber ich möchte auch jedem einzelnen von euch dafür danken, dass ihr in den letzten Monaten dazu beigetragen habt, dass die Dämonenwelt reibungslos funktioniert hat. Romana, ich danke dir für deine Loyalität und für die Hilfe deines Volkes beim Schutz von Hannah. Baal, ich weiß es wirklich zu schätzen, dass du das

Risiko auf dich genommen hast, Nemesis und Fenrir für mich auszuspionieren. Lilith, Hannah hat mir gesagt, dass dein Rat und deine Unterstützung für sie von unschätzbarem Wert waren, und dafür danke ich dir."

„Ich denke, ich spreche für alle, wenn ich sage, dass es uns eine Ehre war, zu helfen, wo immer wir konnten", sagte Lilith. „Aber wir sind alle erleichtert, dass du zu uns zurückgekehrt bist."

„Das bin ich auch. Ich danke euch allen für eure Loyalität in dieser schwierigen Zeit, aber es gibt noch eine Person, der ich danken muss – Samael." Ich wandte mich an meinen ältesten und besten Freund. „Du hast mich in all den Jahren unterstützt, und als ich weg war, hast du Hannah in meiner Abwesenheit zur Seite gestanden."

„Ich habe getan, was jeder in einer solchen Situation tun würde", sagte er mit tiefer, aber demütiger Stimme.

„Nein, du schaffst es immer, über dich hinauszuwachsen, mein Freund." Ich legte ihm eine Hand auf die Schulter, und er nickte mit stoischer Miene, obwohl ich in seinen Augen sehen konnte, dass er erfreut war.

„Ist es wahr, dass ihr beide wirklich Altgötter seid?", fragte Romana. „Was ist mit dem Krieg passiert? Und dem Hunger?"

„Ja, es ist wahr", sagte Hannah.

„Man könnte sagen, wir haben sie besiegt ... und dann ihren Platz eingenommen", fügte ich hinzu.

„Sie sind also wirklich weg?", fragte Baal.

Hannahs Augen wurden teilnahmsvoll. „Es tut mir leid. Wenn ich es hätte tun können, ohne deine Mutter zu bezwingen, hätte ich es getan. Wenn du dich dadurch besser fühlst: sie schien dich immer noch zu lieben, auf ihre eigene Art und Weise."

Er hob eine Hand. „Du brauchst dich nicht zu entschuldigen. Es ist eigentlich eine Erleichterung zu wissen, dass sie nicht mehr da ist. Ich muss nicht mehr in der Angst leben, dass meine Mutter erwacht und die Welt vernichtet."

Ich wusste genau, wie er sich fühlte – nur dass mein Vater, der Tod, immer noch da draußen war, eingesperrt in seiner Gruft, und darauf wartete, freigelassen zu werden. Mit der Entfesselung des Hungers waren wir seinem Erwachen einen Schritt näher gekommen, und dieser Gedanke machte mir Angst wie nichts anderes.

„Nemesis ist ebenfalls tot", sagte Hannah. „Ich habe sie in der Schlacht im Feenreich an der Gruft des Hungers getötet. Leider konnte Fenrir entkommen."

„Glaubst du, er wird sich als nächstes den Tod vornehmen?", fragte Romana.

„Möglicherweise, wenn er immer noch dumm und stur genug ist, diesen Kampf fortzusetzen", sagte ich.

„Das ist er", bestätigte Baal.

„Trotzdem kann er nicht in die Hölle gelangen, wo sich die Grabkammer des Todes befindet", sagte Lilith. „Dafür hat Luzifer gesorgt, als er das Reich vor vielen Jahren versiegelt hat. Nur er und ich haben die Schlüssel."

„Ein gutes Argument." Ich wandte mich an Samael. „Lasst uns dafür sorgen, dass Lilith besonderen Schutz erhält."

„Das ist nicht nötig", sagte Lilith.

„Nein, er hat recht." Baal nahm ihre Hand, und ich bemerkte, wie sich Samaels Augen verengten. „Wir müssen den Schlüssel um jeden Preis schützen."

„Was ist mit der Pest?", fragte Romana.

Allein der Gedanke an Adam ließ mich stutzen. „Als ich noch der Krieg war, habe ich gegen sie gekämpft und sie geschwächt, aber ich habe keinen Zweifel, dass sie zurückkommen wird."

„Wir haben bereits einen Plan für die Wiederkehr der Pest." Hannah sah mich an, als sie sprach, und wandte sich dann der

Runde zu. „Aber ich denke, wir sollten uns etwas anderes einfallen lassen, falls es nicht klappt.“

„Irgendwie bezweifle ich, dass Adam ein Interesse daran hat, sich gegen die Kontrolle der Pest zu wehren, so wie ihr beide es getan habt“, sagte Samael.

„Nein, das wird nicht funktionieren. Wir brauchen einen anderen Plan.“ Hannah drehte sich zu mir um. „Oberon sagte, du hattest einmal einen Schlüssel zur Leere. Hast du ihn noch?“

Ein Schauer lief mir über den Rücken. Was auch immer ich von ihr zu hören erwartet hatte, es war nicht das. „Den benutzen wir nicht.“

„Aber du warst schon einmal in der Leere“, sagte Baal.

„Ja, vor Tausenden von Jahren, und ich habe viel riskiert, als ich Nyx bat, die Gefallenen zu Dämonen zu machen, damit sie in der Hölle weiterleben konnten. Ich kann von Glück reden, dass ich es überhaupt zurückgeschafft habe.“

„Wie hast du so etwas überhaupt bekommen?“, fragte Romana.

„Mein Vater, der Tod, hat ihn mir gegeben. Bevor wir erbitterte Feinde wurden.“

„Es könnte funktionieren“, sagte Samael, seine Stimme nachdenklich. „Der Schlüssel ist das Einzige, was die Altgötter in die Leere schicken kann.“

Ich warf einen strengen Blick auf meine Verbündeten am Tisch. „Ja, aber das Öffnen eines Portals zur Leere könnte auch andere Altgötter befreien. Wir können doch nicht noch mehr von ihnen gebrauchen, oder?“

Alle murmelten zustimmend, und ich betrachtete die Angelegenheit als erledigt, aber ich spürte, dass sie alle noch skeptisch waren. Sie wollten eine einfache Lösung, aber bei solchen Bedrohungen gab es keine. Es ging immer darum, die beste von mehreren beschissenen Optionen zu wählen und dann zu beten, dass man die richtige Entscheidung getroffen hatte.

Ich erhob mich und zwang sie, zu meiner gesamten Körperhöhe aufzuschauen, während ich sie wie ein König überragte. „Jetzt, da Hannah und ich die Kräfte des Krieges und des Hungers besitzen, wird die Pest nicht mehr gegen uns bestehen können. In der Zwischenzeit nutzen wir alle unsere Ressourcen, um Fenrir zur Strecke zu bringen. Ich will, dass er unverzüglich zur Rechenschaft gezogen wird."

Hannah sah mich an und nickte, bevor ich mich wieder neben sie setzte – an meinen rechtmäßigen Platz als Dämonenkönig.

Verdammt, es war gut, wieder da zu sein.

16

HANNAH

Als wir durch den Torbogen traten, der zu Persephones Garten führte, machte sich zum ersten Mal ein Hauch von Nervosität in meiner Brust breit. Luzifer hatte mir diesen Ort vor sechs Monaten geschenkt. Damals war er nicht mehr als ein leeres Grundstück und ein Traum gewesen. Er hatte gewusst, dass ich meinen Blumenladen vermissen würde und dass ich auch mitten in der Wüste Nevadas eine Verbindung zur Natur brauchen würde. Aber dann war er nicht mehr da, und ich musste den Garten ganz allein entwerfen und verwirklichen und versuchen, ihn zu einem Bereich zu machen, der den Gästen des Celestial Resort & Casino gefallen würde. Jetzt wünschte ich mir sehnlichst seine Anerkennung.

Es war zwei Tage her, dass Luzifer wieder er selbst geworden war, und alles begann, sich wieder normal anzufühlen. Azazel hatte sich dank meiner Energiegabe und der Heilung durch Marcus vollständig erholt. Belial und Damien wohnten vorerst im Hotel, obwohl ich bezweifelte, dass sie lange bleiben würden. Das Treffen mit den Erzdämonen war gut verlaufen, und Luzifer und ich hatten uns daran gewöhnt, Altgötter zu sein. Es hatte definitiv einige Vorteile, wenn man keinen Schlaf brauchte.

Luzifer hielt meine Hand, während ich ihn über die gewundenen Pfade, unter dem dichten Blattwerk der Bäume und an den perfekt angeordneten Pflanzen vorbei zum Wasserfall führte. „Es ist wunderschön."

„Gefällt er dir?", fragte ich und schenkte ihm ein breites Lächeln. Das Rauschen des Wasserfalls beruhigte mich sofort, und ich atmete den süßen Duft der Blumen ein.

Er nickte, hob meine Hand zu seinem Mund und strich mit den Lippen über meine Fingerknöchel. „Es ist wunderschön. Genau wie ich es erwartet habe. Wie alle deine Gärten es waren."

„Ich war nervös, es ohne dein Einverständnis zu tun, da dieses Hotel doch dein Projekt ist", sagte ich, während ich zu meiner Bank ging. Nachdem ich mich gesetzt hatte, tätschelte ich den glatten Stein neben mir. „Das ist mein Lieblingsplatz."

„Könnte auch mein Lieblingsplatz werden." Er grinste und setzte sich so nah wie möglich neben mich, um mich in seine Arme zu ziehen. Er neigte den Kopf und küsste meinen Hals, ein Versprechen, dass da noch mehr folgen würde. „Du hast meine Zustimmung nicht gebraucht. Du hattest mein vollstes Vertrauen, als ich dir das Projekt gab."

Ich reckte meinen Hals, um ihm einen besseren Zugang zu meiner Haut zu gewähren. „Ich weiß, aber es wäre schön gewesen, wenn ich meine Entscheidungen vorher mit dir hätte besprechen können ..."

„Ich bezweifle, dass ich eine große Hilfe gewesen wäre. Du weißt, dass ich mich mit dieser ganzen ... Natur nicht auskenne. Das überlasse ich dir."

Ich rollte mit den Augen. Es stimmte, Luzifer hätte keine einzige der Blumen in unserer Nähe benennen können, selbst wenn er es versucht hätte. Er war auf diesem Gebiet völlig unbrauchbar. „Wir hoffen, dass wir den Garten nächste Woche für Hotelgäste öffnen können."

„Sie werden ihn lieben. Er wird das Profil des Hotels wirklich aufwerten."

Ich strahlte geradezu vor Stolz über seine Bemerkungen, doch dann fiel mir sein Stirnrunzeln auf, als er auf den Wasserfall blickte. „Was ist los?"

„Ich kann nicht glauben, dass ich das sage, aber ich denke, wir sollten von Las Vegas wegziehen." Er betrachtete den Garten, als könnte er die Stadt selbst durch das Laub sehen. „Ich liebe die Luft hier. Sie ist durchtränkt von Sünde, aber ich möchte mich auf dich und unsere Tochter konzentrieren."

Ich lehnte mich an ihn und fand die Stelle auf seiner Brust, die wie geschaffen dafür war, um sich an ihn zu schmiegen. „Das habe ich auch schon gedacht. Wir brauchen einen Neuanfang. Das Celestial ist schon toll, aber ein Casino ist nicht der beste Ort, um ein Kind großzuziehen."

„Nein, das ist es nicht, und ich würde gerne an einen Ort ziehen, der sicherer ist und der sich leichter verteidigen lässt." Er warf einen reumütigen Blick auf das Gebäude. „Diese verdammten raumhohen Fenster."

Ich stieß ein Lachen aus. „Ich weiß! Wir haben in den letzten ein, zwei Jahren sicher ein kleines Vermögen für deren Reparatur ausgegeben."

„Es ist, als ob niemand mehr weiß, wie man eine Tür benutzt", murmelte er.

„Und du auch nicht!"

„Das zählt nicht. Da war ich nicht bei klarem Verstand."

Ich starrte auf den Wasserfall, während ich den geheimen Traum aussprach, den ich in den letzten Monaten gehabt hatte, einen Traum, den ich mich nicht getraut hatte, überhaupt in Erwägung zu ziehen, da ich nicht wusste, ob ich Luzifer zurückbringen konnte. „Während du weg warst, hat Asmodeus Brandy ein Haus am Strand in Südkalifornien gekauft. Ich dachte, ich würde gerne in ihrer Nähe leben, da ich sie sehr vermisse, und sie ist auch schwanger. Wir könnten unsere Kinder gemeinsam großziehen." Dann schwand die Hoffnung, als mich die Realität der Situation wieder einholte. „Aber ich will sie und ihre Familie auch nicht in Gefahr bringen. Du und ich werden immer Luzifer und Hannah sein, Dämonenkönig und Königin, Krieg und Hunger. Wir werden niemals ein ruhiges Leben führen."

„Nein, obwohl sich das im Moment sehr schön anhört." Er starrte ein paar Augenblicke auf den Wasserfall, dann wandte er sich wieder mir zu. „Wir sollten es tun. Wir werden immer Pflichten und Verantwortung haben, und es wird immer eine gewisse Gefahr bestehen, aber wir haben auch Glück verdient. Und was Brandy und ihre Familie angeht, so werden wir dafür sorgen, dass sie immer gut geschützt sind."

Konnten wir das wirklich durchziehen? Ich war mir nicht sicher. Während Luzifers Abwesenheit hatte ich das Gefühl gehabt, dass alles in der Dämonenwelt so unsicher war, dass es leicht zu Staub zerfallen würde, wenn ich nicht da gewesen wäre, um alles zusammenzuhalten. Aber wenn es uns gelänge, die Pest und Fenrir aufzuhalten, würden sich die Dinge vielleicht für eine Weile beruhigen. Wir würden uns aus der Dämonenwelt zurückziehen, mehr an unsere Erzdämonen delegieren und ein kleines bisschen Frieden genießen können. Zumindest konnte ich davon träumen.

Ein leises Wiehern erregte meine Aufmerksamkeit, und als wir uns umdrehten, sahen wir unsere beiden Geistpferde durchs Gras laufen. Meine allgegenwärtigen Gargoyle-Wachen zogen ihre Waffen, aber ich streckte eine Hand aus, um ihnen zu bedeuten, dass dies keine Bedrohung darstellte. Das Pferd des Krieges war rot und riesig, schön und furchterregend zugleich, auch wenn es keine feurigen Hufabdrücke mehr hinterließ.

Meines war kleiner und tiefschwarz, mit einer üppigen Mähne, die sanft im Wind wehte.

„Woher kommen die denn?" fragte ich.

Luzifer nahm meine Hand, als wir aufstanden und zu den Pferden hinübergingen. „Ich bin mir nicht sicher, aber sie verschwinden, wenn sie nicht gebraucht werden. Vielleicht leben sie in der Leere und können irgendwie hinüberwechseln."

„Das ist so seltsam."

„Das Seltsamste für mich war, dass Strife der Einzige war, mit dem ich während der ganzen Zeit, in der ich im Himmel eingesperrt war, sprechen konnte." Er begrüßte sein Pferd wie einen lang verlorenen Freund. „Nicht, dass er jemals viel geantwortet hätte, aber ich habe seine Gesellschaft trotzdem genossen."

Das rote Pferd schmiegte sich an Luzifers Hand, und ich streckte die Hand aus, um das meine zaghaft zu berühren. Ihr Fell war glatt und sauber, und ich fuhr mit der Hand darüber und fragte mich, wie es wohl wäre, sie zu reiten. Sie hatte keinen Sattel, aber ich erinnerte mich daran, in verschiedenen früheren Leben auf Pferden geritten zu sein, auch wenn ich jetzt sicher aus der Übung war. Ich war versucht, auf ihren Rücken zu klettern, aber ich war schwanger. Andererseits war ich jetzt auch eine Reiterin, und irgendwie wusste ich, dass ich nicht von diesem Pferd fallen würde, mit dem ich auf geistiger Ebene verbunden war.

„Mein Pferd heißt Misery, obwohl ich nicht sicher bin, woher ich das weiß", sagte ich. „Wir sind uns bisher nur einmal begegnet, gleich nachdem ich zum Hunger wurde. Ich bin mir nicht sicher, was ich mit ihr machen soll. Sollte ich sie füttern? Sie striegeln? Sie hier unterbringen?"

„Sie sind in gewisser Weise selbst Altgötter", sagte Luzifer. „Oder vielleicht sind sie ein Teil unserer eigenen Essenz. Ich weiß es nicht genau. Auf jeden Fall brauchen sie weder zu essen noch zu schlafen, so wie wir auch nicht, auch wenn sie sich ab und zu gerne striegeln lassen.“

„Ich denke, wir sind für alle Zeiten an sie gebunden“, sagte ich. „Wenn wir uns eine neue Bleibe suchen, sollten wir dafür sorgen, dass es einen Platz für sie gibt.“

Luzifer tätschelte sein Pferd mit einem Lächeln. „Wir sollten mal einen Ausritt machen. Das Einzige, was mir im Himmel Spaß gemacht hat, war es, Strife zu reiten – er ist schneller als ich fliegen kann.“

„Gute Idee. Vielleicht einmal in der Wüste?“

Unser Gespräch wurde durch einen Schrei außerhalb des Gartens unterbrochen, an einem der Pools des Hotels. Luzifer und ich waren sofort in Alarmbereitschaft, und meine Gargoyle-Wache umzingelte uns mit gezogenen Waffen und ausgebreiteten fledermausartigen Flügeln. Als wir auf das Geräusch zueilten, kam uns Azazel mit gezogenen Waffen entgegen.

„Es ist die Pest“, sagte sie. „Adam ist hier.“

17

HANNAH

Ein Schauer durchfuhr mich, aber ich blieb ruhig und nickte. Ich hatte mich darauf vorbereitet und musste nur sicherstellen, dass alles nach Plan verlief. „Schlagt Alarm und schickt alle auf ihre Positionen!"

„Wie lautet der Plan?", fragte Luzifer. Wir hatten noch keine Zeit gehabt, ihn durchzugehen, denn wir hatten gedacht, dass wir noch ein paar Wochen Zeit haben würden, ehe die Pest zurückkehrte.

„Folgt mir einfach." Ich hatte keine Zeit für Erklärungen, nicht, als die Pest auf ihrem kränklichen weißen Pferd um den großen, glitzernden blauen Pool trabte, in und um den sich Dutzende von Gästen befanden. Jetzt liefen sie entweder schreiend davon oder fielen krank zu Boden – oder schlimmer. Ein paar Leichen trieben bereits im Pool, und ich musste bei ihrem Anblick schlucken. Die Pest lachte, während sie in einer fauligen Wolke noch mehr Krankheit verbreitete, und mein Hass auf Adam wurde immer größer, was ich eigentlich kaum für möglich gehalten hatte.

Meine Gargoyle-Wachen beeilten sich, eine Barriere vor der

Pest zu bilden, wobei ihre steinerne Haut sie vor deren tödlicher Seuche schützte und ein paar weiteren Touristen so entkommen konnten. Womit wir nicht gerechnet hatten, war, dass die Pest diesmal nicht allein war – sie hatte eine Gruppe von Kobolden und Gestaltwandlern mitgebracht, und sie alle strahlten die Krankheit aus wie eine Art Superüberträger, während sie Jagd auf weitere ahnungslose Menschen machten.

„Er könnte den ganzen Strip infizieren, wenn wir ihn nicht aufhalten!", sagte Luzifer, während er sein Kampfschwert aus Höllenfeuer und Finsternis beschwor und es vor sich herschwang.

„Ich muss die Pest zurück in den Garten locken", sagte ich. „Du kümmerst dich um die anderen."

Ohne auch nur zu hinterfragen, was ich vorhatte, änderte Luzifer seine Richtung und ging auf die Kobolde und Gestaltwandler zu. Ich verließ mich darauf, dass er sich um sie kümmern würde, und ging langsam auf die Pest zu, in der Hoffnung, dass die anderen sich bereits am Wasserfall in Position gebracht hatten, denn sonst würde dieser Plan scheitern. Das Wesen, das einmal Adam gewesen war, wandte sich mir zu, ein Lächeln breitete sich auf seinem kränklichen gelben Gesicht aus, und eines der Geschwüre an seinem Kinn pochte, als habe es einen eigenen Herzschlag.

„Eva, meine Liebste." Seine Stimme hatte sich verändert, sie klang nicht mehr wie die meines ersten Mannes, sondern hatte jetzt einen viel älteren Klang. Seine Augen waren ganz weiß, ohne Pupillen, und es war schwer, nicht wegzusehen, wenn er mich mit ihnen anstarrte. „Du hast dich verändert."

„Ich wollte so sein wie du." Ich machte einen weiteren Schritt nach vorne und ließ zu, dass meine Hunger-Essenz sich entfaltete. Mein Körper glühte in einem schwachen grünen Licht, und ich hätte wetten können, dass meine Augen das auch taten. „Dir ebenbürtig."

Er legte den Kopf schräg. „Du hast den Hunger entfesselt?"

„Ja, und ich habe das Opfer erbracht." Es war schwer, nicht zu würgen, als ich mich ihm näherte. „Jetzt können wir zusammen sein. Wir müssen nur noch den Krieg ausschalten."

Er rieb seine Hände aneinander. „Ja, und dann können wir diese Welt Seite an Seite als Götter regieren. Das ist das Einzige, was ich mir je gewünscht habe."

„Ich weiß." Ich zwang mich zu einem Lächeln. „Komm, ich zeige dir mein Pferd, Misery. Sie ist im Garten und wartet auf mich. Dort können wir weiterreden."

Die Pest stieg von ihrem eigenen Pferd ab und schickte es mit einer Geste weg. Das weiße Tier ritt davon, verwandelte sich in eine körperlose Gestalt und lief über den Pool, ehe es verschwand. Dann ging der faulende, leichenhafte Reiter neben mir her, während meine Gargoyles sich zurückhielten, obwohl es ihnen sichtlich schwerfiel, dies zu tun. Ich betrachtete Adam genau und fragte mich, wie er sich so sehr verändert hatte. Auch Luzifer hatte sich verändert, mit dem roten, wütenden Glühen, das immer wieder aus seiner Haut hervorbrach, aber er hatte sich nicht so sehr verloren wie Adam – er musste den Einfluss des Krieges auch ohne seine Erinnerungen an mich bekämpft haben. Ich fragte mich, was für ein schreckliches Wesen aus mir geworden wäre, wenn ich den Hunger nicht besiegt hätte – wahrscheinlich eine hagere, abgemagerte Gestalt mit schlaffen Brüsten und gezackten Reißzähnen, immer auf der Suche nach meiner nächsten Mahlzeit. Der Gedanke daran ließ mich ein wenig erschaudern.

Niemand hielt uns auf, als wir Persephones Garten betraten, und ich führte die Pest zum Wasserfall. Jetzt, da ich meine Kräfte des Hungers entfesselt hatte, bettelten sie darum, alles Leben aus den Pflanzen des Gartens zu saugen, aber ich hielt mich zurück.

„Warum hast du dich umentschieden?" fragte Adam.

„Als Luzifer zum Krieg wurde, war er für mich verloren. Er

hat vergessen, wer ich bin." Ich warf einen Blick zu Adam hinüber. „Du würdest das nie tun."

„Nein. Niemals. Über Hunderte von Jahren habe ich dich immer gefunden. Selbst wenn er es nicht tat."

„Ich weiß. Ich bin zum Hunger geworden, weil er die Macht hat, den Krieg zu beenden – und damit ich ein Reiter sein kann wie du." Ich wies mit einer Geste auf Misery, die neben dem Wasserfall stand. „Ah, da ist ja jetzt mein Pferd."

Als wir uns dem Wasserfall näherten, rückte meine Gargoyle-Wache näher, mit Theo an der Spitze. Die Pest riss den Kopf herum, als Belial, Kassiel und Damien aus der verborgenen Höhle unter dem Wasser auftauchten.

„Was ist das?", fragte Adam.

„Es ist Zeit für dich, wieder zu schlafen." Ich hatte immer noch die Kräfte, auf die ich im Feenreich Zugriff hatte, und sie waren hier in dem Garten, den ich geschaffen hatte, noch stärker. Auf meinen Gedanken hin wickelten sich Ranken um die Pest, fesselten ihre Glieder und Adams Gesicht verzerrte sich.

„Du kannst die Pest nicht halten!" Während er sprach, wehrte er sich, und die Ranken begannen zu verdorren und durch sein Gift abzusterben.

Ich konzentrierte mich auf den Hunger und fand das Vakuum in meiner Mitte, das immer nach Energie giert. Ich konzentrierte mich auf die Pest, zog an ihr, nahm ihr die Energie. Ich machte sie schwach.

Adam schrie auf, als er merkte, was geschah. „Was tust du da? Du hast mich angelogen!"

„Und es war so einfach ... Man sollte meinen, du wüsstest inzwischen, dass ich niemals dir gehören werde."

Aus den Augenwinkeln sah ich Luzifer, der gerade außerhalb des Gartens vorbeiflog. Er ließ die Kobolde und Gestaltwandler mit einem Hauch seiner Kriegsraserei gegeneinander kämpfen, während Belial und Azazel sie am Rande ausschalteten und die unschuldigen Menschen beschützten. Es war fast wunderschön, wie Luzifer seine Hände wie der gewaltsamste Dirigent der Welt bewegte. Dann beendete er seinen Orchestersatz, indem er sie mit Finsternis und Höllenfeuer zerstörte. Ein perfekter Vernichtungsschlag.

Und mein Stichwort, das zu vollenden, was ich mit der Pest begonnen hatte.

Ich wies die Ranken an, Adam unter den Wasserfall zu ziehen, und nutzte dabei den von mir installierten Durchgangs-Modus. Theo drückte einen versteckten Knopf und die Mauer öffnete sich, um die Grabkammer der Pest zu enthüllen. Ich hatte sie von Stonehenge hierher bringen lassen, weil ich damit gerechnet hatte, dass Adam mich nicht in Ruhe lassen und wiederkommen würde. Und wo Adam hinging, da ging auch die Pest hin.

Damien war bereits drinnen, die Gruft stand offen und bereit. Er hatte mir gesagt, dass es beim zweiten Mal nicht mehr so gut funktionieren würde, da die Runen nicht mehr frisch waren – was immer das auch heißen mochte. Aber ich musste das Risiko eingehen. Wir hatten keine andere Möglichkeit.

Die Pest sträubte sich und starrte mich an. „Nein! Du wirst sterben!"

Er sandte eine Welle von Seuche und Tod nach der anderen aus, aber meine Gargoyle-Wächter waren immun und hielten sie von mir ab. Dennoch brauchte ich meine ganze Kraft, um ihn in die Gruft zu zerren, und selbst dann war ich nicht sicher, ob sie ausreichen würde.

Mit einem Brüllen löste sich Adam plötzlich aus den Ranken, materialisierte einen goldenen Pfeil und Bogen und begann, mich damit zu beschießen. Einer traf meinen Arm, und mir wurde sofort übel. Ich riss ihn heraus und betete, dass, was auch immer es war, dem Baby nicht schaden würde. Ich warf ihn mit einem Luftstrahl zurück und schirmte mich dann mit einem Geflecht aus Licht und Schatten vor weiteren Pfeilen ab.

Gerade als ich dachte, Adam würde sich befreien, stürzte Luzifer herbei, packte ihn und warf ihn zurück.

„Scher dich in die Gruft, du Bastard." Luzifers Gesicht war von Wut verzerrt – Wut, die aus all den Malen entstanden war, die Adam uns im Laufe der Jahre Unrecht getan hatte. Er stieß Adam fest an und beide fielen in die Gruft und begannen miteinander zu ringen. Luzifer stürzte eine Sekunde später heraus, sein Körper war mit Eiterbeulen von der Magie der Pest bedeckt, und dann beschoss er Adam mit leuchtend blauem Höllenfeuer. Belial schloss sich mit seinem eigenen Höllenfeuer von der anderen Seite der Höhle aus an, und ich benutzte eine Mischung aus Ranken und Luft, um die Deckplatte der Grabkammer zu heben und sie zu benutzen, um Adam zu bedecken.

Kaum war sie geschlossen, schüttete Damien sein Feenblut darauf, und die Runen begannen zu leuchten. Die Platte wölbte sich und fiel fast ab, als die Pest sich wehrte, und Belial stürmte nach vorne, um sein eigenes hinzuzufügen. Ich erschuf eine Klinge der Dunkelheit und schnitt meine eigene Hand auf, dann tat Luzifer dasselbe. Engel, Dämonen, Menschen, Feen – alle waren in unserer Blutlinie vertreten. Sobald sich das Blut vermischt hatte, leuchteten die Runen auf, und die Grabkammer war versiegelt. Dann wurde es ganz dunkel in der Höhle.

„Ist es vollbracht?", fragte Belial.

„Ja, aber das Siegel wird nicht tausende von Jahren halten wie das vorherige", sagte Damien. „Und ich denke, jeder, der mächtig genug ist, könnte es öffnen, wenn er es versuchen würde."

„Aber für den Moment wird es halten, oder?", fragte ich.

Damien untersuchte die Runen. „Ja, ich glaube, es wird mindestens ein oder zwei Jahrzehnte halten, vorausgesetzt, dass sich niemand daran zu schaffen macht."

„Das ist genug Zeit für uns, um eine bessere Lösung zu finden." Luzifer legte einen Arm um mich. „Ein ausgezeichneter Plan, meine Liebe."

„Danke, aber es hätte nicht funktioniert, wenn nicht jeder seinen Teil dazu beigetragen hätte." Erleichtert ließ ich die Schultern sinken und lehnte mich an ihn. Adam war weggesperrt und konnte mir – oder meiner Tochter – nichts mehr antun. Vielleicht konnten wir tatsächlich so etwas wie ein normales Leben führen.

Eine Weile lang zumindest.

HANNAH

Am nächsten Morgen saß ich in meinem Garten auf meiner Bank und sammelte meine Gedanken. Wir hatten nach dem Angriff der Pest alles in Ordnung gebracht, und die Engel hatten die meisten der Hotelgäste heilen können. Leider waren viele andere bei dem Angriff ums Leben gekommen, und Luzifer musste seine Überzeugungskraft einsetzen, um die Sache zu vertuschen, damit sie nicht in den Nachrichten auftauchte. Wir planten, jeder Familie, die einen Angehörigen verloren hatte, eine Entschädigung anzubieten, da es unsere Schuld war, dass sie überhaupt angegriffen worden waren. Ich war auf jeden Fall dafür, die Stadt zu verlassen und an einen abgelegeneren Ort zu ziehen, wo wir nicht so viele unschuldige Leben in Gefahr bringen würden.

Die gute Nachricht war, dass unser Plan funktionierte und die Pest sicher unter dem Wasserfall weggesperrt war. Ich spürte, wie sich seine Macht sanft in der ganzen Gegend ausbreitete, und ich war mir sicher, dass die Menschen das auch taten, denn es schien sie zum Celestial – und zum Garten – zu ziehen. Seine uralte Macht lockte sie an, ohne ihnen zu schaden, genau wie damals, als er unter Stonehenge gelegen hatte. Ein merkwürdiger Nebeneffekt davon, dass er dort eingesperrt war, denn das würde uns nur noch mehr Aufträge bringen. Es war endlich an der Zeit, dass Adam etwas tat, was uns nach all den Jahren zugute kam.

Mein Pferd tauchte plötzlich auf und kam auf mich zu. Ich streckte meine Hand aus und streichelte ihm über das Gesicht. Das Pferd wieherte leise und blies warme Luft aus seinen Nüstern.

„Misery", murmelte ich, während ich ihr samtenes schwarzes Fell betrachtete, das von einer Schwärze durchzogen war, die ich kaum definieren konnte. „Eines Tages werden wir reiten."

Luzifer war mit seinem Pferd durch den ganzen Himmel und auch über einen Großteil der Erde geritten. Ein Teil von mir sehnte sich danach, diese Freiheit auch einmal zu erfahren, und ich tätschelte Misery erneut. Wie es schien, waren wir beide für alle Ewigkeit aneinander gebunden, also sollte ich mich besser an sie gewöhnen.

Ich legte den Kopf schief und starrte in ihre dunklen Augen. „Ich glaube, wir brauchen einen besseren Namen für dich. Etwas nicht ganz so Tristes."

Misery wieherte daraufhin leise, und ich spürte so etwas wie Zustimmung durch unsere seltsame Verbindung. Ich hörte keine Worte von ihr, nichts dergleichen, nur einen kleinen Hinweis auf ihre Gedanken und Gefühle.

„Blackie? Midnight? Ghost?"

Sie mochte keinen dieser Namen. Ich dachte über einige andere nach, als eine Bewegung in den nahen Olivenbäumen meine Aufmerksamkeit erregte. Ich erhob mich, aber ich war nicht beunruhigt. Die Sicherheitsvorkehrungen waren noch weiter erhöht worden, seit die Pest im Garten eingesperrt worden war, und ich war heute gut bewacht.

Ich lächelte, als Damien zwischen den Olivenbäumen hervortrat, die ich gepflanzt hatte, weil sie mich an unser

Zuhause in Feenland erinnerten. Mein hübscher mittlerer Sohn war eine perfekte Mischung aus Fee und Gefallenem, und ich wollte nach all den Jahren unbedingt etwas Zeit mit ihm verbringen.

„Hallo, Mutter", sagte er, während er mit einem traurigen Lächeln auf mich zukam.

Ich stand auf und reichte ihm die Hand. „Ist alles in Ordnung?"

„Es war schön, mit euch allen hier zu sein, aber ich muss in die Feenwelt zurückkehren, um meine Arbeit fortzusetzen. Ich denke, ich habe hier alles getan, was ich konnte." Sein Blick schweifte zum Wasserfall und der Höhle dahinter.

„Ich verstehe, und ich weiß alles zu schätzen, was du getan hast. Bevor du gehst, kannst du dich noch ein wenig setzen?" Ich ließ mich so anmutig wie möglich zurück auf die Steinbank fallen und tätschelte den Platz neben mir. „Es ist lange her, dass wir uns richtig unterhalten haben, und ich habe dich gerade erst wiedergefunden."

Meine Brust zog sich bei dem Gedanken ein wenig zusammen. Durch den Fluch und Jophiel, die mich so lange versteckt hatten, hatte ich Damien seit Jahren nicht mehr gesehen. Ich hatte es geschafft, meine anderen Söhne wieder ein wenig besser kennenzulernen, aber es war immer ein bisschen eigenartig. Sie waren nicht mehr die Männer, an die ich mich erinnerte, und ich war nicht mehr die Mutter, die sie kannten. Aber es war wichtig für mich, es zu versuchen, vor allem, weil ein neues Mitglied unserer Familie unterwegs war. Ich wollte für keinen meiner Söhne jemals wieder eine Fremde sein.

„Ja, ich habe etwas Zeit." Er setzte sich neben mich und ließ seinen Blick durch den Garten schweifen. „Dieser Garten ist wunderschön. Er erinnert mich an den Frühlingshof, wo wir gewohnt haben."

Ich strahlte über sein Kompliment. „Genau das wollte ich

nachbilden, indem ich alles übernommen habe, was ich aus meiner Zeit dort noch in Erinnerung hatte. Aber als wir dann in Feenreich waren, um den Hunger zu befreien, wurde mir klar, dass es unmöglich ist, einen solchen Ort auf der Erde nachzubilden. Das hier war das Beste, was ich tun konnte."

„Vermisst du das Feenreich?"

„Manchmal, aber das ist schon so viele Leben her ..." Ich zuckte mit den Schultern. „Ich habe eine Verbindung zu allen Reichen, aber mein Platz ist im Moment hier auf der Erde."

„Und meiner ist im Feenreich. Aber ich hoffe, dass ich dich jetzt öfter besuchen kann. Eine kleine Schwester ist schließlich ein guter Grund. Apropos, wie geht es denn meiner Schwester da drinnen?" Er nickte in Richtung meines Bauches, und ich fuhr mir automatisch mit der Hand darüber und freute mich, als meine Tochter daraufhin strampelte.

„Es geht ihr gut. Der Hunger hatte versprochen, ihr nichts anzutun, und das hat er auch nicht."

„Ich kann es nicht erwarten, sie kennenzulernen. Ich werde nach ihrer Geburt wiederkommen. Ich kann einfach nicht zu lange von der Feenwelt wegbleiben."

„Luzifer hat mir von der Arbeit erzählt, die du dort machst", sagte ich. Damien gab vor, einer von Oberons treuesten Prinzen zu sein, aber in Wahrheit spionierte er den Hohekönig für Luzifer aus.

Damien nickte, sein Gesicht war ernst. „Oberon hat die Feenwelt jahrelang neutral gehalten, aber ich bin sicher, dass er etwas Großes plant, obwohl ich nicht weiß, was."

„Ist es wahr, dass er Titania getötet hat?", fragte ich. Obwohl ich der Königin nie nahe gestanden hatte, war sie doch meine Tante gewesen.

Er sah sich um und senkte seine Stimme. „Niemand kann es beweisen, aber jeder weiß, dass er es getan hat."

„Wie hat meine Mutter ..." Ich hielt inne und fing wieder an. „Wie hat Demeter den Tod ihrer Schwester verkraftet?"

„Nicht gut, aber als Königin des Frühlingshofes kann sie nicht offen etwas gegen Oberon unternehmen. Ich bin mir aber ziemlich sicher, dass sie gegen ihn vorgehen würde, wenn sie es könnte. Ich habe versucht, andere zu finden, die helfen würden, ihn eines Tages zu stürzen."

Ich hob eine Augenbraue. „Das klingt gefährlich."

Er zuckte mit den Schultern. „Ja, aber jemand muss die Zukunft des Feenreichs sichern."

Ich drückte sanft seinen Arm. „Sei einfach vorsichtig, okay?"

Er rollte mit den Augen und grinste mich an. „Das bin ich, mach dir keine Sorgen."

„Ich mache mir immer Sorgen. Das tun Mütter nun mal." Ich hob die Hand und berührte sein glänzendes blauschwarzes Haar, das in der Sonne atemberaubend schön aussah. „Was ist mit der Liebe? Irgendwelche besonderen Männer oder Frauen? Wenn ich mich recht erinnere, warst du als Dionysos ein ziemlicher Charmeur. Die Geschichten über deine Partys waren legendär. Warum benutzt du diesen Namen nicht mehr?"

Er hustete und wandte den Kopf ab. „Das war mein altes Ich. Ich habe mich in den letzten paar tausend Jahren sehr verändert."

„Was ist passiert?", fragte ich, als ich den Hauch von Traurigkeit in seiner Stimme hörte. Wie die meisten Unsterblichen, die Tausende von Jahren gelebt hatten, hatte er zu Lebzeiten viele Namen gehabt. Dionysos war sein Feenname gewesen und Damien sein Dämonenname. Ich war überrascht, dass er jetzt den Dämonennamen benutzte, obwohl er im Feenreich lebte.

„Nachdem du – Persephone – gestorben bist ..." Er hielt inne, als ob er nach den richtigen Worten suchte. „Die Dinge standen anders. Belial verließ die Hölle und versuchte dann, Vater zu stürzen. Ich habe versucht, mich da rauszuhalten, und zuerst habe ich mich in die Partys, den Alkohol und die Orgien gestürzt, aber später habe ich gemerkt, dass es nur ein Weg war, den Schmerz zu betäuben. Schließlich wählte ich einen anderen Weg."

Es tat mir weh, meinen unbekümmerten und fröhlichen Sohn so niedergeschlagen zu sehen. Als ich noch lebte, war sein Leben ein Fest von Wein, Sex und Vergnügen gewesen. Einst war er auch ein großer Schauspieler und Theatermäzen gewesen, aber ich nahm an, dass er diese Fähigkeiten jetzt als Spion nutzte. „Belial sagte mir, dass ihr beide eurem Vater die Schuld an meinem Tod gabt."

„Es war eine schwierige Zeit für uns beide. Ich weiß nicht, ob ich dir das je erzählt habe, aber Belial und ich waren diejenigen, die dich tot aufgefunden haben, nachdem Plutus und Philomelus dich getötet hatten."

Das war ungewöhnlich – normalerweise ließ mich der Fluch in Luzifers Armen sterben, aber es gab ein paar Ausnahmen, und es gefiel dem Tod wohl, auch meine Söhne ins Unglück zu stürzen.

Plutus war die Inkarnation von Adam gewesen, während ich Persephone gewesen war. Er war eine Herbsthof-Fee gewesen, zusammen mit seinem Bruder Philomelus, der alles Schreckliche, was Plutus getan hatte, mitgemacht hatte. Kürzlich hatte Philomelus Adam geholfen, die Pest und den Krieg zu entfesseln, aber ich hatte ihn während der Schlacht im Himmel besiegt, und Azazel hatte ihm den Todesstoß versetzt.

„Wenn es dich beruhigt, Philomelus ist tot. Und Adam ..." Ich deutete auf den Wasserfall. „Aber warum habt ihr eurem Vater die Schuld gegeben?"

„Du wurdest auf einer deiner Reisen ins Feenreich getötet, als Teil von Luzifers Abkommen mit Demeter, die Hälfte deiner Zeit in der Hölle und die andere Hälfte dort zu verbringen. Du hattest versucht, ihn zu überreden, mit dir zu gehen, aber Luzifer weigerte sich und sagte, er müsse bleiben und die Dämonen von seinem Palast in der Hölle aus regieren. Er hat es immer gehasst, ins Feenland zu reisen, also bist du allein gegangen – und deshalb bist du gestorben."

Als Damien verstummte, strich ich ihm mit einer Hand über den Rücken. „Es war nicht Luzifers Schuld. Es war Adam, und der Fluch. Aber das ist jetzt vorbei."

„Du warst in der Hölle sicherer", murmelte Damien. „Vater hätte die Abmachung mit Demeter brechen und dich dort lassen sollen. Oder zumindest mit dir gehen sollen."

Ich seufzte. „Ja, wahrscheinlich, aber es ist leicht, auf die Vergangenheit zurückzublicken und an all die Dinge zu denken, die wir hätten anders machen können. Glaub mir, bei Hunderten von vergangenen Leben und ebenso vielen grausamen Toden könnte ich diesen Gedanken stundenlang nachhängen. Aber irgendwann müssen wir die Fehler, die wir gemacht haben, akzeptieren und versuchen, nach vorne zu blicken."

„Ich weiß, und das habe ich getan. Ich habe lange Zeit nicht mit Vater gesprochen, aber schließlich habe ich aufgehört, ihm die Schuld für das Geschehene zu geben. Ich glaube aber nicht, dass Belial ihm jemals verziehen hat." Er tätschelte meine Hand. „Vielleicht kommt er jetzt zur Einsicht."

„Ja, vielleicht." Aber ich befürchtete, dass er es nicht tun würde.

„Eine kleine Schwester wird dabei helfen. Vater und ich sind uns nach Kassiels Geburt wieder näher gekommen, vor allem dank dir. Da habe ich ihm angeboten, für ihn als Spion zu arbeiten."

Ich lächelte bei der Erinnerung an mein Leben als Lenore, einem der letzten Momente des Glücks mit meiner Familie vor den jüngsten Ereignissen. „Ja, ich erinnere mich."

„Tust du das?" Damien legte den Kopf zur Seite, während er mich musterte.

„Als Luzifer den Fluch gebrochen hat, sind alle meine Erinnerungen zurückgekehrt. Ich erinnere mich an fast alles, obwohl es kommt und geht, wie es bei Erinnerungen so ist."

„An alles? Wie damals, als ich fast in die Feuergrube gefallen wäre?"

Ich zog eine Augenbraue hoch. „Du meinst, als Belial auf dich aufpassen sollte?"

Er lachte darüber. „Und all die Male, die du mich mit jemandem im Bett erwischt hast?"

Ich stöhnte und zog den Kopf ein. „Leider, ja. Sowohl mit Männern als auch mit Frauen. Manchmal sogar beide gleichzeitig. Dinge, die eine Mutter niemals sehen sollte."

Damien lachte nur noch lauter, und ich war froh, einen Teil meines alten schalkhaften, unbekümmerten Sohnes wieder zu sehen. Wir unterhielten uns noch ein wenig über vergangene Zeiten, lachten und schmunzelten, während wir gemeinsam in Erinnerungen schwelgten. Er erzählte mir etwas mehr über sein Leben im Feenreich und wie er nach vielen Jahren Oberon für sich gewonnen hatte und wie seine Großmutter ihm immer noch ein Dorn im Auge war, obwohl sie ihn offensichtlich mochte. Ich erzählte ihm mehr über dieses Leben und alles, was Jophiel getan hatte, um mich vor Adam zu schützen, und wie Luzifer den Fluch gebrochen hatte. Aber irgendwann wurde es spät und es war Zeit, sich zu verabschieden.

Damien warf einen Blick in Richtung der untergehenden Sonne. „Ich sollte gehen."

„Musst du wirklich gehen?"

„Leider ja, aber ich komme bald wieder. Ich verspreche es." Er zog mich in eine letzte Umarmung, dann öffnete er ein Portal zur Feenwelt, und ich atmete bei dem Geruch von Heimat, der von ihm ausging, tief ein.

„Das will ich dir auch raten."

Ich umarmte ihn noch einmal und hielt die Tränen zurück,

als er durch das Portal verschwand, obwohl ich sicher war, dass ich ihn bald wiedersehen würde.

Die Zeiten waren hart für unsere Familie gewesen, aber ich war mir sicher, dass es in Zukunft besser werden würde. Dafür würde ich sorgen.

19

———

LUZIFER

Ich blickte auf einen der überfüllten Barbereiche im ersten Stock des Celestial. Viele Touristen kamen hierher, um ihren Kummer zu ertränken, nachdem sie zu viel Geld an den Spielautomaten verloren hatten. Seltsam, wie die Menschen ihr Leben weiterlebten, ohne zu wissen, was um sie herum geschah, wie blind sie für alles waren, was außerhalb ihrer eigenen Wahrnehmung lag. Das Klirren von Gläsern, Geplauder und Gelächter bildeten die Geräuschkulisse des Abends, und ein Sportereignis flimmerte über einen Fernseher, der gerade noch in Sichtweite war, verborgen hinter einer Ecke. Aber das alles interessierte mich nicht.

Ich spähte tiefer in die Schatten, und da war er. Belial. Er saß allein auf einem Hocker im hintersten Winkel der Bar, fast so, als hätte er einen Schutzkreis um sich gezogen, um die Leute fernzuhalten.

Ich wollte zu ihm hinübergehen, blieb aber in einiger Entfernung stehen, weil ich nicht sicher war, ob ich willkommen war. Er blickte auf, und seine Augen blitzten kurz amüsiert auf, als er mein Zögern bemerkte. Ich grinste und nickte kurz anerkennend. Ja, jegliches Zögern war untypisch für mich, aber in diesem Fall war es keine Schwäche. Es kam einer Bitte um Einverständnis, mich zu ihm zu setzen, am nächsten, und er war zu sehr wie ich, als dass er das nicht gewusst hätte.

Er warf einen Blick auf den Barhocker neben sich. Nur ein flüchtiger Fingerzeig. Hätte ich geblinzelt, hätte ich die Einladung verpasst, aber ich wusste, dass ich nicht blinzeln durfte. Belial würde mich nicht zweimal bitten.

„Drink?", fragte ich. Wann hatte ich meinem Sohn zuletzt einen Drink ausgegeben? Hatte ich ihm überhaupt jemals einen ausgegeben? Natürlich würde ich auch jetzt keinen bezahlen. Ich würde nur winken, und ein Barkeeper würde sie immer wieder nachschenken.

Mein ältester Sohn hob sein Glas, das Eis klirrte leise darin. „Ich habe einen."

Ich winkte trotzdem. Dies war kein Gespräch, das man ohne das dazugehörige Brennen eines guten Whiskeys führen konnte. „Wie geht es dir?"

Er beantwortete meine einfallslose Frage mit einem trockenen, humorlosen Lachen. „Smalltalk, echt jetzt?"

„Irgendwo müssen wir ja anfangen, nicht wahr?" Dies war unser erstes richtiges Gespräch seit Jahrhunderten. Ich hatte keine Ahnung, wie ich es beginnen sollte, aber ich konnte das Ganze nicht länger so weiterlaufen lassen.

„Also gut." Er hob eine Augenbraue, und für eine Sekunde sah er seiner Mutter unglaublich ähnlich, als sie noch Eva gewesen war. „Mir geht es prima. Wie geht es dir?"

Seine Stimme triefte vor Sarkasmus. Dies wäre nie ein einfaches Gespräch geworden, aber ich hatte auch nicht erwartet, dass Belial es mir leichter machen würde. Trotzdem hätte er mir hier ein wenig helfen können. In diesem Moment kam mein Whiskey, und ich nahm einen langen Schluck flüssigen Mutes.

„Ich möchte dir danken, dass du deiner Mutter im Feenreich geholfen hast. Sie sagt, sie hätte es ohne dich nicht geschafft."

Belial nickte nur und nippte an seinem Getränk. Ich fuhr mir mit der Hand durch die Haare und versuchte, die richtigen Worte zu finden, um mit meinem Sohn zu sprechen. Das war viel schwieriger, als ich erwartet hatte.

„Es tut mir leid." Mir platzten die Worte in meinem Kopf heraus. Es waren nicht die Worte, die ich sagen wollte, und Belial verkrampfte sich, alle seine Muskeln waren angespannt. Sein Kopf bewegte sich auf mich zu, fast so, als wollte er mich ansehen, aber es war nicht viel mehr als ein Zucken, das er schließlich nicht vollendete.

Ich lachte, der Klang war voller Selbstironie. „Mir ist klar, dass das nicht die Worte sind, die du sonst so von mir hörst."

Er quittierte das mit einem schnellen Zusammenziehen seiner Lippen, blickte aber immer noch nicht in meine Richtung, während ich sein Profil studierte.

„Ich weiß, ich war nicht der beste Vater für dich. Ich war ..." Ich hielt inne, mein Mund war trocken. Ich wollte gerade sagen, dass ich beschäftigt gewesen war, doch das stimmte nicht. „Ich war dumm."

Belial warf mir einen Blick zu, und das war die Aufforderung, die ich brauchte, um weiterzusprechen.

„Als du geboren wurdest, hatte ich gerade den Himmel verlassen, um König der Hölle zu werden. Du warst noch ein Baby, als ich Nyx anflehte, die Gefallenen in Dämonen zu verwandeln. Dann ein kleines Kind, als wir die Altgötter besiegten und die Reiter einsperrten. Später warst du ein Teenager, als Adam deine Mutter zum ersten Mal aufgrund des Fluches tötete. Ich habe deine gesamte Kindheit damit verbracht, mich als Dämonenkönig zu beweisen und die Bewohner der Hölle in Schach zu halten. Aber ich hätte sie mit dir verbringen sollen." Ich holte tief Luft, als ich fortfuhr. Ich musste das aussprechen, sonst würde ich vielleicht nie wieder den Mut oder die Gelegenheit haben, so zu sprechen. „Besonders nachdem Eva getötet worden war. Ich wusste nicht, wie ich ohne sie damit umgehen sollte, Vater oder König zu sein, und ich war nicht sicher, wie der Fluch funktionierte oder ob sie wirklich zurückkehren würde. Aber ich hätte erkennen müssen, wie sich all diese Dinge auch auf dich auswirkten. Ich hätte ein besserer Vater sein sollen. Ich habe versucht, es mit deinen Brüdern besser zu machen, aber ich habe dich enttäuscht, und das tut mir leid."

Er begegnete meinem Blick, und die plötzliche Verbindung ließ mich aufatmen. „Verdammt. Ich habe Tausende von Jahren darauf gewartet, diese Worte von dir zu hören."

„Ich wünschte, ich hätte nicht so lange damit gewartet, sie zu sagen." Ich schenkte ihm ein schiefes Grinsen. „Vielleicht hättest du dann nicht versucht, mich zu entmachten. Zweimal."

Ein Winkel seines Mundes verzog sich, das halbe Lächeln war bitter. „Nicht gerade meine besten Momente, das gebe ich zu."

„Hasst du mich wirklich so sehr, dass du meinen Tod willst?", fragte ich mit leiser Stimme, wobei ich fast Angst hatte, die Antwort zu hören.

Er sah auf seine Hände hinunter, die sich um sein Getränk schlossen. „Nein. Ich wollte dich nicht tot sehen. Ich bedaure vieles. Zum Beispiel, dass ich mich mit Adam verbündet und die Pest entfesselt habe. Ich habe versucht, es wiedergutzumachen, indem ich zum Krieg geworden wäre, aber wir haben alle gesehen, wie das ausgegangen ist."

Ich schwieg. Das Ganze fühlte sich zu zerbrechlich an, um es zu gefährden.

„Um deine Frage zu beantworten: Nein, ich hasse dich nicht", fuhr er fort. „Vielleicht habe ich das zu verschiedenen Zeiten in der Vergangenheit getan, aber jetzt nicht mehr. Aber ich bereue keinen der Versuche, dich zu stürzen. Jedes Mal, wenn ich es tat, hattest du keinen Bezug mehr zu denen, über die du herrschtest, und ich wusste, dass es Zeit für einen Wechsel war. Niemand sollte Tausende von Jahren unkontrolliert herrschen. Das ist der Weg zur Tyrannei. Du hast es vielleicht nicht gesehen, aber beide Male hatte sich eine Revolution hinter deinem Rücken zusammengebraut, auch wenn ich nicht dabei gewesen wäre. Ich habe nur den Funken entzündet."

Ich dachte über seine Worte nach und über einige der Dinge, die die Erzdämonen im letzten Jahr gesagt hatten. Viele von ihnen waren verärgert darüber, dass ich den Krieg mit den Engeln beendet und uns aus der Hölle herausgeholt hatte, selbst wenn ich es getan hatte, um die Spezies der Dämonen zu retten. Ich bereute das nicht. Aber vielleicht war ich zu hart vorgegangen. Vielleicht hätte ich sie mehr einbeziehen sollen. Ich hatte auch herausgefunden, dass viele der Meinung waren, Gefallene seien keine echten Dämonen, und dass ich meine Art über alle anderen dämonischen Rassen stellte. Vielleicht tat ich das auch, denn ich benutzte sie, um über die anderen Dämonen zu wachen und sie in Schach zu halten. Vielleicht hatte Belial recht, und es war Zeit für einen Wechsel, obwohl ich meinen Thron nicht so leicht aufgeben würde.

Ich strich mir über das Kinn, während ich nachdachte. „Du hast recht. Ich beginne zu erkennen, dass einiges davon wahr ist, und ich würde gerne mit dir darüber sprechen. Ob du es glaubst oder nicht, ich möchte kein Despot werden."

„Ja, meinetwegen." Er zuckte mit den Schultern und nippte an seinem Drink, er tat wieder so, als wäre es ihm völlig egal, aber ich wusste es besser. Genau wie ich war er besorgt – vielleicht sogar zu sehr, obwohl er es nie zugegeben hätte. Und wie bei mir war das oft sein Verhängnis. Aber jetzt gab ich es zu.

Ich hob mein Glas. „Natürlich habe ich, jetzt, wo der Fluch gebrochen ist und deine Mutter an meiner Seite regiert, das Gefühl, dass sie mich auch im Zaum halten wird."

Belial schaffte es, darüber zu schmunzeln. „Ohne Zweifel. Ganz zu schweigen davon, dass bald eine Miniaturausgabe von ihr herumlaufen wird."

Ich stöhnte auf. „Ja, das stimmt. Es ist schon so lange her, dass ich vergessen habe, wie schwierig diese frühen Jahre manchmal sein können. Ich glaube, ich habe die Kleinkindjahre bei euch allen verdrängt. Vor allem die von Damien. Was für ein kleines Monster er war."

Darüber musste Belial tatsächlich lachen, und wir nahmen beide einen Schluck von unseren Getränken und legten ein kameradschaftliches Schweigen an den Tag. Ich genoss einen Drink mit meinem Sohn, und die Welt war in Ordnung.

Belial räusperte sich. „Ich werde Morningstar bei dir lassen, bevor ich gehe."

Ich wollte schon den Mund öffnen, um zuzustimmen, aber ich winkte mit der Hand. „Behalte es für den Moment. Ich möchte, dass du in Sicherheit bist, wo auch immer du bist."

Morningstar war mein Engelsschwert, das für mich im Himmel geschmiedet worden war, als ich noch ein Erzengel war. Als ich in die Hölle gegangen und ein Gefallener geworden war, hatte sich das Schwert verändert, sodass es sowohl Finsternis als auch Licht kanalisieren konnte. Nur diejenigen, die von meinem Blut abstammten, konnten das Schwert nun benutzen, und auch Hannah, da sie meine Gefährtin war. Es würde immer zu mir zurückkehren, aber im Moment fühlte es sich bei Belial richtig an.

Er zuckte mit den Schultern. „Es ist nicht so, dass ich vorhabe, es zu benutzen. Ich fahre zurück nach New Orleans. Zurück in meine Bar. Zurück, um mich aus dieser Scheiße herauszuhalten."

„Ich bin mir nicht sicher, ob das für solche wie uns möglich ist, aber ich wünsche dir alles Gute und hoffe, dich bald wiederzusehen." Ich reichte ihm meine Hand.

Er ergriff sie fest, und wir schüttelten einander die Hand, wobei wir uns in die Augen sahen. Ich sah meinen Sohn als gleichwertig an, und er sah mich mit etwas anderem als Hass und Wut an.

Es war ein Anfang.

20

HANNAH

Ich lehnte mich an Luzifer, während wir in der Limousine über den Highway rasten. Wir waren gerade aus dem Flugzeug gestiegen, und er hatte mich praktisch ins Auto gezerrt, ohne mir mehr als einen Blick auf den klaren blauen Himmel zu gönnen. Ich hasste es, dass er mir nicht sagen wollte, wohin wir fuhren, aber er hatte gesagt, er wolle die Überraschung nicht verderben.

Während ich auf den Freeway hinausblickte, auf dem wir fuhren, wanderten meine Gedanken wie so oft zu meinen Söhnen. Ich fragte mich, was sie jetzt wohl machten. Belial war nach New Orleans zurückgekehrt, um seine Bar wieder aufzubauen und ein ruhiges Leben zu führen, Damien war ins Feenreich zurückgekehrt, um Oberon auszuspionieren, und Kassiel war in den Norden von New York gefahren, um eine Klasse an der Hellspawn Academy zu unterrichten, der Universität für Dämonen, auf die unsere Tochter vermutlich eines Tages gehen würde. Oder würde sie auf die Seraphim-Akademie gehen, da sie zum Teil ein Engel war? Hmm.

Luzifer strich mir mit der Hand über die Schulter. „Ist alles in Ordnung mit dir?"

Ich zuckte mit den Schultern. „Ich vermisse einfach unsere Söhne. Ich habe sie gerade erst wiedergefunden und jetzt sind sie alle weg."

Luzifer schmunzelte, aber er zog mich fester an sich. „Es ist erst einen Monat her, dass wir sie gesehen haben. Ein Augenblick in einem unsterblichen Leben."

„Ich weiß." An manchen Tagen fühlte ich mich immer noch so menschlich, obwohl das alles eine sorgfältig konstruierte Lüge gewesen war.

Seine Hand wanderte zu meinem sehr runden Bauch. „Bald werden wir ein weiteres Kind haben, um das wir uns viele Jahre kümmern müssen. Wir sollten versuchen, unsere letzten gemeinsamen Momente zu genießen, solange wir noch können."

„Ist das so?", fragte ich, und meine Stimme wurde heiser. Ein Vorteil, wenn man ein Altgott ist – uns ging nie die Puste aus. Das war auch gut so, denn diese verdammten Schwangerschaftshormone machten mich ständig scharf.

Er drückte mir einen Kuss auf den Hals, während seine Hände wieder nach oben glitten und meine Brüste streichelten. „Ich mag es, wie du denkst, meine Liebe."

„Haben wir noch Zeit?", fragte ich und schaute aus dem Fenster. Wir fuhren jetzt auf eine Freeway-Ausfahrt zu.

„Ja, wenn wir uns beeilen." Er hob den Kopf und begegnete meinem Blick, seine verruchten grünen Augen leuchteten vor Verlangen. „Ich habe so viel, was ich dir heute zeigen möchte."

„Ich habe so viel, das ich sehen will. Wie hochmütig bist du heute, Luzifer?" Ich grinste über unseren alten Witz, aber meine Worte kamen fast wie ein leises Schnurren heraus.

„In deiner Nähe kann ich meinen Hochmut kaum zügeln."

Er presste seinen Mund auf meinen, während ich nach dem Reißverschluss seiner Hose griff und dabei vorsichtig seine harte

Beule umfasste. Plötzliche Begierde nach ihm trieb meine Bewegungen an. Er hatte schließlich gesagt, dass wir es schnell machen sollten. Luzifer verstand den Wink und schob meine eigene Hose weg, aber die dehnbare Umstandshose machte es schwierig, irgendetwas mit Anmut oder Geschwindigkeit zu tun.

„Was verlangst du, Liebling?" Er bewegte seine Hand zum oberen Teil seiner Hose und öffnete sie bis zum Ende. Dann befreite er seinen Schwanz und streichelte ihn mit der Hand über die ganze harte Länge.

„Ich will dich, Luzifer."

Sein Rhythmus beschleunigte sich, während er sich selbst weiter berührte. „Wie willst du mich?"

„Hier. Jetzt." Ich war feucht für ihn. So feucht. Ich beobachtete, wie seine Finger über seine Haut fuhren, und ich wimmerte vor Verlangen.

Er schaute mich mit einer perfekten Mischung aus Lust und Liebe an. „Du warst immer meine größte Versuchung. Jedes Gesicht, jeder Name, jede Zeit. Nur du."

„Immer du, Luzifer." Ich schob den Slip beiseite und setzte mich auf ihn, mit dem Gesicht zu ihm, und ließ mich auf ihn herab, bevor einer von uns ein weiteres Wort sagen konnte.

Er atmete heftig ein, und seine Hände wanderten zu meinen Hüften, zum Teil, um mich zu beruhigen, aber fast so, als ob er mir einen Rhythmus vorschreiben wollte. Ich ergriff seine Hände und führte sie stattdessen zu meinen Brüsten. Er fuhr mit seinen langen Fingern darüber und streichelte meine Brustwarzen durch den Stoff, bevor er begann, meine Knöpfe zu öffnen, gerade so viel, dass er an meine Haut herankam und unter meinen BH schlüpfen konnte.

Das war nicht ruhig und sanft. Es ging darum, die Kleidung aus dem Weg zu schieben und sich an Luzifer zu reiben, um mein Verlangen zu stillen. Er strich mir die Haare aus dem Gesicht und knabberte an meinem Hals, dann biss er fester zu, aber nicht so fest, dass es wehtat. Gerade genug, um zu sagen, dass er mich markieren konnte, wenn er wollte. Dass ich ihm gehörte. Ich wölbte mich, um ihm mehr Haut zu geben, und er schob seine Hüften nach oben und stieß hart zu.

Ich rollte mich gegen ihn und rieb mich an der Stelle, die mich aufschreien ließ. Er hielt mich fest, seine Hände über meinen Brüsten und sein Mund an meinem Hals, während ich mich hob und wieder senkte. Zuerst langsam, dann immer schneller, bis die einzigen Geräusche im hinteren Teil der Limousine mein schwerer Atem und das Klatschen unserer Haut waren.

„Luzifer." Sein Name verließ meinen Mund wieder und wieder, wie ein Singsang, und er wurde schneller, als ich die Kontrolle zu verlieren begann. Er bewegte sich mit mir und erfasste meine Leidenschaft. Schließlich spannte sich mein Körper um ihn und ich atmete tief ein. Er zog mich an sich und drückte sich ein letztes Mal nach oben, um sich selbst zu befreien. Unsere Orgasmen erschütterten uns, aber zum Glück hatten wir unsere neuen Kräfte besser unter Kontrolle, und wir schafften es, die Limousine, in der wir saßen, nicht zu zerstören.

„Hannah", murmelte er an meinem Ohr, bevor er einige meiner Haare zurückstrich. Er drückte mir einen Kuss in den Nacken, als sich unsere Bewegungen verlangsamten und unsere Lust gestillt war. Fürs Erste.

Die Limousine hielt an, und ich schaute aus dem Fenster und sah das herrliche blaue Meer. Ich war so von Luzifer abgelenkt gewesen, dass ich den letzten Teil unserer Reise völlig ignoriert hatte. Unser Fahrer stieg aus und wartete geduldig in der Nähe auf uns, um uns Zeit zu geben, uns anzuziehen. Wahrscheinlich hatte er viel zu viel gehört, obwohl der Sichtschutz an Ort und Stelle war. Nun gut. Wir würden ihm am Ende ein großes Trinkgeld geben.

Sobald ich angezogen war, stieg ich langsam aus dem Auto,

ließ die sanfte Brise meine zu warmen Wangen beruhigen und atmete die frische Seeluft ein. „Wo sind wir?"

„Südkalifornien." Luzifer rückte seinen Anzug zurecht, als er neben mir stand. „Tatsächlich sind wir nur eine Meile davon entfernt, wo Asmodeus und Brandy jetzt leben."

„Danke, Luzifer." Ich warf meine Arme um ihn, und er drückte mich fest an sich.

„Ich dachte, es wäre an der Zeit, das Gespräch über die Suche nach einem neuen Heim fortzusetzen. Ich wollte, dass du das hier siehst." Er deutete auf einen riesigen Zaun mit einem großen Tor.

Ich konnte mir ein Lachen nicht verkneifen. „Niemals hätte ich gedacht, dass ich einen so großen Zaun besitzen könnte."

„Das kannst du, wenn du es willst."

Das Tor öffnete sich, als ob er es so gewollt hätte, und eine geschwungene, von Palmen gesäumte Auffahrt führte zu einem großen weißen Haus. Das Gelände des Anwesens erstreckte sich weit in alle Richtungen, mit dem glitzernden blauen Meer dahinter.

Ich hielt inne und sah mir das Grün der Bäume und das Blau des Meeres an. „Es ist wunderschön hier."

„Es wird noch besser." Luzifer nahm meine Hand, als wir die Einfahrt entlang gingen. Der Duft der Blumen hing schwer in der heißen Nachmittagsluft, und ich ging langsam, um ihn zu genießen. „Du hast noch nicht einmal das Haus gesehen."

„Vergiss das Haus. Ich glaube, ich wäre froh, wenn ich draußen leben könnte." Ich lachte und schwang die Hände, als wir weitergingen, befreit von meinen Sorgen durch die Hoffnung auf zukünftiges Glück.

„Dann lass uns zuerst das Gelände erkunden." Anstatt mich zur Vordertür zu führen, gingen wir an der Seite entlang, wo wir einen großen, glitzernden Pool und einen Whirlpool, eine Außenküche mit Sitzgelegenheiten und eine Cabana sowie jede

Menge Land entdeckten, alles mit Blick auf den Ozean. „Es gibt mehr als genug Platz für unsere Pferde und für dich, um hier einen weiteren Garten anzulegen."

Mir schwirrten schon die Ideen im Kopf herum, was ich hier alles gestalten konnte. Wir gingen weiter, vorbei an einem Gästehaus, das größer aussah als das Haus, in dem ich mit Brandy gewohnt hatte, und an einem Weg, der zu einem Privatstrand hinunterführte. Ich stand ganz oben und genoss die Sonne. Obwohl ich jetzt so viel mehr als ein Engel war, gefiel es mir immer noch. „Es ist perfekt."

„Gefällt es dir?", fragte er.

Ich atmete tief durch, „Ich liebe es."

Luzifer betrachtete mein Gesicht mit einem kleinen Lächeln. „Lass uns reingehen."

Wir näherten uns dem zweistöckigen Wohnhaus, das von einem unglaublichen System von Miniatur-Wasserwegen umgeben war, die zwischen weiteren Palmen verliefen. Das Haus verfügte über große Glasfenster und ganze Wände, die sich einfach wegklappen ließen, sodass Außen- und Innenbereich zu einem luxuriösen Raum verschmolzen. Mein Herz schlug wie wild, als ich all das, was ich sah, begehrte. Das Innere brauchte ich fast nicht zu sehen. Luzifer kannte mich nach all der Zeit so gut – wenn dies das Haus war, das er mir zeigen wollte, dann war es zweifellos perfekt.

Als wir durch die Eingangstür traten, drückte ich Luzifers Hand in meiner. Ein großer, offen gestalteter Wohnbereich ging in die Küche über und führte durch eine Wand aus Glastüren hinaus auf den leuchtend grünen Rasen und den türkisfarbenen Pool, hinter dem das Meer in der Sonne glitzerte. Eine prächtige Treppe führte nach oben, während ein Flur zu anderen Räumen an der Seite führte. Das Haus war leer, aber ich konnte mir schon vorstellen, wie ich es einrichten würde – viel Schwarz und Weiß, dazu Seegrün und Ozeanblau, mit einem Spritzer erdiger Sandtöne.

Als Luzifer mich weiter hineinführte, sagte er: „Es gibt genug Platz für die Jungs, es ist nah genug, um schnell nach Vegas zu kommen, und es ist abgelegen genug, um uns sowohl Privatsphäre als auch Sicherheit zu bieten.“

„Du brauchst mir keine Verkaufsgespräche zu halten“, sagte ich lachend. „Ich bin schon überzeugt.“

Luzifer grinste. „Den besten Teil hast du noch nicht gesehen.“

Ich hob eine Augenbraue. „Die Schlafzimmer?“

Er schüttelte den Kopf, mit gespielter Enttäuschung in seinem Gesicht. „Wirklich? Nein, Liebes. Die Bibliothek.“

Da wurde ich hellhörig. „Es hat eine Bibliothek?“

Ein verruchtes Grinsen umspielte seine Lippen. „Natürlich hat es eine.“

Wir traten ein, und mir blieb der Mund offen stehen. Reihen von weißen Bücherregalen säumten den großen Raum, der hinter einer Stelle, die wie die perfekte Leseecke aussah, einen Blick auf das Meer bot. Er war sogar größer als Luzifers Bibliothek in Vegas, und ich konnte mir schon vorstellen, wie viele Stunden es dauern würde, unsere Bücher hier zu ordnen. Außerdem bräuchten wir neue Bücher, um all diese Regale zu füllen. Natürlich. Ich war mir sogar ziemlich sicher, dass ich eine ganze Wand brauchen würde, um alle meine Lieblingsromane unterzubringen.

Im ersten Stock gab es zwei Gästezimmer, ein Büro und ein Yogastudio, das wir in einen Trainingsraum umfunktionieren würden. Nachdem wir uns dort umgesehen hatten, gingen wir schließlich eine Etage höher. Der zweite Stock öffnete sich, sodass man das darunter liegende Wohnzimmer sehen konnte, bevor es zu den anderen Schlafzimmern führte. Das Hauptschlafzimmer war riesig, mit einem angeschlossenen Zimmer, das sich perfekt für die Zeit mit dem Baby eignen würde. Das Badezimmer war ebenso beeindruckend, ganz frisch renoviert mit faszinierenden 3D-Fliesen, die wie Wellen aussahen und über die ich einfach mit der Hand fahren musste. Die anderen Schlafzimmer im Obergeschoss hatten ebenfalls eine gute Größe für unsere Tochter, die dort aufwachsen sollte, oder für Gäste, wenn sie zu Besuch kamen.

„Ich habe genug gesehen", sagte ich, als ich mich auf dem Treppenabsatz mit Blick auf den ersten Stock an das Geländer lehnte. Alles an diesem Haus fühlte sich richtig an. Ich konnte mir vorstellen, dass wir hier unsere Tochter großziehen würden, unsere Pferde hätten viel Platz, und Brandy war in der Nähe. Außerdem wäre das Anwesen leichter zu verteidigen und sicherer als ein Penthouse in einer Großstadt. „Lass uns heute ein Angebot machen. Ich will dieses Haus."

„Es gehört dir." Luzifer schlang seine Arme von hinten um mich. „Ich habe es bereits gekauft."

Ich wirbelte in seinen Armen herum. „Wirklich?"

„Als es auf den Markt kam, habe ich den Vorbesitzern ein Angebot gemacht, das sie nicht ablehnen konnten. Ich hoffe, du verzeihst mir, dass ich die Entscheidung allein getroffen habe, aber ich wollte dich überraschen und habe schnell gehandelt, um zu verhindern, dass wir das Haus an jemand anderen verlieren. Es war zu perfekt, um es sich entgehen zu lassen."

„Ich liebe es, und ich liebe dich dafür, dass du wusstest, wie sehr ich es lieben würde."

„Gut." Er beugte sich vor, um mich zu küssen, nahm dann meine Hand und führte mich in unser zukünftiges Schlafzimmer, wobei ein freches Lächeln seine Lippen umspielte. „Ich denke, wir sollten unser neues Zuhause feiern."

„Jetzt?", fragte ich lachend. „Wir haben ja noch nicht einmal Möbel!"

„Ich brauche keine Möbel, um dir einen Orgasmus zu

verschaffen." Er führte mich weiter ins Bad und setzte mich sanft auf den Waschtisch. „Außerdem sollten wir besser damit anfangen, wenn wir in jedem Zimmer dieses Hauses Sex haben wollen."

Ich schüttelte mit einem reumütigen Lächeln den Kopf, als er mir die Hose wieder herunterzog, aber dann war sein Kopf zwischen meinen Schenkeln und seine Zunge an meiner Muschi, und ich konnte mich nur zurücklehnen und mich von ihm verwöhnen lassen. Ein tiefes Gefühl der Richtigkeit überkam mich, als hätte mich das Schicksal nach Tausenden von Jahren des Leidens endlich zu diesem Moment geführt und ich würde nun meine Chance bekommen, mich zu entspannen und mein Glück zu genießen.

Dabei musste ich nur die kleine Stimme in mir ignorieren, die mich fragte, ob das alles auch wirklich von Dauer sein könnte.

HANNAH

Ich schlang meine Arme um meinen medizinballgroßen Bauch und versuchte, durch die Wehen zu atmen, die sich in ihm zusammenzogen. Es war eine Woche vor meinem Geburtstermin, und wir hatten es endlich geschafft, viele unserer Sachen in unser neues Haus in Kalifornien zu bringen und genug Möbel gekauft, um es wohnlich zu machen. Jetzt mussten wir nur noch das Kinderzimmer einrichten. Ich hatte gedacht, wir hätten noch eine Woche oder länger Zeit – alle meine Söhne waren zu spät geboren worden, aber heute Morgen hatte ich Wehen bekommen. Ich war mir sicher, dass es Scheinwehen waren, aber es motivierte mich, das Kinderbett sofort einzurichten – für alle Fälle.

„Schraubenzieher." Ich streckte Luzifer meine Hand entgegen, während ich das Kopfteil des Kinderbettes anhob.

„Liebling, was genau machst du da?" Er schaffte es, gleichzeitig neugierig und entsetzt zu klingen.

Ich kniff die Augen zusammen. „Diese Kinderzimmermöbel bauen sich doch nicht von selbst zusammen."

„Es ist ein echter Mann im Raum, der bereit ist, das für dich zu erledigen.“

Ich rollte mit den Augen. „Okay, echter Mann. Aber ich glaube, du solltest daran denken, dass ich jetzt eine Göttin bin und so gut wie alles tun kann. Sogar während der Schwangerschaft.“

Er nahm mir das Krippenteil ab und stellte es hin, bevor er mich in seine Arme zog und mir einen zärtlichen Kuss auf die Lippen drückte. „Oh, glaub mir, das vergesse ich nie.“

Ich drückte meine Handflächen gegen seine Brust. „Keine Ablenkungen. Dieses Kinderbettchen muss sofort gebaut werden. Wir wissen nicht, wann die kleine Dame eintrifft. Es könnte schon heute sein, soweit wir wissen.“

Seine Augen wurden groß, als er auf meinen Bauch hinunterblickte. „Wir sind noch nicht so weit. Behalte sie da drin.“

„Ich werde sie darum bitten, aber ich habe das Gefühl, dass sie bereits einen eigenen Willen hat.“ Ich reichte ihm den Schraubenzieher und schlenderte zum Stillstuhl hinüber. „Und jetzt mach los.“

Er grinste. „Wenn du das sagst, sind wir normalerweise beide nackt.“

Ich kicherte leise und war erleichtert, dass ich mich für eine Weile setzen konnte. Ich schloss die Augen und schaukelte auf dem Stuhl, den Zel mir gegeben hatte, hin und her, während ich eine weitere Wehe überstand. Scheiße, sie kamen immer näher aneinander, oder?

„Wo ist Zel hin?“ fragte ich. Sie war sofort in das Gästehaus gezogen, als wir das neue Haus erwähnt hatten. Sie musste weder auf eine Einladung noch auf eine Erlaubnis warten, sie packte einfach eine Tasche, um mit uns zu kommen, und ernannte sich selbst zur Leiterin der Security des Anwesens, die alles vom Gästehaus aus handhabe und ein kleines Bataillon von Wachen beaufsichtigte. Ich liebte Zel, aber sie konnte manchmal wirklich

... anstrengend sein. Es war nur noch schlimmer geworden, seit wir sie gebeten hatten, Patin des Babys zu werden. Aber wenn ich das Baby heute bekommen sollte, wollte ich sie in meiner Nähe haben.

„Ich weiß nicht, aber ich sollte sie bitten, mir beim Aufbau des Kinderbettes zu helfen. Sie ist viel geschickter als ich." Luzifer schaute zur Tür, als würde er tatsächlich zum Gästehaus hinunterlaufen und sie holen.

Trotz Luzifers Klagen baute er das Kinderbett weiter auf, während ich mich ausruhte und den Blick über das Kinderzimmer schweifen ließ. In den letzten Tagen hatte ich es wie einen geheimen Garten eingerichtet, mit kleinen floralen Elementen überall. Das Zimmer machte mich glücklich und ruhig, und ich hoffte, dass es unserer Tochter auch gefallen würde.

„Klopf, klopf", sagte Samael, und ich blickte zu der unerwarteten Stimme an der Tür auf.

„So viel zur erhöhten Sicherheit", brummte Luzifer. „Sieht so aus, als ob Zel heutzutage jedes Gesindel reinlässt."

Ich winkte Samael mit einem Lächeln herein. „Perfektes Timing. Du kannst Luzifer helfen, so auszusehen, als wüsste er, was er mit diesem Kinderbett macht."

Luzifer drohte mir mit dem Schraubenzieher. „Ich bitte um Verzeihung, aber ich bin mit dem Kinderbett fertig geworden, vielen Dank. Allerdings muss ich jetzt noch diesen Wickeltisch an der Wand befestigen. Er darf bei einem Erdbeben nicht umkippen."

Ich schüttelte den Kopf. „Wie demütigend, dass wir uns, obwohl wir Götter sind, immer noch um Dinge wie Erdbeben kümmern müssen."

„Hast du Neuigkeiten für uns?", fragte Luzifer Samael, während er begann, die Befestigungsgurte an der Wand anzubringen. Samael hatte alles von Vegas aus geleitet, seit wir hierher gezogen waren, was uns erlaubte, uns von Dämonenangelegenheiten zurückzuziehen, damit wir uns auf das neue Haus und das Baby konzentrieren konnten.

„Das habe ich." Samael verbeugte sich leicht, aber ich bemerkte, dass er nicht vortrat, um Luzifer bei seiner Aufgabe zu helfen. „Die Kobolde sind führerlos, seit Hannah Nemesis getötet hat. Sie haben noch keinen neuen Erzdämon gewählt und kämpfen unter sich um die Kontrolle."

Luzifer grinste. „Warum überrascht mich das nicht? Das sollte sie uns zumindest eine Zeit lang vom Hals halten."

„In der Tat."

„Und die Gestaltwandler?", fragte ich, während ich in meinem Schaukelstuhl eine weitere Wehe überstand. Diese war stärker, und ich musste mich dabei an den Armlehnen festhalten. „Haben wir Fenrir gefunden?"

Samael warf mir einen fragenden Blick zu, als ob er bemerkt hätte, dass es mir nicht gut ging, aber zu höflich war, etwas zu sagen. „Nein, es tut mir leid, aber er wurde nicht gesehen. Wir glauben, dass er und die anderen Gestaltwandler, die ihm treu ergeben sind, sich im Moment versteckt halten und zweifellos ihre nächsten Schritte planen."

„Ich bin sicher, dass sie auch jetzt noch versuchen, einen Weg zu finden, den Tod zu befreien", sagte Luzifer.

„Wären sie wirklich so dumm?", fragte ich. „Sicherlich sehen sie ein, dass sie zu diesem Zeitpunkt keine Chance haben zu gewinnen."

Luzifer lehnte sich gegen die Wand, als er eine Pause von seiner Arbeit machte. „Fenrir ist stur, und vor langer Zeit hatte ein Erelim-Engel all diese Prophezeiungen über Ragnarok, an die er glaubte. Er glaubt wahrscheinlich, dass die Entfesselung des Todes das auslösen wird."

Ich erinnerte mich an alles, was ich über nordische Mythologie wusste. „Ist er nicht dazu bestimmt, an Ragnarok zu sterben?"

Samael schniefte. „Früher hatte jeder Erelim-Engel seine eigene Prophezeiung über die Apokalypse, und die meisten von ihnen widersprachen einander. Einige dieser Prophezeiungen haben wir im Laufe der Jahre bereits daran gehindert, wahr zu werden. Wie die Apokalypse der Maya im Jahr 2012."

Luzifer stöhnte auf. „Erinnere mich nicht daran. Was war das für eine Quälerei."

„Wovon redest du?", fragte ich.

„Ein Portal zur Leere sollte sich an dem Tag öffnen, an dem der Maya-Kalender in Tikal in Guatemala endete", erklärte Samael. „Es hätte Dutzende von Altgöttern entfesseln können, aber es gelang uns, es zu schließen, bevor etwas passierte."

„So wie wir auch die Apokalypse der Vier Reiter aufhalten werden, bevor sie stattfindet," sagte Luzifer.

Samael nickte. „Die Grabkammer der Pest hält immer noch, und Theo und seine Gargoyles bewachen sie. Sie werden mir jede Veränderung sofort melden."

Ich betete, dass die Pest für eine sehr lange Zeit eingesperrt blieb. Ich wollte, dass mein kleines Mädchen aufwuchs, ohne dass die Bedrohung durch Adam einen Schatten auf ihre Kindheit warf. Er hatte unserer Familie schon so viel Leid zugefügt – alles, was ich wollte, war, dass ich mir keine Sorgen mehr darüber machen musste, dass er uns wieder heimsuchen würde.

Samael verstummte, aber irgendetwas an dem Gespräch fühlte sich unvollendet an. Luzifer blickte auf, so als ob er es auch spürte.

„Ist sonst alles in Ordnung?", fragte ich. Samael war Luzifers bester Freund und Verbündeter, und wir beide verdankten ihm viel. Wenn er mit der gegenwärtigen Situation unzufrieden war, würden wir das auf jede nur erdenkliche Weise in Ordnung bringen.

„Ja." Zuerst dachte ich, Samael würde nichts weiter sagen, doch dann räusperte er sich und sah weg. „Ich habe deinen Rat befolgt, Luzifer. Auf dem Weg hierher hielt ich an, um Asmodeus und seine neue Familie zu besuchen."

„Wirklich?" Ich beugte mich vor, so begeistert von dieser unerwarteten Wendung der Ereignisse, dass ich die Wehe kaum bemerkte. Okay, das war eine Lüge, es tat höllisch weh.

Samael war so verärgert darüber gewesen, dass sein Sohn Asmodeus sterblich geworden war, dass er sich in den letzten Monaten geweigert hatte, irgendetwas mit ihm zu tun zu haben. Luzifer und ich hatten ihn angefleht, seinem Sohn eine Chance zu geben, Brandy kennenzulernen, Lilith zu verzeihen, dass sie ihren Sohn sterblich gemacht hatte. Alles, was wir wollten, war, dass er wenigstens mit seinem Sohn sprach. Besonders jetzt, wo Brandy ebenfalls schwanger war.

„Wie ist es gelaufen?", fragte Luzifer, während er Samael seine volle Aufmerksamkeit schenkte. Er konnte ein Lied davon singen, wie schwierig es sein konnte, eine Verbindung zu entfremdeten Söhnen wiederherzustellen.

„Es ist gut gelaufen. Ich habe mich mit der Entscheidung meines Sohnes abgefunden, auch wenn es mich schmerzt. Ich kann sehen, dass er wirklich verliebt ist und eine Familie gefunden hat, die ihn glücklich macht." Er zögerte. „Ich hatte keine Ahnung, dass mein Sohn so etwas wollte. Ich dachte, er wäre als Inkubus glücklich, aber jetzt wird mir klar, wie unglücklich er war. Ich hätte nur nie erwartet, dass er bei einem Menschen landet."

„Brandy ist seine Gefährtin", sagte ich und nahm damit meine beste Freundin in Schutz. „Und sie ist ein guter Mensch. Sie hat sich um mich gekümmert, als ich keine Ahnung hatte, wer ich war, und sie hat mich akzeptiert, als ich ihr sagte, dass ich ein Engel bin, der mit Luzifer zusammen ist."

Samael neigte den Kopf. „Ich habe nichts als Respekt für die Frau, die es geschafft hat, meinen Sohn zu zähmen."

„Und Lilith?", fragte Luzifer. „Hast du mit ihr gesprochen?"

Samael runzelte bei dieser Frage leicht die Stirn. „Nein. Noch nicht."

Luzifer legte seinem Freund eine Hand auf die Schulter. „Wenn ich aus all dem etwas gelernt habe, dann, dass die Familie alles ist. Man sagt, dass die Zeit alle Wunden heilt, aber diese hier könnte vielleicht ein wenig Hilfe gebrauchen."

Samaels Lippen pressten sich zu einem schmalen Strich zusammen, doch dann sagte er: „Na schön, ich werde mich bemühen, mit Lilith zu sprechen, und sei es nur, um diesem höllischen Flirten vor Baals Augen ein Ende zu setzen."

„Das wurde auch Zeit", sagte Luzifer.

Eine weitere Wehe schüttelte mich, und auf diese folgte ein Gefühl, als hätte ich mir in die Hose gemacht. Ich hatte genug Babys bekommen, um zu wissen, dass das bedeutete, dass meine Fruchtblase geplatzt war.

„Hier ist es auch Zeit", sagte ich, weil ich es nicht länger leugnen konnte. „Schick nach Marcus. Das Baby ist unterwegs."

Luzifer ließ den Schraubenzieher fallen. „Jetzt?"

Ich nickte. „Jetzt."

22

LUZIFER

Hannah zog eher eine Grimasse, als dass sie lächelte, und sie ergriff die Hand, die ich ihr reichte, mit der ganzen Kraft einer Göttin. Gut, dass ich auch einer war, sonst hätte sie mich zerdrückt.

„So ist es gut. Atme weiter." Ich wollte sie beruhigen, aber sie warf mir einen Blick zu und ich hielt den Mund und beschloss, sie nur meine Hand halten zu lassen. Marcus wartete am Fußende des Bettes, aber ich hatte die strikte Anweisung, an ihrem Kopfende zu bleiben und den Ernst der Sache jemand anderem zu überlassen, was mir ganz recht war. Es waren lange Wehen gewesen, und obwohl Hannah schon drei Kinder geboren hatte, hatte sie es nicht in diesem Körper getan, was alles anders machte. Vorfreude und Traurigkeit gingen mir gleichermaßen durch den Kopf, als Marcus ihr sagte, sie solle pressen. Die erste Begegnung mit einer Tochter würde etwas Wunderbares sein, vor allem, nachdem uns das letzte Kind zu früh genommen worden war, aber ich war mir auch bewusst, dass dies das letzte Mal sein würde, dass ich so etwas erleben würde. Und obwohl diese Last hauptsächlich Hannahs war, hatte sie sich für mich geopfert, und diese Verantwortung wog schwer.

Aber ich konnte es mir nicht leisten, jetzt daran zu denken. Nicht, solange meine Gefährtin mich brauchte. Außerdem überwog die Aufregung die Traurigkeit. Heute würden wir unsere Familie vervollständigen.

Ich versuchte zuzuhören, während Marcus Hannah durch den Geburtsvorgang führte, aber meine ganze Aufmerksamkeit galt meiner Gefährtin, und ich hielt ihre Hand bei jedem Atemzug, den sie ausstieß. Ich wusste, dass der Schmerz dieses Augenblicks verblassen würde, so wie er es bei jedem der Jungen getan hatte, und dass wir ein Wunder erleben würden.

Meine Liebe zu Hannah wuchs, während ich zusah, wie ihr wunderbarer Körper das Leben hervorbrachte, das wir gemeinsam geschaffen hatten. Selbst dies war eine Art Opfer – sie stellte ihren Körper für unsere Liebe zur Verfügung. Ich hatte Tausende von Jahren gelebt und in dieser Zeit viele erstaunliche Dinge gesehen, aber dies war das Erstaunlichste und Unglaublichste, die Art und Weise, wie das Leben weiterging.

„Noch einmal pressen!" Marcus' Stimme war sanft und beruhigend, und wahrscheinlich wollte er Hannahs Schmerz lindern, während er unsere Tochter auf die Welt brachte. Trotzdem sah ich, wie sie sich anspannte, und das brachte meine Beschützerseite zum Vorschein.

„Bist du sicher, dass du das schon einmal gemacht hast?", fragte ich Marcus. Ich wusste, dass er ein großer Heiler war, sogar der Sohn des Erzengels Raphael, aber wusste er wirklich, wie man ein Baby zur Welt bringt?

Marcus rollte mit den Augen und ignorierte mich. Ich runzelte die Stirn und überlegte, ob ich ihm und allen, die er liebte, drohen sollte, wenn er das Baby nicht sofort rausholte, aber dann begegnete ich Hannahs Blick und zwang mich, ruhig zu bleiben. Ich atmete tief durch. Ich strich Hannah die Haare von der Stirn und ließ sie meine Hand festhalten. Ich konnte nichts anderes tun, als bei ihr zu sein. In dieser Rolle war es im Grunde nutzlos, der König der Dämonen zu sein.

Plötzlich stieß Hannah ein kehliges Brüllen aus, und eine Welle der Energie entlud sich aus ihr. Ein heftiger Luftzug strömte durch den Raum und ließ medizinisches Material durch die Luft fliegen. Licht und Schatten brachen auf einmal aus Hannah heraus, und um uns herum wuchsen plötzlich leuchtend grüne Pflanzen, die sofort verwelkten und starben. Durch all das hindurch entzog Hannah allen um uns herum die Lebenskraft, während sie schrie, und obwohl meine Kräfte als Krieg mich vor dem Schlimmsten schützten, sah ich, wie Marcus taumelte und sich am Rand des Bettes festhielt, sein Körper war schwach.

„Hannah!" Ich umfasste ihr Kinn und zwang sie, mich anzusehen. „Du musst deine Kräfte kontrollieren!"

Sie blinzelte mich an, und dann verschwand das Gefühl, dass sie uns die Lebenskraft aussaugte. Sie atmete tief ein, als sie die Kontrolle über sich wiedererlangte. „Tut mir leid!"

Ich drückte ihr einen Kuss auf die Stirn, als sie sich ein wenig entspannte und der Raum sich wieder normalisierte. Marcus erholte sich schnell und machte sich wieder an die Arbeit, und schon bald durchdrang ein heller Schrei die Luft, als unsere Tochter das Licht der Welt erblickte. Hannahs Augen wurden groß, als das kleine Mädchen auf ihre nackte Brust gelegt wurde, und sie konnte sich sofort mit diesem wunderschönen, faltigen, klebrigen Wesen, das unser Baby war, identifizieren. Ich zwängte mich auf ein schmales Stück Bett neben Hannah und legte einen Arm um sie, während ich die beiden liebevoll anschaute.

Während Marcus Hannah verarztete, wiegte sie unsere Tochter und ich sie und streichelte ihr Haar. Es bedurfte keiner Worte, als wir einen Moment der stillen, ruhigen Liebe teilten.

„Nimm das Baby, Luzifer", murmelte sie schließlich.

Plötzlich nahm ich unsere Tochter in meine Arme, drückte sie an meine Brust und lächelte auf sie herab. Sie schien mich zu erkennen, und ein kleiner rosafarbener Arm winkte aus ihrer Decke, als ich sie in meine Armbeuge legte.

„Perfekt." Das Wort kam als Flüstern heraus, und ich sah kaum, wie Hannahs Lächeln breiter wurde, bevor ich meine ganze Aufmerksamkeit wieder auf das Kind in meinen Armen richtete. Ich strich ihr mit der Fingerspitze über die Wange, vorsichtig mit der neuen, zarten Haut. „Einfach wunderschön."

Liebe durchströmte mich, und meine Brust zog sich zusammen. Der Laut, der aus meinem Mund kam, hätte der Auftakt zu einem Lachen oder einem erstickten Schluchzen sein können, und es war mir egal, ob beides nicht die zu erwartende Reaktion des Dämonenkönigs auf die Geburt seiner einzigen Tochter war.

Ich küsste das kleine rote Gesicht des Babys und griff nach Hannahs Hand. Meine wunderbare Gefährtin hatte es wieder vollbracht. Ich war wirklich der glücklichste Unsterbliche der Welt.

„Wie wirst du sie nennen?", fragte Marcus.

„Komisch, darüber haben wir noch gar nicht gesprochen." Ich setzte mich auf den ersten Stuhl, den ich fand, und betrachtete das kleine Gesicht meiner Tochter, ihre wunderschönen blauen Augen, und bot ihr meinen Finger zum Greifen an. Ich sah Hannah an, und sie lächelte, als sie ihren Blick von mir zu unserer Tochter und wieder zurück wandern ließ.

„Wie wäre es mit Aurora?", fragte sie leise. „Nach deiner Mutter."

Meine Brust zog sich zusammen, als ich wieder in die Augen meiner Tochter sah, die die Farbe des Himmels in der Morgendämmerung hatten. „Ja, das ist perfekt."

„Den zweiten Vornamen überlasse ich dir", sagte Hannah, während sie sich zurücklehnte und die Augen schloss, zweifellos erschöpft von all dem, was ihr Körper gerade durchgemacht hatte.

Ich dachte eine Zeit lang über verschiedene Namen nach. Da Hannah sich entschieden hatte, ein Mitglied meiner Familie zu ehren, hielt ich es nur für angemessen, dass wir dasselbe für sie taten. „Was würdest du von Jophiel halten?"

Tränen schimmerten in Hannahs Augen, als sie mich anlächelte. „Ich glaube, Jo fände das gut."

Marcus und sein Assistent – den ich die ganze Zeit über kaum bemerkt hatte – beendeten die Reinigungsarbeiten, ließen uns um der Privatsphäre willen allein und meinten, sie kämen bald zurück, um nach uns zu sehen. Ich gab Hannah das Baby zurück, und sie versuchte, es zu stillen.

„Sie ist stark", sagte ich leise, während ich sie beobachtete. „Ich kann es spüren, sogar hier. Die perfekte Mischung aus uns beiden."

„Mit einer kleinen Prise Altgott als Bonus", sagte Hannah lachend.

„Glaubst du, der Hunger hat sie verändert?", fragte ich.

„Nein, ganz und gar nicht. Aber dadurch, dass ich zum Hunger wurde, hat sich auch Aurora verändert, denn wir waren immer noch miteinander verbunden." Hannah seufzte ein wenig. „Die Hungergöttin sagte, sie wollte wieder Mutter werden, und ich spürte, dass sie dem Baby nie etwas antun würde. Wenn überhaupt, dann hat sie dafür gesorgt, dass Aurora während des Übergangs beschützt wurde. Ich hatte für den Hunger keine Liebe übrig, aber das wusste ich zu schätzen."

Ich strich meiner Tochter mit einer Hand über den Wuschelkopf. So etwas wie sie war noch nie auf die Welt gebracht worden. Halb Engel, halb Gefallene, mit einem Hauch von Altgott. Ich wusste bereits, dass sie zu Großem bestimmt sein würde. Natürlich mussten wir erst einmal die Kleinkindjahre überstehen. Oder noch schlimmer, die Teenagerjahre. Irgendwie hatte ich das Gefühl, dass sie es uns nicht leicht machen würde. Sie war eine Kämpferin, wie ihre Mutter.

Unsere Tochter hatte die Macht, die Welt zu zerstören – oder sie zu beenden. Ich hoffte nur, dass wir der Herausforderung, ihre Eltern zu sein, gewachsen waren.

23

HANNAH

Die nächsten Monate vergingen in einem Dunstkreis schlafloser Nächte mit einem Neugeborenen, obwohl es Aurora nicht an Aufmerksamkeit mangelte. Unsere engsten Freunde kamen regelmäßig zu Besuch, und Zel nahm ihre Pflichten als Patentante nur allzu ernst und bewies, dass wir mit der Intensität, die wir ihrerseits vorhergesagt hatten, den Nagel auf den Kopf getroffen hatten. Sie hatte bereits versucht, Aurora zwei winzige Messer zu schenken, die wie ihre eigenen aussahen, und ich musste ihr erklären, dass es noch ein paar Jahre dauern würde, bis meine Tochter für das Kampftraining bereit sein würde.

Obwohl ich ein Altgott war und keinen Schlaf brauchte, war ich die meiste Zeit über irgendwie erschöpft, und es war eine Erleichterung, als Luzifer vorschlug, ich solle endlich mit meinem Pferd ausreiten. Wir hatten auf einer Seite unseres Anwesens einen kleinen Stall für die Pferde errichtet, zusammen mit einer großen Weidefläche, und obwohl die Pferde eigentlich keine Pflege brauchten, schienen sie es zu genießen, ihren eigenen Platz zu haben.

Jetzt ging ich dorthin, atmete die herrlich frische Luft ein und fand beide Pferde zusammen im Gras. Misery kam sofort zu mir herüber und stupste mich mit ihrer Nase an, und ich lächelte. Ich war so beschäftigt gewesen, dass ich nicht viel Zeit gehabt hatte, sie kennen zu lernen, und ich freute mich auf einen Ausritt und ein wenig Zeit für mich, etwas, das als frischgebackene Mutter selten war.

Ich kletterte mit Leichtigkeit auf ihren Rücken, mein Körper wusste irgendwie, was zu tun war, obwohl ich seit Jahrhunderten kein Pferd mehr geritten hatte. Ich ließ meine Finger durch ihre dichte schwarze Mähne gleiten, und dann legte sie mit einem triumphalen Sprung los und raste über das Gras. Strife schüttelte nur den Kopf und blieb zurück, während wir um das Anwesen herum galoppierten, und dann trabten wir den felsigen Pfad zum Strand hinunter. Auf dem Sand angekommen, gab Misery Vollgas, und ich breitete die Arme aus und lachte, als die Sonne mich mit Leben erfüllte.

Der Ritt über den Strand gab mir viel Zeit, um mit meinen Gedanken allein zu sein, ohne dass ein Baby meine Aufmerksamkeit forderte. Ich fragte mich, wie es meinen Söhnen ging, und hoffte, dass sie uns bald besuchen würden, aber ich wusste, dass sie auch alle mit ihrem eigenen Leben beschäftigt waren. Ich dachte an Samael, der alles von Vegas aus leitete, und wie schön es war, etwas Zeit zu haben, um sich von all dem zurückzuziehen. Ich liebte es, die Dämonenkönigin zu sein, aber ich liebte es auch, Auroras Mutter zu sein. Meine Gedanken wandten sich dann Luzifer zu, der es ebenfalls zu genießen schien, wieder Vater zu sein. Das Einzige, was mich störte, war, dass wir seit Auroras Geburt nicht sehr intim gewesen waren. Verdammt, wir hatten seither kaum einen Moment allein miteinander verbracht. Ich wusste, dass das normal war – schließlich hatten wir das schon dreimal durchgemacht –, aber dank Marcus und der Heilung durch den Altgott war mein Körper schon lange bereit.

Das Problem war eher, mit einem Neugeborenen Zeit und Energie zu finden. Ich hoffte nur, dass ein Baby – ein Baby, von dem wir beide wussten, dass es das letzte sein würde – unsere Beziehung nicht verändern würde. Jede Erfahrung schien wichtiger und unmittelbarer zu sein, wenn wir wussten, dass es das letzte Mal war, dass wir diese Momente erleben würden, und ich wollte sie alle für immer in meine Erinnerungen einbrennen.

Ich war mir nicht sicher, wie lange ich die kalifornische Küste auf und ab ritt, aber schließlich war es an der Zeit, zum Stall zurückzukehren. Als ich von Misery abstieg, spürte ich unsere Verbindung stark, dieses Pferd, das mir gehörte und doch frei war. Ein Teil ihrer Seele war durch eine uralte Magie, die ich nicht verstand, mit der meinen verbunden, aber ich begrüßte ihre ruhige, beständige Präsenz.

„Ich werde dich bald wieder reiten", versprach ich, während ich ihr den Rücken tätschelte. „Und du brauchst noch einen neuen Namen. Wie wäre es mit … Shadow?"

Ein leises Wiehern signalisierte mir, dass ihr dieser Name gefiel, und damit war die Sache erledigt. Er schien irgendwie zu passen, da ich ein Engel war, der zwischen Licht und Dunkelheit lebte. Shadow ging zu Strife hinüber, und die beiden waren zufrieden in ihrem neuen Zuhause. In dieser Gestalt sahen sie ganz sicher nicht wie Pferde der Apokalypse aus. Ich fragte mich, ob Luzifer sein Pferd auch umbenennen würde. Wir waren immer noch der Hunger und der Krieg, aber wir hielten diese dunklen Seiten von uns in Schach, indem wir alles einsetzten, was wir sonst noch waren. Wir hatten herausgefunden, wie wir unsere Kräfte kontrollieren konnten … und unsere Begierden. Manchmal verspürte ich immer noch den Drang, allen Pflanzen um mich herum das Leben auszusaugen, aber wie jemand, der gegen eine Sucht ankämpft, überwand ich den Impuls.

Ich schaute auf die Uhr – Zeit für ein Nickerchen. Eine meiner Lieblingszeiten am Tag, besonders wenn ich Auroras schlafende Gestalt betrachtete. Winzige Wimpern an zarten Wangen, ein pausbäckiger Mund, ein Gesicht, das so friedlich und unschuldig war, dass es unwirklich schien. Manchmal beobachtete ich sie stundenlang und konnte vor lauter Liebe, die meine Brust einschnürte, kaum atmen. Wie konnte ich nur vergessen, dass es sich so anfühlte?

Ich schlenderte in Auroras Kinderzimmer, um alles für ihren Mittagsschlaf vorzubereiten, und stolperte fast über die Millionen von Spielsachen und Babyartikeln. Vor Aurora hatte ich drei Kinder gehabt, aber so viel Zeug hatte ich noch nie besessen. Einiges davon machte die Sache allerdings einfacher. Als Belial ein Baby war, hätte ich für eine dieser automatischen Babyschaukeln gemordet – der Junge hatte immer schlecht geschlafen. Moderne Frauen hatten keine Ahnung, wie leicht sie es im Vergleich zu früher hatten.

Im Inneren des Kinderzimmers war das Licht bereits gedimmt, die Verdunkelungsvorhänge waren fest zugezogen, und ein muskulöser Mann mit nacktem Oberkörper stand neben dem Kinderbett. Luzifer drehte sich zu mir um und hielt einen Finger an seine Lippen, während er unsere schlafende Tochter an seine Brust drückte. Ich lächelte zurück und spürte einen Anflug von Liebe, als ich die beiden so zusammen sah. Luzifer und ich hatten im Laufe der Jahrhunderte so vieles durchgemacht, sowohl zusammen als auch getrennt, vor allem in den letzten Jahren – aber für Momente wie diesen war es das alles wert.

Außerdem war Luzifer halbnackt und hielt unser Baby im Arm? Das war wirklich heiß. Mir lief bei diesem Bild fast das Wasser im Mund zusammen. Dann beugte er sich vor, um Aurora in ihr Kinderbettchen zu legen, und gab mir den Blick auf seinen perfekten Hintern frei, woraufhin ich fast in Flammen aufgegangen wäre. Wer hätte gedacht, dass der Teufel so ein guter Vater sein konnte?

Wir traten hinaus, schlossen die Tür und Luzifer fragte: „Hattest du einen schönen Ausritt?"

„Es war toll. Ich habe wirklich etwas Zeit für mich gebraucht. Danke, dass du auf Aurora aufgepasst hast."

„Klar doch. Wir hatten einen schönen Tag, auch wenn ich sie ein bisschen wiegen musste, um sie zum Schlafen zu bringen. Ich hatte ganz vergessen, wie anstrengend dieser ganze Neugeborenenkram ist. Man sollte meinen, nach drei anderen Kindern würde es irgendwie leichter ..."

„Ich weiß." Ich nahm seine Hand und zerrte ihn in Richtung unseres Zimmers. „Ich habe mir sogar überlegt, dass wir vielleicht auch etwas Zeit für uns allein haben sollten."

Er zog eine Augenbraue hoch. „Ist das so?"

Sobald Luzifer das Schlafzimmer betrat, drückte ich ihn gegen die Wand und schmiegte mich an ihn, meine Hände strichen über seine Schultern, während ich mich für einen Kuss auf die Zehenspitzen stellte. Er zögerte nur einen Sekundenbruchteil, bevor sich seine Arme um meine Taille legten und er mich fest an sich drückte. Er drehte uns herum, sodass ich mit dem Rücken an der Wand stand, und seine Zunge glitt zwischen meine Lippen, als er unseren Kuss vertiefte.

„Hallo", murmelte er gegen meine Lippen, als meine Klitoris heiß wurde. „Fühlt sich jemand heute ein bisschen scharf?"

Ich fuhr mit meinen Händen über seine wohlgeformten Bauchmuskeln. „Als ob du das nicht mit Absicht gemacht hättest, so halbnackt herumzulaufen."

Er setzte einen unschuldigen Gesichtsausdruck auf. „Es ist heiß heute."

„Du hast recht, es ist heiß. Ich sollte auch meine Sachen ausziehen." Ich griff nach meiner Bluse und zog sie mir über den Kopf.

Sein Blick huschte über meine entblößte Haut. „Wahrscheinlich ist das eine gute Idee. Wir sollten beide eine erfrischende Dusche nehmen, um uns abzukühlen, meinst du nicht?"

„Es ist schon eine Weile her, dass ich geduscht habe", gab ich lachend zu. Das Leben als Mutter ließ im Moment nicht viel Raum für Duschen.

„Es wird Zeit, dass du dich frisch machst." Er hob mich hoch und trug mich ins Badezimmer, dann setzte er mich ab, während er die Dusche aufdrehte. Sie war groß genug, um mindestens fünf Personen zu beherbergen, das Wasser spritzte aus mehreren Richtungen, und die kleine Bank war perfekt.

Wir entledigten uns schnell unserer Kleidung und stiegen hinter den beschlagenen Glaswänden unter das warme Wasser. Als ich unter die Brause trat, drückte ich meine nackten Brüste gegen Luzifers nackte Brust. Er ließ seinen Kopf sinken, sein Mund war heiß und drängend an meinem Hals, seine Zunge an meinem Schlüsselbein, und ich wimmerte, als mich die pure Lust überflutete. Ich drückte mich gegen ihn, genoss die harte Länge seines Schwanzes, der gegen meine Haut drückte, während er seine Hüften kreisen ließ. Ich konnte ihn ganz an mir spüren, wie er mich zum Schmelzen brachte und mich unter seiner Berührung zerfließen ließ.

Als das Wasser auf uns spritzte, strich Luzifer mit den Fingerspitzen über meine Brüste, und meine Brustwarzen verhärteten sich sofort. Sein Haar sah schwarz aus, wenn es nass war, und sein Blick glühte vor Finsternis und dem Versprechen der kommenden Lust. Sein Mund stieß wieder auf meinen, seine Hände in meinem nassen Haar, sein Körper umschlang meinen. Ich konnte kaum noch atmen. Aber wer bräuchte schon Luft zum Atmen? Ich hatte Luzifer, der abwechselnd meinen Mund, mein Gesicht, meine Schultern und so weit unten, wie er es erreichen konnte, küsste.

Er stöhnte und hob mich hoch, seine Hände stützten meinen Hintern, während ich meine Beine um seine Hüften schlang.

Sein Mund folgte der Hitze auf meiner Haut, und ich schob meine Hände in sein Haar, um ihn näher zu halten. Sein Schwanz stieß gegen meine glitschige, nasse Haut und er atmete zischend aus.

„Luzifer." Sein Name war kaum mehr als ein erstickter Laut auf meinen Lippen, und er reagierte sofort und drückte seine Eichel in mich, bevor ich überhaupt wusste, dass er da war. „Mehr."

Sein Mund war eine dichte Linie der Kontrolle, als er mehr von seiner Länge in mich eindringen ließ. Ich dehnte mich um ihn, und er stöhnte. „Fuck, ich brauchte das", knurrte er, während er begann, in mich zu stoßen. „Ich brauchte dich."

„Dann nimm mich", sagte ich und meine Beine zogen sich um ihn zusammen. „Nimm alles."

Mein Rücken schlug auf die kühlen Fliesen, und Luzifer legte seine Hände auf beide Seiten meines Kopfes, während sein Schwanz tief in mich eindrang. Er bewegte sich mit der Geschwindigkeit und Kraft eines Gottes und fickte mich so hart, dass ich überrascht war, dass die Kacheln nicht zerbrachen, aber dann hielt er inne, sein Atem ging rasend schnell, als ob er gerade erst begriffen hätte, was er da tat.

„Du zerbrichst mich nicht", sagte ich, und ein Teil der Anspannung in seinen Muskeln verschwand. „Ich bin auch eine Gottheit. Ich kann damit umgehen."

Er stieß härter und schneller in mich hinein und ließ mich in einer Mischung aus Lust und Schmerz aufschreien. Ich war die Einzige, die er so ficken konnte, mit völliger Hingabe und all seiner Kraft, und dem Wissen, dass er mir nie wehtun würde. Er brachte uns beide zu einem Orgasmus, bei dem man schreit, bei dem man seinen Namen vergisst, bei dem man vergisst, wo man ist, bei dem der Körper tagelang schmerzt, aber auf eine gute Art.

Aber er war noch nicht fertig.

Abrupt zog mich Luzifer enger an sich und stieg tropfnass

aus der Dusche. Er ging hinaus auf den Balkon und setzte mich auf der niedrigen Kante ab, während die sanfte Brise unsere mit Wasser benetzte Haut kitzelte. Dann ließ er eine Hand zwischen uns gleiten und strich mit seinem Finger über meine Klitoris, während sein Schwanz hart in mir blieb. Er beugte sich über mich, seine Hüften bewegten sich langsam, sein Finger fuhr träge über mich, seine Lippen waren plötzlich an meiner Brustwarze, seine Zunge zog sie zu einem neuen Höhepunkt. Ich fragte mich kurz, ob uns jemand von den Angestellten beobachtete, aber dann war jeder Gedanke verschwunden, als seine Finger in meine Klitoris zwickten und seine Zähne an meine Brüste stießen.

„Hör nicht auf." Ich umklammerte seine Oberarme, während ich beobachtete, wie sich seine Schultern beugten und bewegten, als bestünde er aus purem Muskel. Luzifer war immer noch so hart und fest in mir und um mich herum, selbst nach diesem ersten unglaublichen Orgasmus. Er stieß schneller in mich, seine Bewegungen waren so vertraut und doch so aufregend, und ich keuchte, als er meine Hüften ergriff und mich anhob, um seinen Winkel zu verändern. Die Nachmittagssonne schien auf uns herab und das Meer lag hinter meinem Rücken, ich warf den Kopf zurück und verlor mich in diesem Moment.

Meine Lippen öffneten sich, als ich tief einatmete, und jeder Muskel in mir spannte sich an, als die Lust in mein Innerstes drang. Seine Augen wurden groß, während meine Muschi ihn fest umklammerte, und dann ergoss sich sein Samen zum zweiten Mal in mich. Gemeinsam hingen wir in einem Moment der ultimativen Lust, als ob unsere Kraft die Zeit angehalten hätte. Soweit ich wusste, war es vielleicht auch so. Es wäre nicht das Seltsamste gewesen, das ich je gesehen hatte.

„Hannah", murmelte er zwischen zwei Küssen, und obwohl es nur mein Name war, sagte er alles, was ich hören musste. Es sagte mir, dass er mich immer noch so sehr liebte, wie er es immer getan hatte. Es sagte mir, dass sich unsere Beziehung zueinander nicht verändert hatte, obwohl wir ein Baby bekommen hatten. Es sagte mir, dass unsere Liebe unsterblich war.

Dann schrie das Baby, und wir seufzten beide und drückten lachend unsere Stirnen aneinander. Zeit, wieder an die Arbeit zu gehen.

HANNAH

Mit einem Lächeln ließ ich meinen Blick über die Gärten schweifen und beobachtete, wie sich unsere Gäste unter die pastellrosa und gelben Zelte mischten. Alle waren da, und mein Herz schlug höher, als ich sah, wie all diejenigen, die ich liebte, sich Champagner und Gebäck nahmen, um Auroras Geburt zu feiern. Im Hintergrund lief sanfte Musik, und die kühle Meeresbrise sorgte dafür, dass die Luft selbst in der hellen Nachmittagssonne nicht zu heiß wurde. Es war der perfekte Tag für eine Party.

Bevor Engel und Dämonen auf die Erde kamen, war die Geburt eines Kindes etwas so Seltenes und Besonderes, dass es üblich war, eine große Feier zu veranstalten, damit die anderen kommen und ihre Glückwünsche aussprechen konnten. Jetzt, wo unsere beiden Rassen auf der Erde lebten, war unsere Fruchtbarkeit gestiegen und diese Feiern waren nicht mehr so üblich. Wir beschlossen, trotzdem eine zu veranstalten, vor allem, um alle an einem Ort zu versammeln, und weil Luzifer anscheinend eine Party wollte. Ich konnte den Mann aus Vegas herausholen, aber Vegas nicht aus dem Mann.

Luzifer legte seinen Arm um mich und erschien, während ich an ihn dachte – wie er es oft tat. „Woran denkst du gerade?"

Ich drehte mich zu ihm um und küsste ihn, ein flüchtiger Hauch auf seinen Lippen. „Daran, wie sehr du dein Leben in Vegas vermissen musst."

Er warf einen Blick auf das schlafende Baby in meinen Armen. „Ich vermisse es überhaupt nicht. Dieser Moment in der Zeit ist so flüchtig. Ich möchte jede Sekunde mit meiner Tochter verbringen, solange ich kann."

Ich wusste genau, wie er sich fühlte. Etwas wie Trauer zog meine Brust zusammen, als ich Aurora beobachtete, die ihre pummelige Hand im Schlaf zur Faust neben ihrem Gesicht machte. Jeder dieser Momente war tatsächlich mein letzter. Die letzten Babyschreie, das letzte nächtliche Aufwachen, die letzten ersten Male – Aufstehen, Krabbeln, Laufen, Sprechen. Trotzdem bereute ich nichts. Ich hatte unsere Familie gerettet, und das Wissen, dass Aurora unser letztes Kind war, ließ mich jede Sekunde mit ihr noch mehr schätzen.

Und heute war ein Tag, um sie zu feiern.

Lilith kam den Weg zu uns hinunter, in einem kurzen Sommerkleid, das sowohl sexy als auch süß war, und ich lächelte, als ich sie sah. Baal und Gabriel begleiteten sie, und es erstaunte mich immer wieder, dass sie es geschafft hatte, sowohl einen Erzdämon als auch einen Erzengel dazu zu überreden, sie zu teilen. Ich war jedoch froh, dass sie wieder bei ihnen war, zumal sie mit jedem von ihnen eine Tochter hatte.

Dann fiel ich vor Schreck fast um, als Samael auftauchte und ihre Hand nahm, sich dann zu ihr beugte und ihr einen schnellen Kuss gab. Und zwar einen richtigen Kuss, nicht nur einen höflichen Wangenkuss. Waren sie jetzt auch zusammen?

„Wusstest du davon?", fragte ich Luzifer und versuchte, mein Lächeln beizubehalten, obwohl meine Augen angesichts dieser unerwarteten Überraschung sicher schon aus den Höhlen quollen.

Luzifer grinste. „Ich schätze, Samael hat wohl viel mehr getan, als nur mit Lilith zu reden."

Es war höchste Zeit, dass sie zueinander fanden. Lilith flirtete schon seit einer Weile heftig mit Samael, und es war für jeden offensichtlich, dass Samael immer noch Gefühle für sie hatte, obwohl er alles getan hatte, um ihr zu widerstehen. Offensichtlich war er endlich ihrem Charme erlegen und hatte die Probleme, die sie gehabt hatten, überwunden. Vielleicht konnte man einer Naturgewalt wie Lilith einfach nicht widerstehen.

„Sieh an, sieh an", sagte Luzifer, als die vier in Hörweite waren. Seine Augen tanzten vor Belustigung und er lächelte selbstzufrieden. „Schön, euch vier zusammen zu sehen."

„Ihr seht alle großartig aus", sagte ich, obwohl das wahrscheinlich kein passender Satz war, um das Gespräch einzuleiten. „Es ist wirklich schön zu sehen, dass ihr alle … so gut miteinander auskommt."

Lilith lachte, tief und kehlig. „Ich danke euch. Wir sind so froh, hier zu sein."

Baal verdrehte die Augen, während Gabriel nur mit den Schultern zuckte. Samael sah verlegen aus und sagte: „Das ist natürlich alles ganz neu."

„Jetzt brauchst du nur noch einen, um dein Set zu vervollständigen", sagte Luzifer zu Lilith. „Was ist mit dem Feenfürst, mit dem du mal eine Beziehung hattest?"

Liliths Augen funkelten und ein kleines Lächeln umspielte ihre Lippen. „Sag niemals nie."

Gabriel legte seine Hand auf Luzifers Schulter. „Schön zu sehen, dass du wieder ganz du selbst bist, alter Freund, und herzlichen Glückwunsch zur Geburt des Babys."

„Ich danke dir." Luzifer blickte zu Olivia hinüber, die mit Callan, Marcus, Bastien und Kassiel zusammenstand, während sie sich mit Raphael und ein paar anderen Engeln unterhielten. „Bist du sicher, dass du nicht selbst noch eines willst?"

Gabriel lachte schallend. „Ich glaube, eines reicht mir im Moment. Obwohl ich nichts gegen ein Enkelkind hätte. Die scheinen Spaß zu machen, ohne die Last der Verantwortung."

„Enkelkinder sind wunderbar", sagte Baal mit einem Nicken. Vor langer Zeit hatte er zahlreiche Kinder mit verschiedenen Frauen gezeugt und damit eine ganze Linie gebildet, die sich über Tausende von Jahren erstreckte und als das Haus Baal bekannt war. Natürlich hatte er auch eine jugendliche Tochter mit Lilith namens Lena, die gerade erst ihre dämonischen Kräfte entfaltete. Es blieb noch abzuwarten, ob sie ein Vampir oder ein Sukkubus werden würde – Dämonen konnten nur einen Typus haben, und der zeigte sich, wenn sie achtzehn Jahre alt waren.

„Ja, das sind sie", sagte Samael. Er setzte ein seltenes Lächeln auf und sein Blick fiel auf Asmodeus und Brandy, die ihren neugeborenen Sohn hielten, der einen Monat nach meiner Tochter geboren worden war. „Ich freue mich darauf, meins kennen zu lernen."

„Darf ich sie halten?", fragte Lilith.

„Natürlich." Ich wollte Aurora an Lilith weitergeben, aber dann tauchte Zel auf.

„Vorsichtig!", sagte Zel und Lilith zuckte zusammen.

„Ich versichere dir, dass ich weiß, was ich tue", sagte Lilith. „Ich habe schon viel mehr Kinder bekommen als du, meine Liebe."

„Zel nimmt ihre Pflichten als Patentante sehr ernst." Ich gab Zel ein Zeichen, sich zurückzuziehen. Ich fragte mich oft, ob jemand Zel gesagt hatte, dass man als Patin rund um die Uhr als Leibwache zur Verfügung stand. Ich liebte Zel, aber manchmal war es ein bisschen viel.

„Ich passe nur auf mein Mädchen auf", murmelte Zel, bevor sie sich mit einem finsteren Blick davonschlich.

Samael stellte sich an Liliths Seite, und Lilith und ihre Gefährten starrten alle auf mein schlafendes Baby hinunter. Baal streichelte ihr sanft über den Kopf, und Gabriel berührte ihre kleine Hand. In diesem Moment wurde mir klar, dass dies vor Jahren noch nicht möglich gewesen wäre – Engel und Dämonen, die die Geburt eines Kindes feiern, das ihr beider Blut teilt.

„Sie ist hinreißend", sagte Lilith, als sie mir Aurora zurückgab. „Danke, dass ich sie halten durfte."

Sie machte sich auf den Weg, um mit Romana zu sprechen, die mit Theo und einigen anderen Gargoyles dastand. Ihr Tross folgte ihr, und ich konnte mir ein Kichern kaum verkneifen, als ich sah, wie sie sich alle, selbst der stoische Samael, wie Welpen an ihren Fersen aufführten.

Luzifer legte einen Arm um mich und zog mich an sich. „Hättest du je gedacht, dass wir das schaffen könnten?"

„Hm?" Ich drehte mich halb zu ihm um und genoss das sanfte Kratzen seiner Wange an meiner.

Er winkte in die allgemeine Richtung unserer Gäste. „Engel und Dämonen auf einer gemeinsamen Party, zu Ehren eines Kindes, das aus beiden Rassen geboren wurde."

Ich schüttelte lächelnd den Kopf. „Das habe ich auch gerade gedacht."

Als Luzifer mich als Hannah kennengelernt hatte, war an so etwas gar nicht zu denken gewesen. Engel und Dämonen befanden sich im Krieg, und wir mussten unsere Beziehung verbergen, aus Angst davor, was passieren würde, wenn jemand herausfände, dass der Teufel in die Tochter eines Erzengels verliebt war. Jetzt wurden solche Partnerschaften mehr und mehr zur Normalität.

„Das verdanke ich dir", sagte ich und drückte ihm einen Kuss auf die Wange. „Du hast unserem Volk den Frieden gebracht. Es war kein Wunder, dass du den Krieg besiegen konntest. Du bist in jeder Hinsicht das Gegenteil von ihm."

„Genauso wie du das Gegenteil des Hungers bist." Er zuckte lässig mit einer Schulter. „Aber ich habe es nur aus Liebe zu dir getan und in der Hoffnung auf eine Zukunft, in der wir zusammen sein können."

„Jetzt leben wir diese Zukunft." Er und ich würden alles in unserer Macht Stehende tun, um diesen Frieden zu bewahren, vor allem jetzt, da wir Aurora hatten. Vor Jahren wäre sie noch verboten gewesen. Eine Schande. Manche hätten vielleicht sogar ihren Tod gefordert. Jetzt würde sie in der Engel- und in der Dämonenwelt leben, so wie ich, und ich hoffte, dass sie von beiden Seiten angenommen würde.

Plötzlich verdunkelte sich der Himmel, und große Schwingen verdeckten die Sonne. Drei Drachen flogen über uns hinweg und kreisten über uns. Alle waren in Alarmbereitschaft, zogen ihre Waffen, breiteten ihre Flügel aus und fuhren ihre Krallen aus. Luzifer und ich waren bereit, die Altgötter in uns zu entfesseln, falls nötig. Doch dann ließen sich die Drachen in aller Ruhe am Strand nieder, nahmen ihre menschliche Gestalt an und kamen ohne offensichtliche Aggression auf uns zu. Der Mann vor ihnen war groß und muskulös, hatte kurzes schwarzes Haar und ein scharfes Kinn, und obwohl ich ihn nur in seiner Drachengestalt gesehen hatte, wusste ich, dass dies Valefar war, ihr Anführer.

„Wir sind gekommen, um dem Dämonenkönig und der Dämonenkönigin die Treue zu schwören", sagte Valefar, während er sich vor uns verbeugte und die Faust auf sein Herz legte. Der Mann und die Frau hinter ihm taten es ihm gleich. „Und um der kleinen Prinzessin unseren Respekt zu erweisen."

Wir hatten lange gehofft, dass die Drachen endlich wieder zu uns stoßen würden, aber dass sie heute so auftauchen würden, hatte ich nicht erwartet. Luzifer legte eine Hand auf mich und hielt mich fest, während ich Aurora schützend umarmte, und er sah mich mit einer hochgezogenen Augenbraue an. Er fragte stumm, ob Valefar die Wahrheit sprach. Obwohl Valefars Worte alle ehrlich waren, überprüfte ich seine Aura und konnte keine Arglist oder Bosheit erkennen. Ich erwiderte Luzifers subtiles Nicken, woraufhin er mich losließ und einen Schritt auf Valefar zuging.

„Willkommen, Erzdämon Valefar", sagte Luzifer. „Wir freuen uns, dass ihr euch uns anschließen konntet, und wir akzeptieren euren Treueeid."

Valefar erhob sich und wandte sich an seine Gefährten, die ihm jeweils ein kleines, eingepacktes Geschenk überreichten. „Wir haben Geschenke für eure Tochter mitgebracht."

„Das ist sehr nett von euch", sagte ich, als Luzifer die Geschenke entgegennahm. „Genießt die Party und macht es euch gemütlich."

„Ja, später können wir besprechen, wie wir die Drachen am besten wieder in die Gemeinschaft eingliedern", sagte Luzifer. „Aber jetzt nehmt euch erst einmal einen Schluck Champagner."

„Danke." Valefar und seine Begleiter verbeugten sich noch einmal, dann gingen sie zur Bar. Romana ging zu ihm hinüber und begann mit ihm zu reden, während der Barkeeper ihm einen Drink einschenkte, und es war klar, dass die beiden sich bereits kannten. Vielleicht hatte sie ihn überzeugt, sich auf unsere Seite zu schlagen.

Damit fehlten nur noch die Kobolde und die Gestaltwandler, aber die Kobolde hatten immer noch keinen Erzdämon, der sie anführen konnte, und niemand hatte Fenrir gesehen, seit er durch das Portal aus dem Feenreich gesprungen war. Selbst die anderen Gestaltwandler, mit denen wir gesprochen hatten, von denen einige immer noch auf Luzifers Seite standen, hatten keine Ahnung, was er im Moment vorhatte.

Plötzlich öffnete sich auf der anderen Seite des Gartens ein Portal, was alle Anwesenden aufschreckte, die nach der letzten unerwarteten Ankunft gerade wieder zu ihren Gesprächen zurückgekehrt waren. Aber jetzt waren die Feen hier, und sie legten immer gerne einen großen Auftritt hin.

Damien trat als Erster ein, gefolgt von meiner Mutter, die in einem blassgelben Kleid mit echten Gänseblümchen, die aus dem Kleid wuchsen, blendend aussah. Die Mode der Feen konnte ein bisschen … ausgefallen sein. Damien war in einem schlichten weißen Seidenhemd und einer schwarzen Hose viel diskreter gekleidet, und er führte seine Großmutter am Ellbogen auf uns zu. Luzifer verkrampfte sich beim Anblick von Demeter neben mir, trat jedoch vor, um seinen Sohn zu umarmen.

„Es ist schön, dich wiederzusehen, Damien." Dann warf er meiner Mutter einen ernsten Blick zu. „Demeter."

„Luzifer." Ihre Stimme war eisig, und ihr Blick ebenso kühl, als er von meinem Gefährten zu mir wanderte. „Hannah."

Ich ignorierte sie, während ich meinen Sohn umarmte und ihm dann das Baby reichte, damit er sie richtig kennenlernen konnte. Auroras Augen weiteten sich und sie kicherte und gurrte ihren Bruder an, der mit ihr lachte.

„Du hast bereits entschieden, dass ich dein Lieblingsbruder bin, nicht wahr?", fragte Damien, als sie nach seinem Finger griff. „Oh ja, sie ist ein schlaues Köpfchen."

Ich wandte mich Demeter zu und schenkte ihr ein Lächeln. „Danke, dass du gekommen bist, Mutter. Willst du deine Enkelin kennenlernen?"

Das Gesicht meiner Mutter veränderte sich sofort, verlor jeden Anflug von Kälte, leuchtete wie von innen heraus und wurde so schön, wie es nur eine Fee sein kann. Sie streckte Damien ihre Arme entgegen, und sobald sie Aurora an sich drückte, berührte sie mit einem Lächeln sanft das Gesicht des Babys. Dann streckte sie eine Hand nach mir aus, und ich nahm sie. Wie hätte ich das nicht tun können? Sie war meine Mutter, die einzige noch lebende Person aus all meinen früheren Leben. Ich wusste, dass es für sie nicht leicht gewesen war – eine

Tochter zu verlieren, die dann durch eine Fremde ersetzt wurde, mehr als einmal. Ich sah Aurora an und konnte es mir nicht einmal vorstellen.

Der heftige Beschützerinstinkt meiner Mutter für die Tochter, die sie geliebt hatte, erinnerte mich an Jophiel und deren Versuch, mich als Hannah festzuhalten, um mich nicht zu verlieren. Demeter klammerte sich auf die gleiche Weise an ihren Kummer über Persephone. Obwohl ich mit ihren Handlungen nicht einverstanden war, wusste ich, dass sie aus Liebe gehandelt hatten, und ich versuchte, sie nicht zu hart zu verurteilen. Ich hatte meine Chance, mich mit meiner Schwester zu versöhnen, verloren, aber vielleicht hatte ich noch eine Chance bei meiner Mutter. Selbst wenn sie nur wegen meiner Tochter hier war, war es ein Anfang.

Nachdem meine Mutter Aurora endlich freigegeben und Zel aufgehört hatte, wie eine Art bewaffneter Höllenhund herumzuhängen, saßen Luzifer und ich mit unseren Kindern um die Feuerstelle herum, während sie zu Glut verbrannte und der Himmel langsam dunkler wurde. Die Gäste hatten sich entfernt oder die Party ganz verlassen, und nur die Familie war noch da. Sogar Belial war bei uns. Alle unsere Kinder waren an einem Ort versammelt, zum ersten Mal – aber hoffentlich nicht zum letzten Mal.

Kassiel hielt Aurora im Arm und lächelte sie an, während er sie in den Schlaf wiegte. Sie war vollkommen zufrieden und glücklich, doch dann reichte er sie an Damien weiter und sie begann sofort zu weinen.

„Ich dachte, du kannst gut mit Frauen umgehen, Damien." Kassiel grinste seinen Bruder an, und Damien bedeckte kurz die Augen seiner Schwester, um seinen jüngeren Bruder zurechtzuweisen.

„Nur mit denen, die nicht meine Schwester sind." Damien wandte seine Aufmerksamkeit Aurora zu, und sie kicherte bald über seine Mimik, wobei ihr Blick jede Bewegung seines Gesichts verfolgte. „Außerdem kann nicht jeder von uns der perfekte Bruder sein."

Kassiel zuckte mit den Schultern, als er sich zurücklehnte und einen Schluck von seinem Bier nahm. „Ich bin nur froh, dass ich nicht mehr das Baby in der Familie bin."

„Du wirst immer der kleine Bruder sein, Kass", sagte Belial mit einem Grinsen. „Ich erinnere mich noch daran, wie ich dir die Windeln gewechselt und dich in den Schlaf gewiegt habe."

Damien reichte Belial das Baby. „Dann zeig uns mal, wie man das macht, alter Mann."

Belial schnaubte. „Sie scheint glücklich zu sein, wo sie ist."

„Oh nein, ich bestehe darauf."

Trotz seiner großspurigen Worte wirkte unser ältester Sohn unruhig, als er das Baby unbeholfen in seine tätowierten Arme nahm. Ich kuschelte mich an Luzifer und beobachtete zufrieden, wie meine Söhne ihre Schwester an sich drückten, und war gespannt, was als Nächstes passieren würde.

Belials harter Gesichtsausdruck wurde weicher, als er auf seine Schwester hinunterblickte. Sie hörte auf zu gähnen und griff nach seinem Gesicht, berührte seine Lippen und schlug mit ihrer kleinen geschlossenen Faust auf sein Kinn. Er grinste und fing ihre Hand auf, und sie bewegte den Mund, als ob sie etwas sagen wollte. Er sagte etwas Leises zu ihr, das nur für ihre Ohren bestimmt war, und dann sank sie zusammen und schloss die Augen. Innerhalb weniger Sekunden war sie eingeschlafen.

Belial lehnte sich in seinem Stuhl zurück und grinste uns frech an. „Siehst du? Ich habe es immer noch drauf."

„Vielleicht hast du sie nur gelangweilt", sagte Damien. „Ich habe gehört, das ist ein häufiges Problem bei deinen Freundinnen."

„Welche Freundinnen?", fragte Kassiel mit einem Schnauben. „Hat Belial nicht seit dem 16. Jahrhundert auf Sex verzichtet?“

Belial rollte mit den Augen. „Zwingt mich nicht, rüberzukommen und euch beiden in den Hintern zu treten. Ich könnte es tun, ohne sie auch nur zu wecken, wisst ihr?“

Luzifer lachte leise. „So amüsant es auch wäre, das zu beobachten, heute Nacht wird nicht gekämpft. Mach deine arme Mutter nicht wahnsinnig.“

„Ich bin nur froh, dass du sie zum Schlafen gebracht hast“, sagte ich, amüsiert über ihr Geplänkel. Es war schon so lange her, dass wir alle so zusammen gesessen hatten, und ich war mir nicht sicher, wann es wieder so weit sein würde. Ich wollte einfach nur hier sitzen und diesen Moment so lange wie möglich genießen. Schließlich wusste keiner von uns, wann eine neue Bedrohung auftauchen und uns alle wieder in Gefahr bringen würde. Das war unvermeidlich, so wie wir waren, und wir konnten nur versuchen, den Frieden zu genießen, solange er andauerte.

25

———

HANNAH

Die Zeit verging, und noch immer war keine Bedrohung aufgetaucht. Ich begann allmählich zu glauben, dass mein idyllisches Leben tatsächlich die neue Normalität sein könnte. Wie war das möglich? Ich wusste es nicht, aber ich wollte es nicht infrage stellen, nicht nachdem ich Hunderte qualvoller Leben gelebt hatte, in denen ich von allen, die ich liebte, brutal getrennt worden war. Vielleicht hatte das Universum endlich beschlossen, dass ich eine Atempause bekommen sollte.

Ich nippte an meinem Kaffee, während ich die beiden Babys betrachtete, die vor mir auf einer Matte lagen. Es lag nur ein Monat zwischen ihnen, aber während Brandys Sohn Isaac zufrieden auf seinem Hintern saß und die Welt von den Kissen aus betrachtete, die ihn an Ort und Stelle hielten, schien Aurora sich bereits eifrig zu bewegen und loszulegen, rollte zu Dingen, die sie interessierten, und versuchte, wie ein Wurm über unseren Parkettboden zu kriechen. Gelegentlich kam sie nahe genug an Isaac heran, um ihm eines seiner Spielzeuge wegzunehmen, und dann wurde er ganz lebhaft – seine Stimme wurde laut, bis

Brandy seine verletzten Gefühle mit einem Ersatzklotz besänftigte.

Wir trafen uns jede Woche mit unseren Babys zum Spielen, und es war schön zu sehen, wie unsere Kinder gemeinsam aufwuchsen. Als frischgebackene Mutter war Brandy froh, jemanden zu haben, den sie nach all den neuen Herausforderungen fragen konnte, mit denen sie konfrontiert war. Ich fand es toll, so nah bei ihr zu wohnen, denn es erinnerte mich an die Zeit, als wir noch zusammen gewohnt und uns ständig gesehen hatten. Es war auch schön, in jemandes Nähe zu sein, der ein Mensch war, der mich als gleichwertig und nicht als Königin behandelte, der mich daran erinnerte, wie es ist, sterblich zu sein.

Brandy reichte ihrem Sohn einen weiteren Klotz, an dem er knabbern konnte, und schaute ihn mit leuchtenden Augen an. „Sechs Monate und alles, was er tun will, ist auf Dingen herumkauen."

„Das machen Babys so", sagte ich lachend. „Ich bin mir ziemlich sicher, dass Aurora ihren ersten Zahn bekommt. Sie ist in letzter Zeit so quengelig."

Aurora streckte die Hand in die Luft, als könne sie im Sonnenlicht, das durch die offenen Fenster fiel, etwas anderes sehen als Staubmotten. Der Geruch des Pazifiks wehte mit einer sanften Brise herüber, und die Palmen in unserem Garten raschelten und rauschten. Ich lehnte mich an ein Kissen und verschränkte die Beine unter mir, zufrieden mit dieser neuen ruhigen, normalen Existenz.

„Wie geht es Luzifer, so weit weg von seinem Reich?" Brandys Lippen verzogen sich zu einem verschmitzten Lächeln.

„Es scheint ihn nicht zu stören. Außerdem kann er so ziemlich alles von seinem Büro hier aus regeln, und Samael kümmert sich um den Rest." Brandy brauchte nicht viel über Dämonenangelegenheiten zu wissen, so sehr ich meine Freundin auch liebte. Ihr Leben war viel einfacher, auch wenn sie mit einem ehemaligen Inkubus verheiratet war. Außerdem war sie sicherer, wenn sie nicht alles wusste. „Wie geht es Asmodeus?"

„Ihm geht es gut, obwohl er sich sehr langweilt, jetzt, wo er nicht mehr Luzifers Stripclubs für alle Lilim leiten muss. Er macht Witze darüber, dass er eine männliche Version von Hooters namens Peckers eröffnen und mit Inkubus-Kellnern füllen will."

Ich prustete vor Lachen fast meinen Kaffee aus. „Das wäre wahnsinnig lustig."

„Ja. Ich glaube, er meint es auch ernst. Er sagt, Sukkubi bekommen die ganze Aufmerksamkeit, und er will mehr Möglichkeiten für Inkubi schaffen, sich zu ernähren, ohne Menschen zu verletzen."

Es war typisch für Asmodeus, dass er immer noch über seine Mitdämonen wachte, obwohl er jetzt sterblich und von unserer Welt getrennt war. „Dann sollte er es tun. Ich bin sicher, Luzifer würde es unterstützen."

„Vielleicht. Ich habe ihm gesagt, er soll einfach ein paar kleine Cafés an der Küste eröffnen, aber er meinte, das sei nicht sexy genug." Sie lachte und schüttelte den Kopf. „Einmal ein Sexdämon, immer ein Sexdämon, nehme ich an."

Ich zuckte mit den Schultern. „Wir können unsere wahren Wesen nicht ändern, selbst wenn wir sterblich gemacht werden."

Brandy wollte gerade etwas erwidern, als ihre Augen groß wurden. Mein Kopf schnellte zurück zu Aurora, die nicht mehr auf dem Boden neben Isaac lag, sondern in der Luft schwebte und unsicher einem von der Brise herbeigewehten Saatkorn nachjagte. Aus ihrem Rücken waren zwei Flügel hervorgetreten, einer rein schwarz und von Finsternis umhüllt, der andere weiß wie frischer Schnee und hell leuchtend. Sie flatterten unsicher und hielten sie kaum in der Luft, während sie sich unbeholfen auf das Fenster zubewegte, das sie in seinen Bann gezogen hatte.

Ich rappelte mich auf, der Atem stockte mir in der Brust,

meine Tasse klapperte auf den Boden und der Kaffee ergoss sich über alles. „Aurora! Nein!“

Ich nahm sie in die Arme, bevor sie aus der Luft fiel, und drückte sie dicht an meine Brust, wobei mein Herz schnell schlug. Brandy sprang auf und schloss das offene Fenster, und ich nickte ihr dankbar zu. Aurora fing sofort an zu weinen, unglücklich darüber, dass ich sie daran gehindert hatte, das zu tun, was sie wollte, und ohne die Gefahr zu bemerken, die das Ganze mit sich brachte. Verdammte Scheiße. Wie konnte sie schon fliegen?

Luzifer stürzte in den Raum, in seiner Hand formte sich bereits ein Schwert, die Finsternis wirbelte umher und formte die Klinge. „Was ist los? Gibt es einen Angriff?“

„Uns geht es gut.“ Ich blickte auf das Baby in meinen Armen hinunter, das glucksend zu mir aufblickte, während es seine Flügel bewegte. „Glaube ich.“

„Verdammt.“ Sein Blick wanderte über sie, und er fuhr sich mit der Hand durchs Haar. „Flügel? Jetzt schon?“, stöhnte er.

„Ist das nicht normal?“, fragte Brandy und blickte zwischen uns hin und her.

„Nein, ganz und gar nicht“, sagte ich. „Engel bekommen keine Flügel, bevor sie einundzwanzig sind.“

„Oh Scheiße“, sagte sie.

„In der Tat.“ Luzifer nahm mir Aurora ab, hielt sie hoch und musterte sie. Jetzt, wo ihr Vater sie hielt, wurde sie ruhiger. „Ich habe noch nie gehört, dass jemand so jung Flügel bekommt. Manchmal bekommen Engel sie schon früh, mit sieben oder vierzehn, aber das ist extrem selten.“

„Sie ist erst sieben Monate alt!“, sagte ich, wobei meine Stimme samt meiner Panik höher wurde. „Wie kann sie schon Flügel haben?“

„Aber sie sind wunderschön.“ Luzifer hob ein paar der

schwarz-weißen Federn an und streichelte sie vorsichtig, und Aurora kicherte.

Eine ganze Palette an Möglichkeiten, wie Aurora sich jetzt verletzen könnte, flackerte vor meinem inneren Auge auf, und ich sank mit einem Stöhnen auf das Sofa. Von nun an musste alles geschlossen bleiben. Und weggesperrt. Nichts war mehr vor ihr sicher. „All die Kindersicherungen, die wir angebracht haben ... Was nützt das jetzt?"

Luzifer tippte Aurora leicht auf den Rücken zwischen den Federn, und ihre Flügel verschwanden. „Wir wussten immer, dass unser Baby etwas Besonderes sein würde."

„Ja, aber so etwas hätte ich nie erwartet! Jedenfalls nicht für viele Jahre."

Brandy reichte Isaac ein weiteres Spielzeug. „Ich beneide dich nicht, liebe Freundin. Aurora ist definitiv etwas Besonderes, aber ich weiß, dass sie Ärger machen wird", sagte sie lachend.

Luzifer grinste. „Ja, das wird sie. Und zwar die beste Art von Ärger."

Ich warf ihm einen bösen Blick zu, weil ich mir Sorgen machte, dass er die Sache nicht ernst nahm. Natürlich hatten alle unsere Söhne Flügel, aber sie hatten sie erst mit einundzwanzig bekommen. Damals hatte ich gedacht, das sei eine Herausforderung. Oh, alte Hannah, wie wenig du doch wusstest.

„Lass mich sie mit zum Fliegen nehmen", sagte Luzifer. Er hatte mich schon seit einiger Zeit gefragt, ob er das tun könne, aber ich war bisher zu besorgt gewesen, um es zu erlauben. „Sie wird die ganze Zeit sicher in meinen Armen sein. Sie will natürlich das Gefühl erleben, und ich kann ihr eine Kostprobe davon geben und ihr zeigen, wie sie ihre Flügel richtig einsetzt."

Ich seufzte und rieb mir den Nasenrücken. „Gut. Bleib aber bitte in der Nähe."

26

LUZIFER

Ich sah auf Aurora hinunter, die kuschelig in den Stoff eingewickelt war, den Hannah mir geholfen hatte, um meinen Körper zu wickeln. Ich war mir ziemlich sicher, dass Hannah uns extra fest eingewickelt hatte – mehr, um zu verhindern, dass Aurora von alleine abhob, als um sicherzustellen, dass ich sie nicht ins Meer fallen ließ. Während wir flogen, stellte ich mir vor, was meine Feinde sagen würden, wenn sie den Teufel mit einem Baby an der Brust sähen, und musste bei dem Gedanken lachen.

Echte Männer trugen Babies.

Aurora kicherte, als die Gischt unsere Gesichter mit einem feinen Salzwassernebel überzog, und ihre kleinen Flügel bewegten sich vergeblich an dem Tuch, in das sie eingewickelt war. Oh, sie war wirklich ein Plagegeist. Und sie war noch nicht einmal ein Jahr alt. Wie sollten wir mit ihr fertig werden?

„Noch eine Runde?" Ich sah zu ihr hinunter, und sie kreischte wieder vor Vergnügen, als ich nach links abbog und einen weiten Bogen über die Wellen schlug. Ich hielt ihren Kopf in meiner Handfläche, als das Wasser höher spritzte, als ich erwartet hatte. So viel Beschützerinstinkt hatte ich noch nie erlebt, nicht einmal bei meinen Söhnen. Diesmal war es anders, vielleicht, weil sie ein Mädchen war, oder vielleicht, weil ich wusste, dass sie mein letztes Kind sein würde.

„Wir müssen umkehren, Kleine", sagte ich, und sie schmollte wie aufs Stichwort. Dieses Gesicht überzeugte mich jedes Mal, und ich tauchte tiefer, so dass ich sie fast durch den Ozean zog. Sie kreischte und lachte wieder, und ich lachte, als ich mit einer Hand über ihr nasses Haar strich.

„Deine Mutter wird mich umbringen, weil ich dich in Salzwasser getränkt nach Hause bringe." Aber ich schaute in Auroras Gesicht und konnte kein Bedauern in mir entdecken. Diese gemeinsame Zeit war zu kostbar.

Ich landete auf unserem sorgfältig gepflegten Rasen, nicht weit von dem Pool mit den winzigen Fliesen im römischen Stil, die Hannah zu mögen schien. Dann, als hätte der Gedanke an sie sie herbeigerufen, stürmte sie durch die Haustür und rannte mit panischem Gesichtsausdruck in Windeseile auf mich zu.

„Luzifer! Da bist du ja!"

Verdammt! Wir waren zu lange weg gewesen, und jetzt würde ich eine Standpauke zu hören bekommen. Ich hob ergeben meine Hände. „Wir waren die ganze Zeit in Sicherheit, ich verspreche es."

„Das ist es nicht." Hannah strich sich das vom Wind zerzauste Haar aus dem Gesicht. „Samael hat gerade angerufen. Lilith ist verschwunden!"

Mein Herz schien stehen zu bleiben. „Was? Drei Gefährten und sie können sie nicht im Auge behalten?"

Hannah schüttelte den Kopf. „Sie war ohne einen Einzigen von ihnen unterwegs. Alle ihre Wächter wurden tot aufgefunden. Von Gestaltwandlern in Stücke gerissen."

Ich fluchte in Sprachen, die auf der Erde nicht mehr gesprochen werden. „Fenrir muss sie entführt haben, weil er weiß, dass sie einen der einzigen Schlüssel zur Hölle hat.“

Hannahs Augen wurden groß. „Das heißt, sie sind hinter dem Tod her. Oh nein – Kassiel!“

Sie sprintete zum Haus, und ich folgte ihr dicht auf den Fersen. In der Küche schnappte sie sich ihr Telefon und rief Kassiel an. Wenn Fenrir den Tod entfesseln wollte, brauchte er Kassiel – den Einzigen, von dem ich wusste, dass er die Grabkammer öffnen konnte, denn er musste sowohl in der Hölle geboren sein als auch das Blut eines der Wesen in sich tragen, die den Tod eingeschlossen hatten – das waren ich, Eva, Michael und Oberon.

Während das Telefon klingelte, wickelte ich Aurora aus. Sie weinte sofort und streckte ihre Arme nach ihrer Mutter aus, und ich übergab sie Hannah und nahm den Hörer, um mit unserem Sohn zu sprechen. Glücklicherweise ging Kassiel gleich beim ersten Klingeln ran.

„Hallo Mama.“

„Ich bin’s nur.“

„Dad?“ Er klang immer misstrauisch, wenn ich ihn anrief.

„Lilith ist verschwunden, und Fenrir könnte als nächstes hinter dir her sein. Du musst untertauchen. Nimm Olivia und ihre anderen Freundinnen zu deinem Schutz mit und verschwinde sofort.“ Es gab keinen Grund für Schönfärberei oder Smalltalk. Wir hatten keine Zeit für so etwas.

„Ich verstehe.“ Kassiels Tonfall war ernst. „Wir brechen sofort auf.“

„Besorg dir ein Wegwerfhandy, falls sie uns irgendwie verfolgen, und melde dich, wenn du in Sicherheit bist.“

„Das werde ich.“

„Sag ihm, dass ich ihn liebe.“ Hannah berührte meinen Arm, ihre Augenbrauen zogen sich zusammen.

„Ich habe es gehört", sagte Kassiel. „Ich liebe sie auch. Und dich, Dad. Pass auf meine Schwester auf, okay?"

Meine Brust schwoll an mit einer starken Mischung aus Liebe und Angst. „Das werde ich. Pass du auch auf dich auf. Ich liebe dich, mein Sohn."

Wir verabschiedeten uns, und ich drehte mich zu Hannah um, in deren Augen sich dieselben Sorgen widerspiegelten wie in meinen. Es schmerzte mich, dass ich nicht körperlich da sein konnte, um Kassiel zu beschützen. Vielleicht hätte ich ihn herkommen lassen sollen. Aber vielleicht hatte Fenrir genau das erwartet. Vielleicht war es besser, wenn Kassiel sich irgendwo versteckte, wovon ich nichts wusste. Vielleicht war es besser, wenn er weit weg von Aurora war, falls etwas schief ging. Oder auch nicht. Verflucht. Ich hasste es, Entscheidungen wie diese treffen zu müssen.

„Ist Kassiel in Sicherheit?" Hannah nahm Aurora auf den Arm und drückte den Kopf unserer Tochter an ihre Schulter.

„Er ist so sicher, wie es eben geht." Dann stieß ich einen Seufzer aus. „Ich muss Samael anrufen."

„Ich habe mit ihm gesprochen, kurz bevor du zurückgekommen bist. Er hat bereits Leute losgeschickt, um nach Lilith zu suchen. Er ist natürlich sehr besorgt."

Ich nickte, wusste aber, dass das nicht ausreichen würde. Fenrir war zu gerissen, selbst ohne Nemesis an seiner Seite. „Wir müssen uns auf das Schlimmste vorbereiten. Wenn der Tod entfesselt wird ..."

Hannah schauderte. „Das können wir nicht zulassen."

„Aber wenn es passiert, haben wir keine Möglichkeit, ihn aufzuhalten, wenn er erst einmal befreit ist." Ich schloss meine Augen, als ich mich dem Unvermeidlichen stellte. „Wir müssen uns den Schlüssel zur Leere holen."

„Ich dachte mir, dass du das sagen würdest." Hannah nickte langsam. „Wo ist er?"

„In der Hölle. Ich habe ihn in den untersten Bereichen unseres Palastes versteckt, bevor ich das Reich versiegelt habe. Ich dachte, dass er dort am sichersten sein würde."

Hannah dachte darüber nach. „Der Palast ist da, wo hier Ägypten ist. Das ist eine lange Reise."

„Ich weiß. Ich werde den Privatjet nehmen und so schnell wie möglich zurückkommen."

„Auf keinen Fall. Ich komme mit dir. Ich will nicht so lange von dir getrennt sein. Nicht, nachdem ich dich sechs Monate lang vermisst habe."

„Was ist mit Aurora?" Ich blickte auf unser Baby, auf ihre Hände, die nach Hannahs blonden Haarsträhnen griffen, auf ihre Flügel, die vor Aufregung flatterten. Sie war immer noch nicht sehr gut darin, sie einzuklappen. „Das ist eine lange Zeit, in der wir nicht bei ihr sind."

Hannah zuckte mit den Schultern. „Sie kann mit uns kommen. Betrachte es als unseren ersten Familienurlaub. Außerdem ist sie, ganz gleich, was Zel denkt, bei uns am sichersten."

Ich rieb mir das Kinn, während ich darüber nachdachte. Die Hölle sollte völlig leer sein, aber wenn Fenrir dort auf uns wartete, würden wir ihn wahrscheinlich aufhalten können. Schließlich waren wir der Dämonenkönig und die Dämonenkönigin. Wer könnte unser Baby in der Hölle besser beschützen? Wenn wir sie hingegen hier bei Zel zurückließen und Fenrir hierher käme, um nach uns – oder nach Kassiel – zu suchen, wäre Aurora vielleicht in noch größerer Gefahr. Außerdem waren Hannah und ich ein Team. Nachdem wir so lange getrennt waren, sowohl in diesem als auch in jedem anderen Leben, wollten wir nicht wieder getrennt sein.

„Also gut, wir gehen zusammen", sagte ich.

Hannah nahm ihr Telefon wieder in die Hand. „Ich rufe Einial an und lasse sie die Vorbereitungen treffen."

Ich nahm ihr das Baby ab, während sie den Anruf tätigte. Der Privatjet war nur eine kurze Autofahrt entfernt, aber dann würde es ein langer Flug nach Ägypten werden. Die erste Reise unserer Tochter.

Ich hoffte, es würde eine ereignislose Reise werden.

27

HANNAH

Unser Palast in der Hölle befand sich in der Nähe des Tals der Könige. Nachdem unser Privatjet auf dem Flughafen von Kairo gelandet war, bezogen wir unser Hotelzimmer und flogen dann im Schutz der Nacht auf unseren Flügeln aus der Stadt. Dafür, dass sie zum ersten Mal von zu Hause weg war, ging es Aurora erstaunlich gut. Sie schlief einen Teil des Flugs, und den Rest der Zeit konnten wir sie unterhalten. Meistens war sie einfach nur neugierig auf alles, was sie sah. Sogar jetzt schaute sie sich von ihrer Position auf Luzifers Brust aus mit großen blauen Augen um, während wir durch die Luft flogen, verborgen durch die Schatten, die wir um uns herum gelegt hatten.

Nachdem wir Kairo verlassen hatten, fanden wir einen leeren Fleck in der Wüste, um unbeobachtet in die Hölle überzutreten. Wir landeten sanft auf dem sandigen Boden, und ich sah mich um und bemerkte, dass wir es geschafft hatten, einen wirklich verlassenen Ort zu finden. „Hier?"

„Ja, hier müsste es gehen." Luzifer hatte einen Arm schützend um Aurora gelegt und zog das Tuch hoch, um ihren Kopf vor dem Sand zu schützen, der die Luft verdichtete. Irgendwann war sie eingeschlafen, eingelullt vom Klang von Luzifers Herzschlag und dem Gefühl davon, wie er durch die Luft glitt.

Ich wich zurück, als Luzifer einen Edelstein hervorzog, der voller Schatten zu sein schien. Er strahlte ein schwarzes Glühen aus, das fast wie die Abwesenheit von Licht wirkte. Ein schwarzes Loch, das alles Licht in sich aufsaugt.

„Der Schlüssel zur Hölle." Luzifer hob ihn auf Augenhöhe und drehte ihn, als ob er die facettenreichen Seiten untersuchen wollte. Dann hielt er ihn vor sich, und das dunkle Glühen breitete sich aus und bildete ein tiefschwarzes Portal vor uns.

Ein Schauer durchlief mich, als ich mich fragte, was ich auf der anderen Seite sehen würde. Das letzte Mal, als ich in der Hölle gewesen war, war sie ein Schlachtfeld gewesen, und ich hatte für die andere Seite gekämpft. Ich erinnerte mich auch an unsere goldenen Jahre, als ich Persephone und er Hades gewesen war und wir unseren Palast mit Liebe und Leben gefüllt hatten. Ich war neugierig, wie die Hölle jetzt aussah, nachdem sie so lange verlassen gewesen war.

Luzifer legte seine Finger in meine, und gemeinsam traten wir durch das Portal in das Land der Finsternis.

Die Menschen dachten, in der Hölle gäbe es nur Feuer und Schwefel, aber das war Engelspropaganda. Die Hölle war eine endlose Nacht voller funkelnder Sterne und frischer Luft, mit nachtblühenden Blumen, die schwach leuchteten, und Tieren, die in der Dunkelheit sehen konnten. Als wir sie betraten, war sie immer noch all das, aber sie war auch eine karge, graue Landschaft, in der der Boden nicht mit goldenem Sand bedeckt war, sondern Ascheflocken zu Haufen und Dünen aufgewirbelt wurden. Das war neu – Asche hatte es hier nie gegeben, zumindest nicht, bis die Engel alles niedergebrannt hatten. Es tat mir weh, zu wissen, dass ich einst ein Teil davon gewesen war, bevor ich mich daran erinnert hatte, wer ich wirklich war.

„Wir sind wieder zu Hause." Während ich sprach, setzten sich die Worte mit einem Anklang von Wahrheit in meinem Verstand fest. Genau wie der Himmel und die Feenwelt war auch dies mein Zuhause. Vielleicht sogar noch mehr als jene Orte. Ich hatte in so vielen meiner früheren Leben in der Hölle gelebt, manchmal jahrhundertelang, manchmal nur für ein paar Tage, aber dies war mein erster Besuch als Hannah. Trotzdem erkannte meine Seele diesen Ort als Heimat an.

„Mein Reich." Luzifer breitete seine Arme aus und ließ seinen Blick über die karge Landschaft schweifen. „Ich bin wieder da."

„Weißt du, da wir Aurora in die Hölle bringen, sollten wir sie auch einmal in den Himmel bringen. Sie muss sich mit ihrem Engelserbe genauso verbinden wie mit ihrem Dämonenerbe."

Er schnitt eine Grimasse, als ihn ein schwacher Schauer durchfuhr. „Weißt du, ich glaube, ich habe kürzlich schon mehr als genug Zeit dort verbracht."

„Diesmal wird es anders sein. Du wirst deine Familie bei dir haben."

„Darüber reden wir ein andermal", räumte er ein und stieß einen leisen Pfiff aus. Sein Pferd Strife tauchte in der Ferne auf und ritt in hohem Tempo auf uns zu, Shadow folgte ihm nur einen Schritt dahinter. Als sie sich uns näherten, bestiegen wir sie, und sie ritten in Richtung Süden, um uns zu unserem ersten Ziel zu führen.

Als wir am Nil entlang galoppierten, sank mein Herz beim Anblick all der zerstörten, verlassenen Gebäude und des völligen Fehlens von Leben um uns herum. Die Hölle war einst schön und wohlhabend gewesen, und es tat weh, sie so verlassen zu sehen. Ich verstand vollkommen, warum Luzifer alle Dämonen auf die Erde gebracht hatte, da dies die einzige Möglichkeit war, unser Volk zu retten, aber es war deprimierend, die Folgen dieser Entscheidung zu sehen. Ich warf einen kurzen Blick auf Luzifers

Gesicht, und seinem schmerzlichen Gesichtsausdruck nach zu urteilen, ging es ihm genauso.

Bald tauchten die großen Pyramiden von Gizeh in der Ferne im sanften Mondlicht auf, wie Leuchtfeuer, die uns zu sich hinzogen. Sie existierten in diesem Reich ebenso wie auf der Erde, nur mit einem großen Unterschied: In der Hölle war der Tod unter der Großen Sphinx begraben, die ursprünglich als Denkmal für ihn errichtet worden war. Das gesamte Plateau von Gizeh war einst ein Tor zwischen den Welten, und die Barriere zwischen Erde und Hölle war hier noch schwächer, vor allem, weil die Macht des Todes von der Sphinx ausging. Es war kein Wunder, dass Gizeh auf der Erde als ein sehr geisterhafter Ort galt. Die Menschen wussten vielleicht nicht, warum sie sich gleichzeitig zu diesem Ort hingezogen und von ihm abgestoßen fühlten, warum sie nur wider besseres Wissen hineingingen und sich nicht davon abbringen ließen – aber wir wussten es. Die Essenz des Todes reichte über alle Reiche hinweg und rief jeden an, der es wagte, sich seinem Grab zu nähern. Er war das Einzige, dem kein Sterblicher entkam, die letzte große Angst. Selbst wir Unsterblichen würden ihm irgendwann erliegen.

Wir ritten eine Weile um die Pyramiden und die Sphinx, um sicherzugehen, dass der Tod nicht schon befreit worden war, aber es war alles ruhig. Es gab kein Anzeichen dafür, dass Fenrir oder sonst jemand seit Jahrzehnten hier gewesen war. Ich atmete erleichtert auf, bis ich im Wind geflüsterte Stimmen hörte, die meinen ältesten Namen sagten.

„Eva ... die verfluchte Königin ... die Dame der vielen Tode ... befreie mich und finde Frieden ...“

Ich erschauderte, als ich versuchte, die schrecklichen Worte zu verdrängen, die mich bis ins Mark erschütterten. Ich kannte den Tod nur zu gut, und ich hatte kein Interesse daran, ihn noch einmal zu erleben. Ich drehte mich zu Luzifer um, und sein Kiefer war verkrampft, sein Mund zu einer schmalen Linie verzogen, und ich wusste, dass auch er etwas gehört hatte. Was für schreckliche Dinge flüsterte der Tod ihm zu?

„Lass uns von hier verschwinden", schlug ich vor.

Luzifer wickelte Aurora noch fester ein, als ob er sie vor der dunklen Präsenz um uns herum beschirmen könnte. „Schnellstens."

Wir ritten in die Nacht, so schnell unsere Pferde uns trugen, und ließen das tödliche Geflüster hinter uns. Die anderen Altgötter waren nicht in der Lage gewesen, sich auf diese Weise aus ihren Grabkammern bemerkbar zu machen, aber andererseits war der Tod auch der mächtigste unter ihnen.

***

Einige Zeit später erreichten wir unseren alten Palast, und sein Anblick brachte meine Seele zum Weinen. Die riesigen Säulen, die die Fassade einrahmten, waren einst mit Schlingpflanzen und Blumen bewachsen, die in sanftem blauen Licht leuchteten, doch jetzt hingen sie in toten Streifen herab, wie zerfledderte Vorhänge aus einer längst vergessenen Zeit. Der Boden war mit Asche übersät, und ganze Teile des Palastes waren zu Staub zerfallen.

Ich schnippte mit den Fingern, um die Pflanzen zum Leben zu erwecken, und wurde belohnt, als sich einige grüne Adern zeigten. Die Pflanzen raschelten, als sie sich bewegten, streckten sich mir entgegen, um mehr Kraft zu schöpfen, und bald begannen sie wieder zu wachsen. Winzige kleine leuchtende Blumen erschienen erneut und kämpften darum, wieder zum Leben zu erwachen. Abgesehen von diesen kleinen Bewegungen blieb der ganze Ort trostlos und traurig, als sei die Seele des Ortes gestorben, weil wir nicht da waren, um sie zu pflegen.

Ich seufzte, nahm Luzifers Hand und drückte sie ganz fest. „Ich vermisse diesen Ort. Ich vermisse, was er war."

„Das tue ich auch." Er berührte eine der Säulen, als wir vorbeigingen, und seine Finger strichen über den glatten schwarzen Stein. Aurora rührte sich ein wenig, wo sie an seiner Brust festgeschnallt war, und blinzelte mit verschlafenem Interesse auf die leuchtenden Blumen. „Vielleicht können wir ja wieder aufbauen, wenn wir alles andere unter Kontrolle haben."

Ich wandte mich mit hochgezogenen Augenbrauen zu ihm um. „Du würdest die Hölle noch einmal öffnen?"

„Eines Tages, ja." Er blickte zu einer Statue von ihm auf, die nun in Trümmern dalag. „Ich habe viel darüber nachgedacht, seit ich mit Belial gesprochen habe. Das Verschließen der Hölle und die Verlegung aller Dämonen auf die Erde ist einer der Gründe, warum sich die Erzdämonen gegen mich aufgelehnt haben. Vielleicht hätte ich nicht so voreilig sein sollen, sie vollständig zu schließen. Damals hielt ich es für das Beste, so wie Michael es für das Beste hielt, den Himmel zu schließen und die Engel auf die Erde zu bringen. Beide Reiche waren durch unseren langen Krieg zerstört worden, und beide Völker waren am Aussterben. Wir mussten auf die Erde ziehen, um überhaupt eine Überlebenschance zu haben. Aber was, wenn das die falsche Entscheidung war? Ich sehe jetzt, dass sie für viele aus unserem Volk Unfrieden bedeutet hat."

Ich lehnte meinen Kopf an seine Schulter und streichelte Auroras Kopf, der an seiner Brust ruhte. „Du hast getan, was du damals für das Beste für unser Volk hieltest, und ich weiß, dass du auch in Zukunft dein Bestes geben wirst, egal wie schwer diese Entscheidungen auch sein mögen. Vielleicht bedeutet das, mit dem Wiederaufbau der Hölle zu beginnen, damit die Dämonen zurückkehren können – irgendwann."

Er legte einen Arm um mich. „Solange ich dich an meiner Seite habe, um mir zu helfen, diese Entscheidungen in Zukunft zu treffen."

Ich stupste ihn spielerisch an. „Das versteht sich ja von selbst.“

Aurora begann zu weinen und sich gegen Luzifers Brust zu stemmen. Nachdem sie so lange an ihm festgeschnallt gewesen war, sehnte sie sich wahrscheinlich nach etwas Freiraum, und wahrscheinlich hatte sie auch Hunger.

„Ich nehme sie und gebe ihr etwas zu essen“, sagte ich. „Du kannst den Schlüssel für die Leere holen, während wir draußen warten.“

„Wahrscheinlich ist es das Beste.“ Luzifer begann, das Baby auszuwickeln. „Es sieht ziemlich staubig aus da drin. Ich bin in ein paar Minuten zurück.“

Ich holte eine Decke aus der Wickeltasche und legte sie hin, dann legte ich Aurora darauf und begann, sie mit einem dieser Obst- und Gemüsebeutel zu füttern, die so praktisch waren. Ich wünschte, ich hätte sie früher auch gehabt. Sie verschlang den Inhalt sofort, und ich gab ihr etwas Wasser, dann suchte ich in der Tasche nach etwas anderem, das ich ihr geben konnte.

Plötzlich ertönte hinter mir ein Knurren in der Luft. Ich sprang mit ausgebreiteten Flügeln vor Aurora auf, in der einen Hand das Licht, in der anderen die Dunkelheit. Ein dreiköpfiger Höllenhund von der Größe eines Pferdes stand vor uns, sein schwarzes Fell strahlte Finsternis aus und seine Augen glühten rot. Von den langen, scharfen Reißzähnen an jedem der Köpfe tropfte Geifer, und scharfe Krallen wetzten sich am Boden, als ob er uns angreifen wollte.

„Cerberus, nein!“, schrie Luzifer von der Stelle aus, an der er am Eingang des Palastes aufgetaucht war.

Der Höllenhund hielt inne, stürzte sich dann auf Luzifer und wedelte mit dem Schwanz. Drei lange Zungen kamen heraus und bedeckten Luzifer, der sich mit erhobenen Händen wehrte. Aurora lachte und quietschte, ich ließ meine Magie verschwinden und entspannte mich. Cerberus war in der Hölle unser Haustier und Wächter gewesen, und es schien, als würde er den Palast nach all den Jahren immer noch beschützen.

„Sitz!", sagte Luzifer, und Cerberus setzte sich auf, sah zu seinem Herrn auf und ließ seinen Schwanz weiter tanzen. Jetzt, da der Höllenhund erkannte, dass der Palast nicht mehr bedroht war, hatte sich sein Verhalten völlig verändert.

„Wusstest du, dass er hier war?", fragte ich.

Luzifer streichelte die vielen Köpfe von Cerberus. „Ja, er und alle anderen Höllenhunde blieben hier, als die Dämonen zur Erde aufbrachen. Wir konnten sie ja schließlich nicht mitnehmen."

„Nein, ich denke nicht." Ich streckte eine Hand aus und ging langsam auf ihn zu. „Cerberus, ich bin's. Eva. Persephone. Lenore."

Cerberus neigte seine Köpfe zur Seite, scheinbar neugierig, während er mich musterte. Eine seiner Nasen schnupperte an meiner Hand, dann hüpfte er vor, drei Zungen bereit, mich abzulecken. Ich umarmte ihn und streichelte das dichte Fell an seinem Hals. „Es ist auch schön, dich zu sehen", sagte ich. „Willst du unser neuestes Familienmitglied kennenlernen?"

Cerberus sah Aurora mit drei breiten Hundegrinsen an, und sie kicherte und griff mit beiden Armen nach ihm. Er leckte ihr lange über die Wange, und sie lachte noch lauter.

„Ich fühle mich so schlecht, dass er die ganze Zeit hier war." Ich strich mit einer Hand über den Rücken des Höllenhundes. „Meinst du, er würde gerne mit uns nach Hause kommen?"

Luzifer hob eine Augenbraue. „Ein dreiköpfiger Hund in Kalifornien?"

„Er wäre der perfekte Beschützer und Spielkamerad für Aurora." Drei Augenpaare auf mein Kind gerichtet zu haben, das anscheinend schon fliegen wollte, bevor es laufen konnte, klang im Moment perfekt. Wenn wir Cerberus die Aufgabe erteilten, auf sie aufzupassen, würde er alles tun, um sie zu beschützen. „Solange er auf dem Anwesen bleibt, sollte es in Ordnung sein."

„Da kann ich nicht widersprechen." Luzifer klopfte Cerberus auf die Schulter. „Willst du mit uns zurückkommen, alter Junge? Wir könnten deine Hilfe gebrauchen, um einen neuen Palast zu verteidigen."

Cerberus bellte und wedelte noch heftiger mit dem Schwanz, und ich nahm an, dass das Ja hieß.

„Dann ist es abgemacht", sagte Luzifer.

Ich fing an, Auroras Sachen zusammenzupacken, weil ich diesen trostlosen Ort unbedingt verlassen wollte. „Hast du den Schlüssel zur Leere gefunden?"

„Ja, das habe ich." Luzifer hielt einen kleinen Samtbeutel mit Kordelzug hoch und steckte ihn dann in eine Tasche. „Lass uns nach Hause gehen."

Ich warf einen Blick zurück auf den Palast, der einmal unser Zuhause gewesen war. Vielleicht würde es das eines Tages wieder sein. Aber im Moment war unser Platz auf der Erde.

28

HANNAH

Cerberus schubste Aurora mit einer seiner Nasen über den Boden, und ihr schallendes Gelächter hallte durch das Kinderzimmer. Sogar Zel lächelte über die enge Bindung, die sich zwischen den beiden entwickelt hatte.

Luzifer legte einen Arm um meine Taille und zog mich näher zu sich. Er drückte mir einen Kuss auf den Nacken. „Glaubst du, es würde jemandem auffallen, wenn wir uns eine Stunde Zeit für uns nehmen?"

Ich zog eine Augenbraue hoch und grinste. „Eine ganze Stunde? Was für ein Luxus wäre das denn."

Er lachte und küsste erneut meinen Hals, doch dann klingelte sein Telefon, und er fluchte leise. „Es ist Samael."

Ich nickte, wobei mein Lächeln sofort erlosch. Es war schon eine Woche her, dass wir aus der Hölle zurückgekommen waren, und es hatte keine Neuigkeiten über Liliths Verbleib gegeben. „Dann gehst du besser ran."

Luzifer stieß einen Seufzer aus, als er antwortete. „Hallo, Samael. Alles in Ordnung?" Er hielt inne und sein Blick landete auf mir. „Ja, sie ist hier."

Ich drehte mich zu Zel um, die Sorge kribbelte bereits in meinem Bauch. „Könntest du auf Aurora aufpassen, während wir das hier erledigen?"

„Natürlich", sagte Zel.

Luzifer und ich verließen das Kinderzimmer und gingen in unser Schlafzimmer, wo wir die Tür hinter uns schlossen. Ich setzte mich auf die Bettkante, als Luzifer auf sein Telefon tippte und sagte: „Okay, wir sind soweit."

„Wir haben einen Notfall hier in Vegas", sagte Samaels tiefe Stimme aus dem Lautsprecher des Telefons. „Die Pest wurde entfesselt und wir werden angegriffen."

„Was?", fragte ich und sprang wieder auf die Beine.

„Wie denn?", fragte Luzifer.

„Unsere Kameras zeigen, dass es Theo war, der sie freigelassen hat", sagte Samael.

Theo? Ich griff nach Luzifers Unterarm. Nein, das ergab keinen Sinn. Theo war monatelang mein Wächter gewesen. Ich hatte ihm mein Leben anvertraut. Er hatte mir geholfen, zum Hunger zu werden, und er war dabei gewesen, als wir die Pest eingesperrt hatten. Warum sollte er die Pest jetzt befreien?

„Bist du sicher, dass er es war?", fragte ich, und meine Stimme zitterte ein wenig.

„Wir sind sicher." Samael sprach mit einem Seufzer, die Worte fast eine Entschuldigung. „Wir brauchen eure Hilfe. Die Pest greift das Celestial an, während wir sprechen. Unseren Leuten ist es gelungen, es so gut wie möglich zu evakuieren, aber ich fürchte, innerhalb weniger Stunden wird die Pest jeden in Las Vegas befallen."

„Wir sind in einer Stunde da", sagte Luzifer und legte auf. Es war nicht einmal eine Frage, ob wir hingehen würden oder nicht. Wir waren die Einzigen, die die Pest aufhalten konnten – vor allem, wenn die Gargoyles sich gegen uns gewandt hatten. Und da die Grabkammer keine Option mehr war, bestand unsere einzige Hoffnung darin, den Schlüssel zur Leere zu benutzen, um die Pest in dieses Reich zu schicken.

Ich sah mich im Zimmer um und überlegte, ob ich etwas einpacken oder mich umziehen sollte, entschied mich dann aber dafür, nur meine Turnschuhe und einen BH anzuziehen. Würde es irgendjemanden interessieren, wenn die Königin der Hölle in Yogahosen zum Kampf gegen die Pest auftauchte? Wahrscheinlich nicht. Falls überhaupt noch jemand am Leben war, wenn wir dort ankamen.

Ich eilte zurück ins Kinderzimmer, wo Aurora auf Cerberus' Rücken saß, während Zel den Höllenhund mit einem Keks fütterte. Meine Brust zog sich zusammen, als mir die Realität der Situation bewusst wurde, und ich akzeptierte, dass ich Aurora zurücklassen musste. Es war zu gefährlich für sie, dieses Mal mit uns zu kommen. Hier würde sie sicherer sein. Das wusste ich, aber es fiel mir trotzdem schwer, sie zu verlassen.

„Wir müssen nach Vegas", sagte ich, während ich Aurora packte und sie an meine Brust zog. „Die Pest ist los."

„Oh Scheiße." Zel richtete sich auf. „Soll ich mitkommen?"

„Nein, ich möchte, dass du hier bleibst und auf Aurora aufpasst." Ich fühlte ein leichtes Schuldgefühl dabei, dass eine der größten Kriegerinnen aller Zeiten zum Babysitter degradiert wurde, aber es gab niemanden, dem ich meine Tochter eher anvertraut hätte.

Zel nickte. „Das kann ich tun. Cerberus und ich werden für ihre Sicherheit sorgen."

„Danke." Ich drückte Aurora an meine Brust und küsste ihr Gesicht hundertmal. „Mami kommt bald zurück, das verspreche ich. Ich liebe dich so sehr."

Luzifer kam ins Kinderzimmer und nahm mir Aurora ab, dann verabschiedete er sich von ihr, während ich nervös die Hände rang. Wir hatten sie noch nie zurückgelassen. Nicht einmal für ein Date. Nicht, solange Fenrir noch da draußen war.

Jetzt begaben wir uns in große Gefahr, und es gab keine andere Möglichkeit, als sie hier zu lassen.

Ich nahm Aurora wieder in den Arm und gab ihr noch mehr Küsse und Umarmungen, dann übergab ich sie widerwillig an Zel. Ich öffnete den Mund, um Zel von der Schlafenszeit zu erzählen und davon, was sie ihr zu essen geben sollte und was mir sonst noch einfiel, aber Zel hob eine Hand, um mich aufzuhalten.

„Ich mach das schon. Geh und rette die Welt."

Ich umarmte sie fest und verließ dann mit Luzifer das Zimmer. Wir stiegen in unseren Lamborghini, und Luzifer fuhr so schnell aus dem Anwesen, dass die Welt um uns herum fast zu einem Flimmern wurde. Der Privatjet wartete auf einer nahe gelegenen Landebahn, und Luzifer war bereits am Telefon, um ihnen zu sagen, dass sie ihn startklar machen sollten.

Als er auflegte, herrschte ein unbehagliches Schweigen zwischen uns. Schließlich sagte ich: „Ich kann nicht glauben, dass Theo das getan hat."

„Ein weiterer Verräter", sagte Luzifer mit Abscheu. „Vielleicht denkt er, dass er die Pläne seiner Mutter nach ihrem Tod weiterführen kann."

„Das würde bedeuten, dass er die ganze Zeit auf den richtigen Moment gewartet hat, um zu handeln." Ich schluckte schwer und spürte den Stachel seines Verrats tief in mir.

Luzifer schüttelte den Kopf. „Ich kenne ihn nicht so gut wie du, deshalb kann ich es nicht mit Sicherheit sagen. Aber wir wussten immer, dass es Gargoyles geben kann, die so sehr an Belphegors Mission glauben, dass selbst ihr Tod sie nicht von ihrem Tun abhält. Theo könnte einer von ihnen sein."

„Und Romana?"

„Ich glaube, sie ist loyal." Lucifer seufzte, seine Hände umklammerten das Lenkrad so fest, dass seine Knöchel weiß wurden. „Ich schätze, wir werden es bald herausfinden."

Ich nickte und starrte aus dem Fenster, während wir über

den Highway rasten. „Ich hasse es, dass wir Aurora zurücklassen müssen."

„Ihr wird es gut gehen", sagte Luzifer mit sanfter Stimme. „Zel und Cerberus sind bei ihr. Keiner von ihnen wird zulassen, dass ihr etwas zustößt."

„Ich weiß. Und unser Anwesen ist gut bewacht und verfügt über zahlreiche Sicherheitsmaßnahmen ... Ich hasse es trotzdem."

„Ich auch." Er legte eine Hand auf meinen Oberschenkel. „Wir werden uns um dieses Problem kümmern und bald zurück sein."

Ich betete, dass er Recht hatte. Ich hatte mich so sehr an unser perfektes, glückliches, fast normales Leben gewöhnt, aber tief in mir wusste ich, dass es nie von Dauer sein konnte. Immer wieder tauchte eine Bedrohung auf, der wir uns stellen mussten, und jedes Mal würden wir gezwungen sein, Aurora zurückzulassen, weil wir wussten, dass wir vielleicht nicht zurückkommen würden. Das war in meinem ganzen Leben so gewesen. Kein Wunder, dass alle unsere Söhne Probleme hatten. Wir hatten unser Bestes mit ihnen getan, aber wir hatten auch immer andere Pflichten. Pflichten, die so wichtig waren, dass wir sie nicht auf andere Leute abwälzen konnten. Es war schwer, Vater und Mutter zu sein, wenn man die ganze Zeit die Welt retten musste. Das hatte ich bis jetzt nicht wirklich verstanden, und ich befürchtete, dass wir mit Aurora dieselben Fehler wiederholen würden. Aber was konnten wir sonst tun?

Zunächst einmal würde es helfen, die Pest aufzuhalten. Adam war während des gesamten Lebens meiner Kinder eine Bedrohung gewesen, und wenn er endlich von der Bildfläche verschwunden war, konnten wir uns ein wenig entspannen. Es war an der Zeit, den Scheißkerl zur Strecke zu bringen.

LUZIFER

Ich drückte meine Oberschenkel zusammen, um Strife anzuspornen, als wir den Flughafen verließen und in die Innenstadt von Las Vegas aufbrachen. Wir wussten schon vor der Landung des Flugzeugs, dass etwas nicht stimmte, denn die Sonne glitzerte auf den Gebäuden, die ihre gläsernen Spitzen weit in den Himmel reckten. Diese Stadt war eine Oase des Lebens inmitten der Wüste von Nevada, aber selbst aus der Ferne konnten wir erkennen, dass Vegas krank war. Schwarze Rauchschwaden stiegen an verschiedenen Stellen entlang des Strip auf, und ich fürchtete, was wir vorfinden würden, wenn wir zum Celestial zurückkehrten.

Je näher wir meinem Resort kamen, desto deutlicher wurde das Ausmaß des Schadens. Fenster waren zerborsten, Leichen lagen auf dem Bürgersteig verstreut und waren mit Geschwüren übersät, und selbst die Pflanzen waren durch die Krankheit in der Luft verwelkt und abgestorben. Unsere Pferde brachten uns zu Hannahs Garten, der einst vor Leben geblüht hatte, doch jetzt war alles tot, die Blumen schwarz, die Blätter fleckig und braun. Vor uns floss stetig trübes, gelbes Wasser im Wasserfall, und dahinter war ein riesiges Loch, in dem das Grab der Pest versteckt gewesen war. Die Grabkammer selbst war verschwunden. Oder zerstört. Ich war mir nicht sicher. Aber wo war die Pest?

Hannah begutachtete den Schaden in dem Garten, den sie angelegt hatte, und strich mit ihren Fingern müßig über verschiedene Pflanzen, um sie wieder zum Leben zu erwecken, obwohl die Bewegung nicht beabsichtigt zu sein schien. Sie sah völlig erschüttert aus, ihr Gesicht war blasser als sonst, und ihre Augen waren feucht vor nicht vergossenen Tränen, vor allem als ihr Blick auf den toten Touristen landete. Ganze Familien, vernichtet durch die Pest. Bei diesem Anblick überkam mich unbändige Wut. Diese Menschen waren in mein Hotel gekommen, um einen Familienurlaub oder einen vergnüglichen Wochenendausflug zu machen, und jetzt waren sie tot. Ich war dafür verantwortlich, dass sie während ihres Aufenthalts in meinem Hotel sicher und glücklich waren, und ich hatte versagt. Jetzt konnte ich nur noch ihren Tod rächen ... und das würde ich mit Vergnügen tun.

Von der Straße her ertönten Sirenen, und der Klang von menschlichem Élend und Leid verdichtete sich in der Luft. Die meiste Zeit hatte ich das Wesen des Krieges in mir unter Verschluss gehalten, aber jetzt ließ ich es an die Oberfläche kommen. Die Wut machte mich stärker, solange ich sie kontrollieren konnte.

„Ich werde Adam seinen verfluchten Kopf abreißen", knurrte ich.

Hannah warf mir einen finsteren Blick zu. „Nicht, wenn ich es zuerst tue."

„Wir müssen Samael finden. Lass uns im Sitzungssaal nachsehen."

Hannah nickte, und unsere Flügel entfalteten sich gleichzeitig, meine schwarz und schattenhaft, ihre silbern und hell. Wir stiegen in die Luft und flogen zum Penthouse, das seit Monaten leer stand, aber trotzdem zerstört worden war. Die Pest hatte sogar meine Ledercouch vollgepisst. Dieses verdammte Arschloch. Hannah stieß einen langen Seufzer aus, als sie den Schaden begutachtete.

Wir marschierten die Treppe hinunter, anstatt den Aufzug zu nehmen, denn wir waren unsicher, was die Elektrik und die Stabilität der Infrastruktur anging. Ich hatte meinen Kommandoraum noch nie so geschäftig gesehen. Dämonen huschten zwischen den Schreibtischen hin und her, sprachen in Kopfhörer und tippten wie wild auf ihren Computern herum. Auf den Monitoren und Karten blinkten Lichter auf und zeigten die Aktivitäten meiner Dämonen in der Stadt und in der weiteren Umgebung an. Gelegentlich ertönten Alarme, die noch mehr frenetische Aktivität an verschiedenen Schreibtischen hervorriefen.

Samael wachte über alles, die Arme fest vor der Brust verschränkt, das Gesicht ausdruckslos, aber sein Kiefer war angespannt. Er drehte sich zu uns um, als wir uns näherten, und etwas, das wie Erleichterung aussah, flackerte über seine Züge, bevor er es verdrängte und wieder ausdruckslos wurde. Er nickte zur Begrüßung, und ich wies auf den Besprechungsraum. Wir würden von den Glaswänden aus zusehen können, ohne belauscht zu werden.

„Was ist los?" Hannah meldete sich als Erste zu Wort, sobald sich die Tür geschlossen hatte.

„Wo ist die Pest?", fragte ich.

„Du kommst zu spät", sagte Samael. „Sie ist weg."

„Weg?", fragte Hannah. „Wo ist sie hin?"

„Das weiß niemand. Sie ist mit ihrem Pferd in die Wüste geritten."

„Und Theo?", fragte ich. Noch so ein Arschloch, das sterben musste.

„Auch weg. Er verschwand, sobald die Pest befreit war, und nahm viele der Gargoyles mit.“

Verdammt nochmal. Wir waren zu spät dran. Die Pest war fort und hinterließ Zerstörung und Krankheit. Meine Rache würde einen weiteren Tag warten müssen.

„Wo ist Einial?“, fragte Hannah. Normalerweise war sie an Samaels Seite und half ihm, alles zu regeln.

Samaels Gesicht verzog sich. „Tot. Getötet von Theo, als sie ihn daran hindern wollte, die Grabkammer der Pest zu öffnen.“

Hannah bedeckte ihren Mund mit der Hand, ihre Augen weiteten sich. „Oh nein. Das tut mir so leid.“

„Die Pest wird dafür bezahlen, was sie getan hat“, knurrte ich. „Was ist mit den Menschen?“

„Wir haben einen terroristischen Anschlag gemeldet“, sagte Samael. „Chemische Waffen. Das ist etwas, an das die Menschen glauben und weswegen sie sich zusammenschließen werden.“

„Gute Idee.“ Es war ja nun nicht so, als würden sie glauben, dass Dämonengruppen gerade die Vier Reiter der Apokalypse befreit hatten, oder dass die Pest einen Großteil des Las Vegas Strip zerstört hatte. „Was können wir tun?“

„Wir haben hier alles im Griff, aber ihr könnt vielleicht mit der Presse sprechen. Oder ihr könnt versuchen, die Pest zu finden, obwohl ich mir nicht sicher bin, wie ihr sie ausfindig machen wollt.“

Ich stimmte zu, aber das Verschwinden der Pest war mir ein Dorn im Auge. „Es ist erstaunlich, dass sie so schnell verschwunden ist. Sie muss gewusst haben, dass Hannah und ich sie suchen würden. Wollte sie uns nicht gegenübertreten? Allein schon, um zu versuchen, Hannah zu entführen?“

„Vielleicht ist dies der Grund, warum sie gegangen ist“, sagte Samael. „Sie wusste, dass sie es nicht mit euch beiden zusammen aufnehmen konnte.“

Hannah tippte auf ihre Lippen. „Vielleicht ... Oder vielleicht trifft sie sich irgendwo mit Fenrir zum richtigen Angriff."

Ihre Worte lösten in meinem Kopf einen schrecklichen Gedanken aus. „Was, wenn das alles nur ein Ablenkungsmanöver war?"

Hannahs Augen weiteten sich. „Wie meinst du das?"

„Es ist möglich." Samael strich sich über das Kinn. „Es gibt hier sicherlich genug Schadensbegrenzung, die uns alle eine Weile beschäftigen wird."

„Und es hat uns beide von zu Hause weggelockt." Hannah hielt meinen Arm fest umklammert, ihre Stimme stieg mit ihrer Panik an. „Wir müssen zurück zu Aurora."

Ich nickte, mein Herz hämmerte, und mein Magen verkrampfte sich vor Angst. „Samael, du hast das im Griff. Wir müssen nach Hause zurückkehren."

„Geht", sagte Samael. „Ich halte euch auf dem Laufenden, falls es neue Entwicklungen gibt."

Ich nickte und legte die Hand kurz auf Samaels Schulter, bevor Hannah und ich den Raum im Laufschritt verließen. Ich versuchte, meine Panik im Zaum zu halten, aber mein Instinkt sagte mir, dass etwas nicht stimmte und dass alles noch viel schlimmer werden würde.

Und dass es noch schlimmer kommen würde, war klar, solange wir die Pest nicht gefunden hatten.

Hannah peitschte auf Shadow über das Grün, immer ein paar Hufschläge vor mir, als würde sie von Höllenhunden gejagt, anstatt einfach nur nach Hause zurückzukehren. Ich spürte die gleiche Dringlichkeit und trieb Strife ebenfalls an.

„Ist alles in Ordnung mit dir?" Ich schrie meine Worte in den vorbeirasenden Wind und hoffte, dass Hannah mich hörte.

„Nein." Es war nur ein Wort, das sie über ihre Schulter warf. „Ich habe ein ganz schlechtes Gefühl."

„Ich auch."

Den Rest der Strecke schwieg sie, aber ihre Haltung war angespannt, als sie auf Shadows Rücken saß, und ihr Gesicht hätte ein Unwetter heraufbeschwören können.

Als wir bei unserem Anwesen ankamen, wartete Hannah nicht einmal darauf, dass Shadow langsamer wurde, bevor sie von ihrem Rücken sprang und in Richtung unseres Hauses rannte. In diesem Moment wurde mir klar, wie still und leer es auf unserem Anwesen war. Irgendetwas stimmte nicht. Schlimmer als Vegas.

Der Tod lauerte hier.

„Hannah – warte!"

Aber sie wurde schneller, mein Ruf spornte sie eher an, als dass er sie aufhielt. Sie stieß die Haustür auf und schrie.

Innerhalb weniger Augenblicke war ich bei ihr. Zwei unserer Wachen lagen tot auf dem Hartholzboden, ihre Körper lagen friedlich da, als wären sie eingeschlafen und nie aufgewacht. Es gab keine Anzeichen eines Kampfes. Eine unnatürliche Stille legte sich über das Haus, und die Luft war zu ruhig.

„Aurora! Zel! Cerberus!" Hannah rannte von Zimmer zu Zimmer, ihre Stimme wurde schrill, als sie die Namen wieder und wieder schrie. Auch ich suchte, das Herz steckte mir in der Kehle, die Angst war so groß, dass ich nichts mehr sagen konnte. Wir suchten überall. In den Schlafzimmern. Im Büro. In der Küche. Im Schwimmbad.

Im Kinderzimmer.

Das Haus war leer, abgesehen von Dutzenden von toten Wachen. Soweit ich das beurteilen konnte, gab es keine einzige lebende Person auf dem Anwesen, obwohl sonst nichts angerührt worden war.

Hannah war in völliger Panik, ihre Augen waren wild. „Wo ist Aurora?"

Ich schüttelte den Kopf und zog sie in meine Arme, auch um mich selbst vor dem Zusammenbruch zu bewahren. „Ich weiß es nicht."

„Oder Zel? Oder Cerberus?"

Auch darauf hatte ich keine Antwort. Als ich das Haus durchsucht hatte, hatte ich Angst gehabt, dass ich einen von ihnen – oder alle – tot vorfinden würde, genau wie die Wächter. Es war eine kleine Erleichterung – eine sehr kleine – dass sie nicht hier waren. Sie könnten noch am Leben sein. Entführt von dem, der das hier angerichtet hatte.

Oh, wem wollte ich was vormachen? Ich wusste, wer es gewesen war. Natürlich wusste ich das. Seine Anwesenheit war unverkennbar, selbst nach Tausenden von Jahren Abstand. Ich witterte den Geruch in der Luft, hörte das geisterhafte Raunen im Wind und spürte den unheimlichen Schauer, der mir den Rücken hinunterlief.

Der Tod.

Mein Vater.

Irgendwie war er freigekommen – und er hatte meine Tochter entführt.

30

HANNAH

Alles in mir schrie und schluchzte. Es war ein Wunder, dass ich beides nicht auch äußerlich tat, aber ich musste mich mit allen Mitteln zusammenreißen. Ein Zusammenbruch würde Aurora nicht retten, und ich musste schnell handeln. Ich musste alles tun, was ich konnte, um sie zu finden, auch wenn ich am liebsten in tausend Stücke zerfallen wäre.

Luzifer warf seine Arme zur Seite und stieß ein Knurren aus der Kehle aus, das die Fenster des Hauses erzittern ließ. Seine Augen waren rot, und die Wut strahlte in bedrohlichen Wellen von ihm aus. Der Teil von ihm, der der Krieg war, kam zum Vorschein. Ich erwog, ihn zu stoppen und zu versuchen, ihn zu beruhigen, aber dann sagte ich mir: zur Hölle damit. Wenn es jemals eine Zeit gab, um Hunger und Krieg zu sein, dann war sie jetzt gekommen.

„Wir holen sie zurück", sagte ich ihm, während meine eigene Verzweiflung meinen endlosen Hunger und Durst zum Vorschein brachte. Diesmal war es eine alles verzehrende Sehnsucht, sie zu retten. Ein Spiegel gegenüber zeigte mir, dass auch meine Augen grün leuchteten, und ich nahm die Kraft an. Um meine Tochter zu retten, würde ich eine Macht werden, mit der nicht zu spaßen war. Ich würde die ganze Welt in Trümmer legen, wenn es sein müsste, nur um sie zu finden.

Ja. Ich konnte es schaffen. Ich hatte Luzifer vor dem Krieg gerettet, verdammt nochmal. Ich konnte meine Tochter, einen dreiköpfigen Hund und meine dämonische Leibwächterin finden. Es war nicht leicht, sie zu verstecken, und Fenrir muss sie entführt haben. Es sah nicht nach einem Angriff eines Gestaltwandlers aus, aber wer sonst hätte es sein können?

Etwas regte sich hörbar hinter uns, wie das Geräusch, wenn sich jemand bewegt, oder das Rascheln von Stoff. Luzifer und ich warfen uns einen „Was jetzt?"-Blick zu, ehe wir uns umdrehten, um von unserem Platz in der Mitte des Wohnraumes aus zu sehen, was es war. Aber was ich erblickte, verschlug mir den Atem.

Die toten Wachen um uns herum standen auf und starrten uns aus ihren völlig schwarzen Augen an. Als sie nach vorne traten, waren ihre Bewegungen ruckartig, unnatürlich, und sie hoben ihre Waffen bedrohlich. Aus den Augenwinkeln sah ich, wie weitere die Treppe herunterkamen und andere im Garten und am Pool auf uns zukamen. Sie sagten nichts, aber ihre Absicht war klar, und Luzifer und ich beschworen unsere Magie, um uns zu verteidigen.

Die untoten Wachen stürzten sich mit aller Kraft auf uns, hackten mit ihren Waffen und schossen, obwohl sie keine Chance hatten, gegen uns zu gewinnen. In mir breitete sich eine Mischung aus Entsetzen und Trauer aus, während wir sie mit Licht- und Finsternisstrahlen abwehrten. Aber jedes Mal, wenn wir sie niederschlugen, standen sie wieder auf.

Also gut. Ich hatte in meiner Zeit als Mensch genug Zombiefilme gesehen, und ich wusste, dass es einen todsicheren Weg gab, die Untoten aufzuhalten. Ich erschuf für mich und Luzifer Zwillingsschwerter aus wirbelndem Licht und Finsternis, mit denen wir unseren ehemaligen Wächtern mühelos die Köpfe abschlugen. Mir war schlecht, während ich sie niederstreckte, diese Männer und Frauen, die uns einst beschützt hatten und die nun gegen uns eingesetzt wurden. Ich wusste, dass sie bereits tot waren, aber ich hasste es trotzdem. Ich erinnerte mich an alle ihre Namen. An jeden einzelnen von ihnen. Und sie waren unseretwegen gestorben.

Einer der Wächter blieb plötzlich vor uns stehen und krächzte mit rauer Stimme: „Der Tod erwartet euch in der Hölle.“

„Was hast du gerade gesagt?“, fragte ich, während mich ein Schauer durchlief.

„Wenn du deine Tochter zurückhaben willst, dann komm und hol sie dir“, fuhr der Untote fort.

Luzifer sprang vor und schnitt sein Schwert durch den Hals des Wächters. Der Kopf fiel zu Boden und rollte über das Parkett, wobei kleine Blutstropfen sich überall verstreuten.

Das war der letzte von ihnen. Ich ließ unsere Schwerter verschwinden, meine Hände zitterten, als die schreckliche Wahrheit der Worte des Wächters in mir aufstieg. Ich drehte mich zu Luzifer um und begegnete seinem wütenden Blick, meine Augen weiteten sich. „Der Tod hat Aurora geholt?“

„Ja, er muss es sein.“ Luzifer sprach durch zusammengebissene Zähne. „Er ist irgendwie entkommen.“

Eine weitere schreckliche Erkenntnis traf mich, und meine Panik stieg erneut an. „Kassiel!“

Luzifer griff in seine Jackeninnentasche und holte sein Handy heraus. „Ruf ihn an.“

Ich nahm das Telefon mit zitternden Händen entgegen. Wenn der Tod entfesselt worden war, musste Kassiel dabei gewesen sein. Sie brauchten sein Blut – und er wäre nicht freiwillig mitgegangen. Wie viel Blut hatten sie also vergossen? War er noch am Leben?

Das Display verschwamm und ich konnte die Liste der Kontakte kaum noch lesen. Luzifer nahm das Telefon zurück und klopfte ein paar Mal darauf, bevor er es mir reichte. Als es klingelte, holte ich zitternd Luft, und als Kassiel sich meldete, stieß ich sie schnell wieder aus.

„Kassiel?"

„Mama?"

Der Klang seiner Stimme erfüllte mich mit Erleichterung. „Geht es dir gut? Wo bist du?"

„Mir geht's gut. Wir sind immer noch untergetaucht. Warum fragst du? Was ist denn passiert?"

„Es geht ihm gut", sagte ich zu Luzifer, und mein Mann schloss die Augen, sein Kiefer entspannte sich sichtlich. Ich drückte auf einen Knopf, damit Luzifer auch hören konnte, wie ich Kassiel fragte: „Bist du sicher da, wo du bist? Sind die anderen bei dir?"

„Ja, sie sind alle hier. Was ist los?"

„Sie haben den Tod entfesselt", sagte Luzifer. „Und er hat deine Schwester mitgenommen."

„Was?", schrie Kassiel am anderen Ende des Telefons. „Wohin?"

„In die Hölle." Luzifer spannte sich wieder an, seine Hände ballten sich zu Fäusten, seine Knöchel wurden weiß. „Der Tod will, dass wir ihn dort treffen."

„Dann komme ich mit euch", sagte Kassiel. „Wir alle kommen mit."

Ich verkrampfte mich bei dem Gedanken, noch eines meiner Kinder in Gefahr zu bringen, aber wir würden seine Hilfe brauchen. Wir würden die Hilfe von allen brauchen, um dem zu begegnen, womit wir es zu tun hatten. „Wir lassen es dich wissen, sobald wir einen Plan haben. Passt auf euch auf."

Wir sagten Kassiel, dass wir ihn liebten, und legten dann auf. Kaum hatte ich aufgelegt, drehte sich Luzifer von mir weg und stieß einen Schrei der Wut aus, als er aus dem Nichts eine Schattenklinge beschwor und sie gegen den Kamin schleuderte. Dann den Esstisch. Und das Sofa.

Er hob die Waffe erneut und ich schrie: „Stopp! Wenn du unser Haus zerstörst, bekommst du sie auch nicht zurück!"

Luzifer sah mich an, sein Blick war eine verzehrende Mischung aus Wut und Schmerz. In seinen Augen sah ich den gleichen verzweifelten Schmerz, der in mir tobte, und ich wusste, dass er die ganze Welt niederbrennen würde, wenn er Aurora dadurch zurückbekommen könnte. Und ich hätte ihn das auch tun lassen. Ich würde das Benzin verschütten und die Streichhölzer anzünden. Mit Luzifer an meiner Seite würde ich zur Schurkin werden, zur schrecklichen Göttin des Hungers und des Elends, zur Überbringerin der Apokalypse. Alles, um unser Kind zu retten.

„Wir werden sie finden." Ich reichte Luzifer meine Hände, und seine Klinge verschwand, ehe er zu mir herüberkam. Er legte seine Finger in meine, und wir blickten einander voller Entschlossenheit an. Eine neue Kraft richtete meine Wirbelsäule auf, als die Macht über meine Haut strömte und sich zwischen mir und Luzifer hin und her bewegte. Eine uralte Macht. Eine göttliche Macht. „Wir sind Luzifer und Hannah. Dämonenkönig und Dämonenkönigin. Krieg und Hunger. Nichts und niemand kann uns aufhalten, nicht wenn wir zusammen sind."

Luzifer nickte langsam, seine Wut verwandelte sich in Entschlossenheit, seine Hände drückten meine. „Wir haben immer gemeinsam gekämpft, und wir werden nicht zulassen, dass uns jemand das nimmt, was uns gehört. Ich werde die Anrufe tätigen und die Truppen versammeln. Wenn der Tod will, dass wir ihn in der Hölle treffen, dann bringen wir eine Armee mit."

Unsere Pferde tauchten vor der offenen Glasschiebetür auf,

ihre Augen glühten wie unsere, während sie wütend mit den Hufen stampften und die Köpfe schüttelten. Auch sie waren zum Kampf bereit.

Wir waren Reiter, und es war an der Zeit, dass die Apokalypse begann. Unsere Apokalypse.

31

HANNAH

Wir waren wieder in Ägypten, aber dieses Mal kicherte Aurora nicht wie gewohnt an Luzifers Brust, und mir tat das Herz weh, weil ich sie verloren hatte. Die große Sphinx erhob sich über uns in einer mondlosen Nacht, die uns in Dunkelheit hüllte, und das war auch gut so, denn Luzifer und ich hatten alle unsere Verbündeten hier bei den Pyramiden von Gizeh versammelt.

Wir hatten eine Armee.

Mit Luzifer an meiner Seite zogen wir unsere Runden, um sicherzustellen, dass alle bereit waren und wussten, was zu tun war, ehe wir das Portal zur Hölle öffneten. Auf der anderen Seite angekommen, würde alles schnell gehen, und es würde Chaos herrschen. Als wir über uralte, mit Sand bedeckte Steine schritten, fröstelte es mich, aber nicht wegen der Kälte. Der Tod verweilte wirklich in der Nähe dieses bröckelnden Monuments, sogar hier auf der Erde.

Samael schwebte neben uns und starrte auf sein Handy, als würde er immer noch über die Logistik und Organisation der Mission nachdenken – immer einen Schritt voraus und unter allen Umständen absolut zuverlässig. Es machte mich traurig, ihn ohne seine Assistentin Einial zu sehen, was mich nur noch entschlossener machte, ihren Tod zu rächen. Sie war gut zu mir gewesen, während Luzifer im Himmel war, und es war eine verdammte Schande, dass sie ein weiteres Opfer der Pest geworden war.

„Alles ist bereit", sagte Samael, als er uns endlich kommen sah. „Wir warten nur noch auf deinen Befehl."

In seinen Augen lag ein Hauch von Trauer, wie ich ihn vorher noch nie gesehen hatte. Ich trat einen Schritt auf ihn zu und umarmte ihn, da ich merkte, dass auch er sich Sorgen um eine geliebte Person machte. „Ich bin sicher, Lilith ist bei ihnen."

„Ich hoffe, du hast recht." Samael atmete durch. „Sie ging freiwillig mit ihnen, also haben sie ihr vielleicht nichts getan. Baal hat die ganze Geschichte von ihrer Tochter Lena erfahren. Fenrir hat sie beide entführt, und Lilith hat sich erst bereit erklärt, den Schlüssel zum Öffnen des Höllenportals zu gebrauchen, nachdem Lena freigelassen wurde und ihre Sicherheit gewährleistet war."

„Ich kann ihr nicht vorwerfen, dass sie das getan hat, um ihre Tochter zu retten", sagte ich seufzend. Nicht, wenn ich hier mit einer ganzen Armee stand, um Aurora zu retten. Mütter versetzten Berge. Das würden wir immer tun.

Baal und Gabriel standen in einiger Entfernung zwischen ein paar anderen Vampiren und Engeln, die alle ihre Waffen und Rüstungen angelegt hatten. Baal trug eine schwarz-rote Rüstung mit Stacheln, wie es sich für einen Vampirfürsten gehörte, während Gabriel eine schimmernde goldene Rüstung trug, die perfekt für einen Erzengel war. Zusammen sahen sie besonders eindrucksvoll aus, als sie sich darauf vorbereiteten, in die Schlacht zu ziehen, um die Frau zu retten, die sie liebten. Als Gabriel seinen Speer erhob, hatte ich den Erzengel noch nie so bedrohlich wahrgenommen, und ich hatte eine plötzliche

Vorstellung davon, wie er aussehen würde, wenn er anstelle von Luzifer zum Gefallenen geworden wäre.

Nach ein paar weiteren Worten mit Samael gingen wir zu Romana, die in Gargoyle-Form stand und ihre fledermausartigen Flügel hinter sich gefaltet hatte. Sie bellte den Gargoyle-Soldaten vor sich Befehle zu und wandte sich dann mit glühenden Augen an uns. Sie trug Theos Verrat wie ein Leichentuch bei sich, so als habe dieser sie persönlich befleckt, und nun besaß sie die Wildheit einer Frau, die viel zu beweisen hatte.

Sie verbeugte sich vor uns. „Mein König und meine Königin, ich möchte mich für die Taten meines Bruders entschuldigen."

„Es gibt nichts, wofür du dich entschuldigen müsstest", sagte Luzifer.

„Wir wissen, dass du nichts mit seinem Verrat zu tun hattest", fügte ich hinzu.

Romana schüttelte den Kopf, ihr Mund verzog sich zu einem wütenden Ausdruck. „Nein, aber ich hätte es kommen sehen müssen. Theo war immer Belphegors ergebenstes Kind, und ich glaube, er war der Meinung, er hätte an meiner Stelle Erzdämon werden sollen, obwohl ich um viele Jahrhunderte älter bin als er, und ..."

„Und was?", fragte ich, weil ich ahnte, dass diese Geschichte noch weiterging.

Romana sah sich um, und als sie wieder sprach, hatte sie ihre Stimme gesenkt. „Theo ist kein reiner Dämon. Er ist halb Engel. Erzengel, um genau zu sein."

Luzifer zog eine Augenbraue hoch. „Wer ist sein Vater?"

„Michael", sagte Romana, ihre Stimme war kaum mehr als ein Flüstern.

Mir blieb der Mund offen stehen. Damit wäre er Callans Halbbruder. Auch Luzifer verkrampfte sich neben mir bei diesem Namen.

Romana sprach mit leiser Stimme weiter, als würde sie uns

ein Geheimnis verraten. „Er und Belphegor hatten vor etwa zweihundert Jahren eine kurze Affäre, lange bevor es Frieden zwischen den Engeln und Dämonen gab. Theo wurde in der Hölle von unserer Mutter aufgezogen, die seine Herkunft geheim hielt. Sie sagte, dass Michael sich weigerte, Theo als seinen Sohn anzuerkennen. Das ist einer der Gründe, warum Mutter die Engel so sehr hasste und warum Theo sie immer noch hasst."

„Michaels Sohn, geboren in der Hölle ..." sagte Luzifer, dann schloss er die Augen und nickte. „So müssen sie die Grabkammer des Todes geöffnet haben."

Ja, natürlich. Sie hatten Kassiel gar nicht gebraucht, denn sie hatten ja Theo, der das Blut von einem derjernigen in sich trug, die den Tod ursprünglich versiegelt hatten. Verdammt ... Hätten wir nur früher die Wahrheit über ihn erfahren.

Es war zu spät, um sich darüber Gedanken zu machen, was wir hätten anders machen können. Ich berührte Romana leicht am Arm. „Danke, dass du heute gekommen bist, Romana. Ich weiß, es ist schwer, in seiner Loyalität gespalten zu sein."

Sie richtete sich auf, ihre ledrigen Flügel zuckten. „Ich bin nicht gespalten. Mein Bruder wird für das, was er getan hat, zur Rechenschaft gezogen werden. Genau wie der Rest von ihnen."

Luzifer begann zu sprechen, aber er wurde unterbrochen, als sich ein buntes Portal im Sand öffnete. Meine Mutter schritt hindurch und trug eine kunstvolle, glänzende Rüstung mit eingravierten Blumen auf dem Brustpanzer und entlang der Arme und Beine. Ihr Helm war so gestaltet, dass er wie eine gepanzerte Krone aussah, und sie trug einen Stab in der Hand. Damien trat direkt hinter ihr in einer ähnlichen Rüstung aus dem Portal, und mit ihm waren noch etwa ein Dutzend anderer Soldaten vom Frühlingshof. Mein Volk, früher einmal.

Ich eilte zu ihnen hinüber und umarmte meinen Sohn, dann wandte ich mich an meine Mutter. Zu meiner Überraschung umarmte sie mich ebenfalls.

„Tochter", sagte sie und streichelte mir über den Rücken. „Ich kann deinen Schmerz nur zu gut verstehen."

„Wir sind sofort gekommen, als wir davon gehört haben", sagte Damien. „Wir sind hier, um Aurora zurückzuholen."

Demeter löste sich von mir und gewann sofort ihre Fassung wieder. „Der Frühlingshof wird nicht tatenlos zusehen, wie einer der Unseren angegriffen wird. Und im Gegensatz zu Oberon werden wir eine Bedrohung nicht ignorieren, die sich auf alle Reiche ausbreiten wird, wenn wir sie nicht sofort aufhalten."

„Ich bin so froh, dass ihr hier seid", sagte ich und blickte zwischen den beiden hin und her. „Ihr beide."

„Ja, ich danke euch." Luzifer stellte sich hinter mich und nickte meiner Mutter zu. „Wir freuen uns über die Hilfe des Frühlingshofes in diesem Kampf."

Demeter schenkte ihm ein Lächeln, das eher an Winter als an Frühling erinnerte ... aber es war ein Anfang.

Damien winkte Kassiel und Belial zu, die mit Olivia, Marcus, Callan und Bastien dastanden. Wir gingen auf sie zu und ließen Demeter mit ihren Soldaten zurück, und Olivia warf ihre Arme um mich.

„Es tut mir so leid wegen Aurora", sagte sie, während sie mich fest an sich drückte.

Callan zog mich ebenfalls in eine innige Umarmung. „Ich werde alles tun, was ich kann, um meine Nichte zurückzubekommen. Wir sind ja schließlich eine Familie."

„Ja, das sind wir", sagte ich und überlegte, wann ich ihm von Theo erzählen sollte. Vielleicht, wenn das alles vorbei war, falls noch jemand von uns am Leben war. Stattdessen drehte ich mich um, um mich bei Marcus und Bastien zu bedanken.

Kassiel legte einen Arm um mich, und wir gingen hinüber, um mit Damien und Belial zu sprechen. Ich betrachtete meine drei Söhne und stellte fest, wie unterschiedlich sie waren. Damien in seiner Feenrüstung, das blauschwarze Haar wehte im

Wind. Kassiel in einem Anzug, der dem seines Vaters ähnelte, und mit denselben grünen Augen. Belial in zerschlissenen Jeans und Motorradstiefeln, mit Morningstar auf dem Rücken. Ich liebte sie alle so sehr, und obwohl ich mir um jeden von ihnen Sorgen machte, dass er in der bevorstehenden Schlacht verletzt werden könnte, akzeptierte ich doch, dass sie erwachsene Männer waren. Wenn sie für ihre Familie kämpfen wollten, wer war ich da, sie daran zu hindern?

„Macht keine Dummheiten und lasst euch nicht umbringen, sonst trete ich euch in den Arsch", sagte Belial zu seinen Brüdern.

„Das macht doch keinen Sinn", erwiderte Kassiel kopfschüttelnd.

Damien schenkte seinen Brüdern ein verschmitztes Grinsen. „Er hat nur Angst, dass wir ihm in der Schlacht den ganzen Ruhm stehlen."

Belial verschränkte die Arme. „Wohl kaum."

„Seid einfach vorsichtig da draußen", konnte ich nicht umhin, hinzuzufügen. Schließlich war ich immer noch ihre Mutter. „Ich liebe euch alle so sehr."

Kassiel legte mir eine Hand auf die Schulter, sein Gesichtsausdruck wurde ernst. „Mach dir keine Sorgen. Wir werden Aurora zurückholen."

„Ja, das werden wir", sagte Luzifer und blickte seine Söhne mit unverhohlenem Stolz an. „In diesem Zusammenhang habe ich Aufgaben für euch drei, die ich niemandem sonst anvertrauen kann. Kassiel und Damien, ich möchte, dass ihr Azazel, Lilith und Cerberus findet. Befreit sie und bringt sie in Sicherheit."

„Das werden wir tun", sagte Damien.

Luzifer sah Belial einige Sekunden lang an, ehe er sprach, seine Worte waren gewichtig. „Belial, du musst deine Schwester retten. Deine Mutter und ich werden mit dem Kampf gegen den

Tod und die Pest beschäftigt sein. Du musst Aurora für uns beschützen."

„Ich schwöre es bei meinem Leben." Belial presste eine Faust auf sein Herz. „Bei meiner Seele."

Sie starrten einander an, und ich spürte, dass das enorme Vertrauen, das Luzifer in Belial setzte, eine große Last von ihnen genommen hatte.

Dann war es an der Zeit zu beginnen. Wir umarmten unsere Söhne erneut und stellten uns in der Mitte des Gizeh-Plateaus zwischen den Pyramiden auf. Luzifer trug eine schwarz-silberne Rüstung und eine mit Rubinen besetzte Stachelkrone, und sein ganzer Körper glühte in einem leichten Rotstich. Neben ihm trug ich die goldene und silberne Rüstung, die ich einst als Engel angelegt hatte, nur dass ich jetzt eine Krone trug, die zu der von Luzifer passte, obwohl meine mit Smaragden besetzt war.

Alle Anwesenden verstummten und warteten darauf, dass der Dämonenkönig und die Dämonenkönigin das Wort ergriffen. Ich blickte auf die Soldaten, die wir um uns versammelt hatten, eine beeindruckende Mischung aus Engeln, Dämonen und Feen, die alle bereit waren, zu kämpfen und zu sterben, um die, die wir liebten, zu retten und die Welt vor der drohenden Apokalypse zu bewahren, die die Pest und der Tod bringen würden.

Ich wartete darauf, dass Luzifer begann, aber er gab mir ein Zeichen, dass ich die Führung übernehmen sollte. Ich räusperte mich, erhob meine Stimme und verlieh ihr so viel Kraft, dass sie in die Nacht hinausschallte. „Der Tod ist entfesselt worden. Er ist frei und wartet in der Hölle auf uns, und er hat meine Tochter und meine Freunde entführt. Wir müssen sowohl ihn als auch die Pest aufhalten, um die Apokalypse zu verhindern, die sie über alle Reiche bringen werden. Sie haben mächtige Verbündete, aber wir haben auch eine Armee. Eine, die aus Liebe und Respekt besteht, nicht aus Angst und Zorn. Aus diesem Grund werden wir erfolgreich sein. Daran habe ich keinen Zweifel."

Ein Gebrüll ging durch die Menge und wurde immer lauter, als die vor uns versammelten Soldaten sich an der Begeisterung der anderen labten. Der Hunger griff nach ihrer Kraft, bis ich fast glühte, obwohl ich darauf achtete, sie an sie zurückzugeben. Sie würden ihre ganze Kraft für die bevorstehende Schlacht brauchen.

„Wir haben einen Plan." Beim Klang von Luzifers Stimme verstummten alle sofort. „Wir müssen diese Bedrohung noch heute aufhalten, bevor die Pest und der Tod ihr Übel auf die anderen Welten übertragen. Ich werde ein Portal zur Leere öffnen, und Hannah und ich werden die Pest und den Tod hindurchzwingen, während der Rest von euch ihre Truppen beschäftigt. Sobald sie hindurch sind, müssen wir das Portal zur Leere sofort schließen, um sicherzustellen, dass keine anderen Altgötter in unsere Welt eindringen." Er sah mich voller Liebe und Hingabe an. „Ein Scheitern kommt nicht infrage, aber wir werden nicht scheitern. Sie mögen zwei Reiter haben, aber wir haben auch zwei Reiter. Lasst uns ihnen zeigen, wie unsere Apokalypse aussieht."

Mit diesen Worten hielt Luzifer den Schlüssel zur Hölle in die Höhe und ein riesiges schwarzes, schattenhaftes Portal öffnete sich. Groß genug, dass viele Soldaten auf einmal hinein-gehen konnten. Ich breitete meine silbernen Flügel aus, und Luzifer breitete seine schattenhaften Flügel neben mir aus, und gemeinsam flogen wir in die Hölle, um unsere Tochter zu retten – und zwei Götter zu besiegen.

32

LUZIFER

Meine Armee strömte durch das Portal in die Hölle, mit Hannah und mir an der Spitze. Die Luft auf dieser Seite war kälter, der Himmel war dunkler, und der Geruch des Todes war überall.

Der Tod saß auf einem Thron unter dem Kopf der Großen Sphinx. Auf meinem verdammten Thron, den er wohl aus dem Palast geholt hatte, nur um mich zu ärgern. Er trug den Körper von Fenrir, und ich fragte mich, was der Erzdämon geopfert hatte, um die Macht des Todes zu erlangen. Seine Augen leuchteten in einem unheimlichen Purpur, und sein Körper hatte bereits begonnen, sich zu verändern, er wurde fast ... skelettartig.

Was für ein Narr. Es war zu viel Macht, als dass Fenrir auch nur eine Chance gegen den Tod gehabt hätte. Er konnte ihn nicht unterdrücken, geschweige denn, ihn kontrollieren. Nicht, dass er das wollte. Alles, was Fenrir wollte, war, mich zu vernichten und meinen Platz als König einzunehmen, und es schien, dass sich seine Interessen mit denen meines Vaters deckten.

Ich hob eine Hand, um meine Truppen aufzuhalten, während ich mir ansah, womit wir es zu tun hatten. Die Pest – Adam – stand rechts von meinem Vater, und auf der anderen Seite von ihm war Theo. Die Wut des Krieges kochte in mir hoch, als ich an all die Dinge dachte, die ich ihnen antun wollte, aber dann fiel mein Blick auf die Käfige direkt hinter ihnen. Sie bestanden alle aus zerklüfteten Knochen, die aussahen, als wären sie aus dem Boden gesprungen und dann nach dem Willen des Todes gebogen und verdreht worden. In jedem Käfig befand sich jemand, der mir sehr am Herzen lag. Lilith. Azazel. Cerberus.

Aurora.

Sie bewegte sich in ihren Käfig herum, ihre schwarz-weißen Flügel flatterten, um sie in der Luft zu halten, während sie sich bei jedem ruckartigen Aufstieg den Kopf an den Knochen stieß. Meine Wut wurde zu einem Vulkan in mir, der bei diesem Anblick zu explodieren drohte, und Hannahs Hand schlang sich um meine, um mir zu signalisieren, dass auch sie es gesehen hatte.

Ich zwang mich, den Blick abzuwenden und die Gruppe zu studieren, die mein Vater im Schatten der Pyramiden um uns herum versammelt hatte. Gestaltwandler, Kobolde, Gargoyles und andere, die beschlossen hatten, ihrem Erzdämon zu trotzen und gegen mich zu kämpfen. Ihre Streitkräfte umgaben die unseren, aber wir konnten es mit ihnen aufnehmen. Verdammt, ich hätte sie mit meiner Wut darüber, Aurora in einem Käfig zu sehen, wahrscheinlich im Alleingang besiegen können. Ich hatte mich kaum unter Kontrolle, und Hannah packte mich fester, als wusste sie das. Wut durchströmte mich, und ich holte tief Luft, als Hannah und ich vor meinem Vater landeten.

Das Lachen des Todes dröhnte aus Fenrirs Mund, und es klang feucht, als ob etwas in ihm zerbrochen war. „Wie schön, dass du dich zu mir gesellst, Luzifer."

„Vater." Ich sah ihn direkt an, als ich ihn begrüßte, um ihm die Ehre unserer Beziehung zu erweisen, ohne mich ihm zu unterwerfen. Ich würde mich nicht vor dem Tod verbeugen, aber ich konnte ihn daran erinnern, dass wir einmal eine Familie waren.

„Und Eva, in einem neuen Körper." Der Tod legte den Kopf schief, während er sie musterte.

„Thanatos", sagte sie mit tiefer, bedrohlicher Stimme. Ich war beeindruckt, dass sie sich noch an seinen Namen von vor all den Jahren erinnerte.

Seine eindringlichen Augen richteten sich wieder auf mich. „Wie ich sehe, hast du den Fluch endlich gebrochen. Du hast ja auch lange genug gebraucht."

Meine Hände ballten sich zu Fäusten, als er mich daran erinnerte, was er uns vor all den Jahrhunderten angetan hatte. Wie er es geschafft hatte, uns zu verfolgen, obwohl er seit Tausenden von Jahren in einer Grabkammer eingesperrt war.

„Nicht alle von uns sind so erpicht darauf, den Tod über die zu bringen, die wir lieben", sagte ich mit zusammengebissenen Zähnen.

„Du warst schon immer schwach." Der Tod erhob sich von meinem Thron, als hätte er sich immer noch nicht daran gewöhnt, einen Körper mit all seinen Gelenken zu kontrollieren. Er rollte auf uns zu, anstatt zu gehen, und seine Gliedmaßen waren seltsam geschmeidig. „Das macht nichts. Ich bin jetzt der rechtmäßige König der Hölle, eine Rolle, die unbesetzt ist, seit du es für richtig gehalten hast, dieses Reich zu verlassen."

„Ich bin immer noch der König der Hölle."

Er lachte wieder. „Spar dir den Atem. Dein Volk braucht einen starken Anführer, jemanden, der die Hölle wieder aufbaut und sie zu einem wahren Land der Toten macht. Sobald das geschehen ist, werde ich mein Reich auf die Erde ausdehnen, dann auf den Himmel und das Feenreich." Er deutete auf die

Engel und die Feen in meiner Armee. „Wie nett von euch, Vertreter mitzubringen."

„Das werden wir nicht zulassen", sagte Hannah.

„Warum solltet ihr mich aufhalten?" Seine Augen wurden schmaler, als er uns genauer betrachtete. „Selbst wenn ihr es könntet, was, wie wir alle wissen, unmöglich ist, seid ihr der Krieg und der Hunger. Eure Aufgabe ist es, mir, dem Anführer der Reiter, zu dienen, wenn wir alle Welten übernehmen und sie nach unserem Abbild umgestalten." Er deutete auf alle um uns herum und machte eine noch größere Geste, als könnte er alle Reiche umfassen. „Kommt, lasst uns gemeinsam herrschen. Die vier Reiter der Apokalypse, wie es prophezeit wurde und wie es sein sollte." Er verzog seinen Mund zu einem Grinsen. Einer Grimasse. Einem Zähnefletschen. „Wir können die Vergangenheit hinter uns lassen."

„Hannah und ich werden nie mit dir zusammenarbeiten", erwiderte ich. Es war nicht anmaßend von mir, für meine Partnerin zu sprechen. Nicht, wenn unser Baby in einem verdammten Käfig aus Knochen gefangen war.

„Gib mir meine Tochter zurück." Hannah sprach mit einer Stimme wie Stahl. Es war eine kalte, harte Forderung, aber der Tod lachte wieder.

„Das kann ich nicht tun." Er warf einen kurzen Blick über die Schulter und winkte Aurora zu, nur eine kleine Bewegung seiner Finger. „Ich habe große Pläne für meine Enkelin."

„Was für Pläne?", fragte ich.

„Ich werde sie wie mein eigenes Kind aufziehen. Mein kleines Wunderkind. Eine perfekte Mischung aus Licht und Dunkelheit mit der zusätzlichen Essenz eines Altgotts. Sie wird von mir lernen und an meiner Seite herrschen. Sie wird das Kind sein, das du nicht warst, das Kind, das du nie sein konntest. Und eines Tages, wenn sie älter ist, wird sie der perfekte Wirt sein."

„Du verdammter Mistkerl." Als ob ich nicht schon genug

Gründe hätte, ihn in die Leere zu stopfen. Auf keinen Fall würde er meine Tochter als seinen nächsten Körper aufziehen. „Du wirst ihr kein Haar krümmen und nichts beherrschen, denn wir werden dich heute aufhalten."

„Ihr könnt den Tod nicht aufhalten. Ich bin unausweichlich."

„Das werden wir ja sehen." Ich gab meiner Armee das Signal, auf das sie gewartet hatte, und sie stieß ein triumphierendes Gebrüll aus und begann vorwärts zu marschieren. Ich wandte mich an Belial, der direkt hinter mir gelandet war, und reichte ihm den Schlüssel zur Hölle. „Wenn irgendetwas passiert, bring unsere Familie hier raus."

Er nickte und flog in Richtung der Käfige, seine Brüder an seiner Seite. Es war das Einzige, was ich tun konnte, um sicherzustellen, dass sie in Sicherheit waren, falls Hannah und ich versagten. Falls wir versagten, wäre natürlich niemand mehr sicher. Nicht vor dem Tod.

Hannah und ich warfen einander einen Blick zu, einen Blick voller Liebe, Hingabe und grimmiger Entschlossenheit, und ich zog sie an mich und küsste sie fest, für den Fall, dass es das letzte Mal war. Sie klammerte sich fest an mich, als würde sie mich nie wieder loslassen, und dann traten wir zurück.

Sie seufzte, als sie zum Thron blickte. „Es ist wieder Zeit, die Welt zu retten."

„Ich nehme mir meinen Vater vor. Du kümmerst dich um die Pest."

„Mit Vergnügen", sagte sie. „Ich liebe dich."

„Ich liebe dich auch. Immer."

Ich öffnete meine Flügel und ließ meiner Wut freien Lauf, spürte, wie sie durch meinen Körper raste und Hitze und Elektrizität mit sich riss. Ich brodelte vor Wut, und der Teil von mir, der der Krieg war, gab mir Kraft. Diese erinnerte mich daran, dass ich, noch bevor ich der Krieg war, für den Kampf geschaffen worden war, aus Tod und Licht geschmiedet, um der härteste Krieger des Himmels zu sein, und dann zum Fürsten der Finsternis, dem Vater der Lügen, dem König der Dämonen umgestaltet wurde.

Wenn jemand den Tod besiegen konnte, dann war ich es.

33

HANNAH

Als Luzifer und ich auf den Tod zuflogen, hob das Ungeheuer seine Arme und eine Welle der Energie strömte aus ihm heraus. Sie richtete weder bei uns beiden noch bei unseren Soldaten etwas an, sondern legte sich in einem trüben violetten Licht über das Land. Wenige Sekunden später brachen skelettierte Hände aus dem Boden hervor, und Leichen erwachten wieder zum Leben. Aus dem Staub formten sich untote Soldaten, sowohl Engel als auch Dämonen, die vor Tausenden von Jahren während des Großen Krieges umgekommen waren. Bei anderen handelte es sich um jüngere Leichen, deren Haut in Fetzen hing und die sich in verschiedenen Stadien der Verwesung befanden, deren Flügel zerrissen waren und deren Licht längst erloschen war. Sie stürmten auf unsere Armee zu, zusammen mit den anderen, die der Tod und die Pest gesammelt hatten, um für sie zu kämpfen.

Zel rüttelte vergeblich an den Knochen ihres Käfigs, ihr Gesicht war eine Maske des Zorns, als die Pest über die heranstürmenden Gestaltwandler hereinbrach. Furunkel brachen auf ihrer Haut aus und sie wurden zu grauen, sterbenden Schatten ihrer selbst. Sie stürzten sich auf unsere Armee und wurden zu einer wandelnden Seuche. Theo schwang sich auf seinen ledernen Flügeln in die Höhe und stürzte sich in die Schlacht, wobei ihn seine steinerne Haut vor der Pest schützte.

Kriegsgeschrei erfüllte die Luft, als Engel, Dämonen, Feen und Untote aufeinander trafen, aber ich hatte nur Augen für einen Mann. Adam. Er hatte mich wiederholt getötet, mich immer wieder von Luzifer und meinen Kindern weggerissen. Er hatte meine letzte Tochter getötet, bevor sie überhaupt eine Chance hatte, zu leben. Jetzt bedrohte er das Leben meiner anderen Tochter, aber diesmal ließ ich ihn nicht ungestraft davonkommen.

Er gehörte mir.

Während hinter mir der Kampf tobte, ignorierte ich das Klirren von Schwertern und Klauen und die explosiven Kräfte der Magie. Ich hatte nur eine Aufgabe – die Pest aufzuhalten, während Luzifer den Tod aufhielt. Es kam nur auf uns beide an. Niemand sonst konnte das tun, und wir durften nicht versagen. Das würden wir nicht. Ich war zu verdammt wütend. Nicht nur, weil sie mir meine Tochter genommen hatten, sondern wegen allem, was Adam und der Tod mir seit Tausenden von Jahren angetan hatten, angefangen bei meinem allerersten Leben als Eva. Sie hatten mich genug gequält, und ich war es leid. So verdammt leid.

Adams Gesicht war ein Albtraum aus gelber Haut und eiternden Furunkeln, sein Grinsen eine klaffende Wunde in seinem Gesicht. Ich landete vor ihm und formte mein Schwert der Dunkelheit, das sich mit dem Licht verband.

„Schön, dass du zu mir zurückgekehrt bist, Eva", sagte er, während er seinen goldenen Bogen und seine Pfeile spannte. „Du sollst wissen, dass ich es aufgegeben habe, dich zu überzeugen, an meiner Seite zu herrschen."

Ich schnaubte. „Das ist eine Erleichterung."

„Ist es das? Denn die einzige andere Möglichkeit ist, dass du stirbst." Er schoss einen pestgespickten Pfeil auf mich, aber ich nutzte einen Windstoß, um ihn weit fortzulenken. Er hatte aber nicht wirklich vor, mich damit zu treffen. Er wollte mich nur verhöhnen. „Diesmal werde ich mich an deinem Tod am meisten erfreuen, denke ich. Vielleicht werde ich sogar deine Leiche ficken, wenn es vorbei ist. Ein letztes Mal, nur du und ich, wie in alten Zeiten."

Ich richtete mein Schwert auf ihn und versuchte, bei seinen Worten nicht zu würgen. „Du ekelst mich an – und du bist es, der heute sterben wird. Diesmal einen endgültigen Tod. Einen, von dem es kein Zurück mehr gibt."

„Wie kann ich sterben, wenn ich den Tod auf meiner Seite habe?" Er streckte seine Hand aus, Krankheit strömte über seine Haut, als er sie auf mich losließ. Ich nutzte eine Mischung aus Luft und Licht, um sie von mir abzuhalten und wegzuschicken, während ich zur Seite wich. Er feuerte ein Dutzend weiterer Pfeile ab, so schnell, dass ich kaum eine Chance hatte, sie abzuwehren, und dann ging ich mit meinem Schwert auf ihn los. Seine Krankheit überzog meine Haut, so dass ich mich müde und schwach fühlte, aber ich kämpfte mit allem, was ich hatte.

In diesem Moment öffnete Luzifer das Portal zur Leere mit einem reißenden Geräusch, das ich noch nie gehört hatte, als hätte er etwas im Gefüge des Universums zerstört, als würde das Reich selbst gegen dieses Eindringen kämpfen. Das Portal war ein Kaleidoskop aus endlos wirbelnden Lichtblitzen, die sich schwindelerregend gegen das tiefe Schwarz bewegten, während graue Nebelschwaden darüber hinwegzogen.

Das Portal war offen, was bedeutete, dass ich die Pest hineinschaffen musste. So ungern ich es auch zugeben wollte, sie zu töten war fast unmöglich.

Oder etwa nicht?

Wir alle standen einen Moment lang wie versteinert da und

starrten auf das Portal, ehe wir uns wieder in Bewegung setzten. Aus dem Augenwinkel sah ich, wie Luzifer gegen den Tod kämpfte und versuchte, ihn zum Portal zu manövrieren. Ich hatte jedoch kaum Zeit, es zu bemerken, denn die Pest wich jedem meiner Schläge aus und kam nicht einmal ins Schwitzen, als ich sie über das Plateau zum Portal trieb. Als wir uns dem Portal näherten, stürzte Adam sich plötzlich auf mich, sein Gesicht war von Bosheit entstellt, als er mich an den Schultern packte und nach vorne zerrte.

„Ich hatte den Tod für dich vorgesehen, Eva." Wieder benutzte er meinen Vornamen, der mich an alles erinnern sollte, mit dem wir einst begonnen hatten. Den Namen, an den er sich als Beweis für sein Geburtsrecht zu klammern schien. „Aber jetzt denke ich, du solltest in der Leere sein. Deiner Familie für immer entzogen."

Panik durchfuhr mich, als er mich von sich stieß und ich auf das Portal zustürzte, doch bevor ich mich retten konnte, blockierte Kassiel mich mit seinem Körper. Er half mir aufzustehen und sagte: „Hol ihn dir, Mama."

Dann flog er in Richtung der Käfige, wo Damien und Belial bereits dabei waren, unsere Familie zu befreien. Aurora weinte in ihrem Käfig, und als ich mich zu ihr umdrehte, winkte sie mir mit ihren Armen zu, ihre angstvollen Augen starrten mich über die Entfernung zwischen uns an. Sie brauchte mich, und es brach mir das Herz, sie so leiden zu sehen, aber wenigstens waren ihre Brüder da. Sie würden sie beschützen, daran hatte ich keinen Zweifel. Mein Herz barst vor einer Mischung aus Wut, Trauer, Stolz und Liebe und machte mich noch entschlossener, Adam endlich aus unserem Leben zu verbannen.

Ich ließ meine Empfindungen in meine Magie einfließen und ließ dornige Ranken um Adam herum aus dem Boden wachsen, im Vertrauen darauf, dass meine Soldaten die Armee des Todes von mir fernhalten würden, während ich mich auf den Kampf konzentrierte. Meine Pflanzen wickelten sich um Adams Beine, um ihn an Ort und Stelle zu halten, und um seine Hände, um seinen Bogen zu fixieren, dann um den Rest seines Körpers, bis ich ihn unter dem sich windenden Grün kaum noch sehen konnte. Aber ich hatte nicht die Absicht, ihn zu ersticken. Oh, nein. Für jeden schmerzhaften Tod, den er mir beschert hatte, hatte er so viel mehr verdient als den bloßen Entzug der Luft. Ich drückte meine Ranken so fest zusammen, dass einige Knochen brachen und die Dornen sich tief in sein Fleisch gruben, sodass er vor Schmerz aufschrie.

Aber die Pest war zu stark und versuchte bereits, sich von meinen Ranken zu befreien, sie von ihrem Körper zu reißen und sie mit ihrer Krankheit verwelken und sterben zu lassen. In diesem Moment rief ich meine Hungerkraft herbei, um Adam Energie und Stärke zu nehmen und sie aus seinem Körper in meinen zu ziehen. Ich wurde stärker, während er schwächer wurde. Er versuchte, mich mit allem, was er hatte, zu bekämpfen, aber ich war zu viel für ihn. Ich zog und zog, mein Hunger verlangte immer mehr von der Essenz der Pest, bis ich den Altgott ganz aus Adam herausgerissen hatte.

Adam taumelte, seine Knie schlugen auf dem Boden auf, sein Körper war geschwächt und zerschlagen von der langen Zeit, in der er die Pest beherbergt hatte. Der Altgott schwebte über mir, eine gelbe gespenstische Essenz, eine verdorbene Wolke aus fauliger Krankheit. Er strich mit seinen verseuchten Fingern über das Schlachtfeld und suchte nach seinem nächsten Wirt, aber das würde ich nicht zulassen. Ich wickelte eine wirbelnde Luftmasse aus Licht und Dunkelheit um ihn und zwang ihn in das Portal. Der Pestgott schrie, ein schriller, entsetzlicher Laut, der jedem auf dem Schlachtfeld ein mulmiges Gefühl vermittelte, als das Portal zur Leere ihn in sich aufsaugte, als ob es ebenfalls danach verlangte, ihn wegzusperren.

Die Pest war verschwunden und hatte nur Adam zurückgelassen. Ich war seine Richterin, Geschworene und Henkerin, und ich hatte ihn angeklagt und für schuldig befunden. Heute war ich sein Todesengel.

Meine ganze Welt verengte sich auf mich und Adam. Ich trat näher an ihn heran und befreite seinen Körper von den verbliebenen Ranken, die noch immer an ihm hingen und Schürfwunden und Schnitte hinterließen, wo ihre Dornen sich eingegraben hatten. Sein Körper war mit den Furunkeln der Pest bedeckt, sein Haar war fast verschwunden, seine Haut hatte immer noch eine kränkliche Farbe, obwohl seine Gefallenen-Kräfte ihr Bestes taten, um ihn zu heilen. Eine Sekunde lang sah ich Gadreel, den ich für meinen Freund gehalten hatte, der mich aber um zahlreiche Leben betrogen hatte. Eine bittere Erinnerung an all das, was Adam getan hatte.

Er hatte es verdient, für seine Sünden zu leiden.

„Eva ... meine Eva." Seine Stimme war schwach, flehend, und sie schürte den Hass in mir. „Ich wusste, du würdest zu mir zurückkommen. Heile mich und wir können endlich zusammen sein."

„Nein." Er hatte keine weiteren Worte verdient, und nichts, was ich sagte, würde jemals zu ihm durchdringen. Er war ein besitzergreifender, gewalttätiger Ehemann gewesen, als ich noch Eva war. Und nachdem ich ihn verlassen hatte, war er nur noch schlimmer geworden. Er war nie in der Lage gewesen, mich loszulassen, und seine Besessenheit zog sich durch mehrere Leben – dank des Fluchs des Todes – über Tausende von Jahren hin. In meinem Herzen empfand ich nichts als Abscheu angesichts all dessen, was er mir gestohlen hatte. Seinetwegen war ich buchstäblich jemand ganz anderes. Jemand anderes, der immer wieder alles verlor, was ihm lieb und teuer war, und dann immer wieder danach suchen musste, weil er wusste, dass er es nur wieder verlieren würde.

Ich hatte nicht vor, jemals wieder etwas zu verlieren, das ich liebte.

Sein Gesicht veränderte sich, als er merkte, dass ich ihm nicht helfen würde. „Hure", schrie er, gefolgt von einem Dutzend anderer Obszönitäten und „Ich bringe dich um!"

„Nein, Adam. Es ist Zeit für deinen endgültigen Tod."

Ich rammte ihm mein Lichtschwert in die Brust und schlitzte ihn mit einem harten Hieb meiner Klinge auf. Er riss die Augen auf und spuckte Blut zwischen den Lippen hervor, während er versuchte, sich zu wehren, aber er war nicht stark genug, um etwas zu tun, um mich aufzuhalten. Ich spürte das Flackern seiner Lebenskraft, und es wäre so einfach gewesen, ihm das Leben zu nehmen und sein Leiden zu beenden, um meinen ewigen Hunger zu stillen ... Aber ich tat es nicht.

Stattdessen schlug ich ihn mit all meiner Wut und meinem Leid, mit all der Liebe, die ich für meine Familie empfand, und dem Kummer darüber, dass er mich ihnen immer wieder weggenommen hatte. Licht und Schatten, Luft und Ranken, Wahrheit und Hunger – alle meine Kräfte vermischten sich, um ihn zu zerreißen, Atom für Atom. Sein Gesicht wurde zu einer Maske des Schmerzes, als er sich auflöste, seine Schreie hallten über das Schlachtfeld, und dann war er nicht mehr da. Meine Macht verschlang ihn und löschte ihn völlig aus.

Adam war weg, und nur ich war übrig.

Unser ewiger Kampf war endlich vorbei.

LUZIFER

Obwohl ich zum Krieg geworden war, gelang es meinem Vater immer noch, mich zu überwältigen. Wir rangen miteinander als wäre ich ein Kind, das versucht, einen Mann von der Stelle zu bewegen, während ich versuchte, ihn zum Portal der Leere zu drängen. Ich fing an zu glauben, dass der Tod unbesiegbar war. Niemand hatte den endgültigen Kampf gegen ihn gewonnen, obwohl viele es versucht hatten. Wie hatte ich nur glauben können, dass ich die einzige Ausnahme sein könnte?

Ich erblickte Aurora hinter ihm, die jetzt in Belials Armen lag, aber immer noch ihre Hände nach uns ausstreckte, ihre Schreie nach ihren Eltern gingen fast im Schlachtgetöse unter. Ich konnte nicht zulassen, dass mein Vater mir meine Tochter wegnahm und sie aufzog. Es war nicht gut, den Tod als Vaterfigur zu haben. Wenn jemand das wusste, dann war ich es.

„Oh, Luzifer", sagte der Tod. „Du hättest alle Welten regieren können. Ich habe so viel von dir erwartet, mein Sohn. Stattdessen musstest du dich in diese sterbliche Frau verlieben. Sie hat dich schwach gemacht."

Warum versuchten immer alle, mich davon zu überzeugen,

dass die Liebe zu Hannah mich schwächte? „Nein. Sie zu lieben hat mich nur stärker gemacht."

„Du irrst dich." Der Tod schüttelte den Kopf über mich und deutete dann auf Aurora und Belial. Sofort umzingelten Untote die beiden und versuchten, meine Tochter aus den Armen ihres Bruders zu reißen, aber Damien trieb sie alle mit einem Luftstoß zurück. Zel, Lilith und Cerberus, die nun von Kassiel befreit worden waren, stürzten sich ebenfalls in den Angriff und schlugen die skelettartigen Angreifer mit Leichtigkeit nieder.

„Siehst du", sagte ich und drehte mich wieder zu meinem Vater um. „Die Liebe siegt."

Ich war jedoch so sehr von dem Angriff auf meine Familie abgelenkt, dass ich nicht bemerkte, wie der Tod auf mich zustürmte, und es gelang ihm, mir den Schlüssel der Leere aus der Hand zu reißen. Dann kam ein Gebrüll aus seiner Kehle, als er ihn in seiner Handfläche festhielt. Lichtstrahlen in allen Farben schossen aus ihm heraus, bevor er seine Faust schloss und ihn in eine Million Stücke zerschmetterte. Das Portal zur Leere schloss sich sofort hinter ihm.

Verflucht.

„Unachtsam, Luzifer", tadelte der Tod. Er schlang seine freie Hand um meinen Hals und drückte mich von hinten gegen ihn. „Schwach. Machtlos. Nutzlos. Was für eine Enttäuschung du bist. Bist du überhaupt mein Sohn? Oder hat mich dieser Engel angelogen?"

„Ich schätze, ich bin ein Mutterkind", knurrte ich, während ich ihn am Arm packte und über mich hinwegschleuderte. Sein Rücken schlug hart auf dem Boden auf, aber dann schlängelte er sich davon, zu schnell, als dass ein sterbliches Auge es hätte sehen können. Aber er entkam nicht. Ich wusste nicht, wie ich ihn aufhalten sollte, aber es musste hier ein Ende haben. Vielleicht konnten wir ihn in seine Gruft zurückbringen, die irgendwo hinter ihm sein musste. Es gab eine Lösung, ich musste sie nur finden.

Ich schoss leuchtend blaues und rotes Höllenfeuer auf ihn, aber es gelang ihm immer wieder zu entkommen. Ich feuerte weiter und drängte ihn immer weiter zurück, in Richtung des Schlachtfelds hinter ihm. Dann gab ich alle meine Kriegskräfte frei, packte jeden einzelnen seiner untoten Soldaten und brachte sie gegeneinander auf. Und gegen ihn.

Sie umringten seinen Körper, eine sich windende Masse aus Knochen und totem Fleisch, und ich empfand bei diesem Anblick eine tiefe Befriedigung. Doch dann brach ein ohrenbetäubendes Brüllen aus dem Tod hervor, und er verwandelte sich und wuchs zu einem riesigen schwarzen Wolf mit glühenden violetten Augen und Krallen, die den Boden um ihn herum schwarz färbten. Fenrirs Wolfsgestalt, jetzt mit einer apokalyptischen Wendung. Scheiße, vielleicht war dies tatsächlich Ragnarök.

Der Wolfs-Tod stürzte sich auf mich, und nur ein schneller Flügelschlag brachte mich rechtzeitig in Sicherheit, obwohl er es schaffte, mir eine Klaue in die Seite zu rammen. Seine bloße Berührung raubte mir die Lebenskraft, und ein tödliches Frösteln breitete sich in meinem Körper aus. Ich schnappte nach Luft und versuchte, mich nicht vom Tod übermannen zu lassen. Ich war zu stark, um so leicht besiegt zu werden – aber wie lange konnte ich diesem apokalyptischen Todeswolf widerstehen?

Finger schlossen sich um meine, und ich blickte in Hannahs Gesicht, das mit Blut verschmiert war. Ihr Haar war mit einer frischen Schicht feiner grauer Asche bedeckt. Sie hatte es geschafft, die Pest und Adam zu besiegen, und nun war sie wieder an meiner Seite, bereit, sich unserem anderen ewigen Feind zu stellen.

„Bringen wir es zu Ende." Sie sandte ein wenig lebensspendende Energie in mich, die es mir ermöglichte, den letzten Rest der Berührung durch den Tod abzuwehren. „Ich kann den Tod aus Fenrir herausreißen. Ich weiß nur nicht, was wir danach mit ihm machen sollen."

„Ich bringe ihn zurück in die Grabkammer." Zeit für Plan B. Oder Q. Oder was auch immer wir zu diesem Zeitpunkt vorhatten.

Hannah streckte ihre Hände aus, ihr Körper leuchtete grün, als sie an der Essenz des Todes saugte. Er stieß ein markerschütterndes Heulen aus, das über das Schlachtfeld hallte und alle dazu brachte, sich die Ohren zuzuhalten. Dann stürzte er sich mit seinem Wolfskörper von der Größe eines Kipplasters auf sie. Ich beschoss ihn mit so starkem Höllenfeuer, dass es ihn zurückwarf und sein Fell in Brand setzte, aber er stand auf, schüttelte es ab und schnappte mit seinen gewaltigen Reißzähnen nach mir. Dann versuchte eine riesige Tatze, mich mit ihren Klauen zu zerreißen, aber ich flog um ihn herum und feuerte weiter auf ihn, um ihn abzulenken, während Hannah seine Lebenskraft aussaugte. Er wurde schwächer und schwächer, das Purpur in seinen Augen verblasste, seine Bewegungen wurden langsamer. „Ich habe ihn fast", stieß Hannah hervor.

Purpurne Essenz sickerte langsam und unwillig aus Fenrirs Mund, Nase und Ohren. Ich eilte zum Sockel der Sphinx und suchte nach der Grabkammer des Todes – aber sie war nicht da.

Der Tod gab plötzlich Fenrirs Körper frei, sprang aus ihm heraus und formte etwas, das wie ein gespenstischer Sensenmann aussah, als er über uns schwebte. Fenrir schüttelte seinen Wolfskörper, aber dann begannen die beiden wieder zu verschmelzen – der Tod versuchte, zu seinem Wirt zurückzukehren. Ich schoss meine ganze Kraft in den Tod und hielt ihn mit allem, was ich hatte, zurück, aber ich wusste, dass es nicht lange halten würde. Wir mussten Fenrir töten, um die Verbindung zu lösen.

Ich suchte schnell nach meinen Söhnen, während ich mich

bemühte, den Tod zurückzuhalten. Belial stand mir am nächsten, und zufälligerweise war er derjenige, dem ich diese Aufgabe am meisten zutraute. Ich sah ihm in die Augen und deutete auf Fenrir, und er nickte, da er verstand.

Belial übergab Aurora an Damien, zog mit einer schnellen Bewegung Morningstar aus der Scheide und rammte mein altes Schwert in Fenrirs Kehle. Er handelte schnell und stieß schnell und sicher mit Morningstar zu, ohne Zögern oder Unsicherheit. Fenrir konnte sich nicht einmal wehren, nicht als die lichtdurchflutete Klinge ihn niederstreckte und er hart auf dem Boden aufschlug. Als er starb, kehrte sein Körper in seinen menschlichen Zustand zurück und sah klein und zerbrechlich auf dem aschebedeckten Boden aus.

Fenrir war tot, aber der Tod war noch da. Ein Altgott, der kein Grab hatte, in das er sich hätte einschließen lassen, und kein Portal der Leere, durch das er hätte gehen können. Aber er brauchte einen Körper.

Der Tod riss sich aus meiner Umklammerung, und seine Essenz begann, zu der Person zu schweben, die er bereits als seinen neuen Wirt auserkoren hatte. Im Tod gab es kein Zaudern – und ich kannte seine Wahl, noch bevor er dort ankam.

Aurora.

„Nein!" Ich begann, auf meine Kinder zuzurennen. „Nicht sie!"

Damien versuchte, Aurora in seinen Armen wegzutragen, aber die Skelettarmee des Todes umzingelte sie von allen Seiten, mit Theo an der Spitze. Kassiel begann, sie abzuwehren, und Olivia und ihre anderen Gefährten schlossen sich ihm an, aber der Tod war zu schnell und zu mächtig.

Belial flog vor dem Wesen des Todes und schirmte seine Geschwister mit seinen Flügeln ab, wobei er sein wunderschönes, schillerndes Gefieder weit ausbreitete. Er stieß Morningstar in die Luft, mitten in die Essenz des Todes, und der Nebel wirbelte um die Klinge, fast wie eine Liebkosung, spiralförmig zu Belials Hand und Arm, als würde er ihn kosten.

„Nimm mich", sagte Belial. „Nicht das Mädchen. Sie ist nur ein Kind und noch schwach. In ihrem Körper wärst du zu leicht zu besiegen. Aber ich bin auch dein Enkel, und ich bin fast so alt wie du. Mit unserer gemeinsamen Kraft werden wir unaufhaltsam sein."

„Belial!", schrie Hannah. „Tu das nicht!"

Ich ergriff ihre Hand und hielt sie zurück. „Nein. Er kann es schaffen. Ich habe Vertrauen in ihn."

Sie sah mich an, als wäre ich verrückt, aber es gab hier nur eine Person, die stark genug war, um den Tod aufzuhalten. Hannah und ich konnten es nicht tun – wir waren bereits Altgötter. Es musste Belial sein.

„Aber was ist, wenn wir ihn verlieren?", flüsterte sie.

Ich drückte ihre Hand. „Das werden wir nicht."

„Warum willst du diese Macht?", fragte der Tod Belial.

Unser ältester Sohn richtete sich auf, seine Augen glühten vor Zorn. „Um meinen Vater ein für alle Mal zu besiegen und meinen rechtmäßigen Platz als Dämonenkönig einzunehmen."

Seine Worte waren wie ein Schlag gegen meine Brust. Meinte mein Sohn das nach allem, was wir durchgemacht hatten, wirklich ernst? Hatte er das alles nur getan, um die Chance zu haben, die Macht eines Altgottes an sich zu reißen? Hatte ich mich wirklich so sehr in ihm getäuscht?

Der Tod höhnte. „Du gefällst mir, Enkel. Vielleicht hat mein Stammbaum nur eine Generation übersprungen. Ja, du wirst ein guter Wirt sein, zumindest, bis das Mädchen älter ist. Aber ich verlange ein Opfer."

Belial schloss kurz die Augen, dann sah er seine Mutter an, sein Blick verweilte auf ihr, während sein Gesicht stoisch blieb. Dann richtete er seinen Blick auf mich, und ich sah die Wahrheit darin, als hätte ich einen Hauch von Hannahs Macht gehabt.

Belial wollte die Macht des Todes nicht. Er tat das nur, um seine Schwester zu retten. Er tat es für *uns*.

Als nächstes sah er Aurora an, die immer noch in Damiens Armen lag, und sein Kiefer krampfte sich zusammen. „Alles“, sagte er zum Tod.

„Ich verlange das Opfer deiner Seele“, krächzte der Tod.

„Belial, nein!“, schrie Hannah und stürmte nach vorne, um zu versuchen, dies irgendwie zu verhindern, aber ich schlang meine Arme um sie und wünschte, es gäbe einen anderen Weg, den Tod zu besiegen und meinen Sohn zu retten. Wenn Hannah und ich die Altgötter in uns besiegen konnten, musste ich glauben, dass Belial dasselbe tun konnte. Irgendwie.

Belial warf einen letzten Blick auf uns, als wolle er sich verabschieden, bevor er seinem Großvater zunickte. „Abgemacht.“

Danach konnte ich nur noch voller Entsetzen zusehen, wie mein Sohn zum Tod wurde, dem Zerstörer der Welten.

HANNAH

Als der letzte Rest der purpurfarbenen Essenz in meinem Sohn verschwand, hallte mein gequälter Schrei laut und schrill über die Landschaft, und dann hallte er zurück, als ob die ganze Hölle meinen Schmerz teilte. Hinter uns tobte immer noch die Schlacht, aber das spielte keine Rolle. Alles, was für mich zählte, war, dass ich im Begriff war, meinen Sohn an den Tod zu verlieren.

Ich ergriff Luzifers Hand und zog ihn mit mir, während ich zu Belial hinüberlief und sich meine Flügel auf meinem Rücken ausbreiteten, als meine Beine sich nicht schnell genug bewegten. Verdammt noch mal. Ein Altgott konnte nicht noch einen meiner Männer haben. Der Tod würde mir meinen Sohn nicht wegnehmen.

„Belial!" Sein Name entfuhr meiner Kehle. „Belial, du musst kämpfen!"

Belial kniete im Dreck und zitterte unter den Folgen seiner Verwandlung in den Tod, doch dann riss er den Kopf hoch und seine glühenden Augen begegneten meinen. Ein schreckliches Krächzen entrang sich seinem Mund, während purpurfarbene

Energie seinen Körper hinauf- und hinunterschlängelte und seine Adern und Knochen auf erschreckende Weise von innen heraus zum Glühen brachte.

Theo landete vor mir und versuchte, mich daran zu hindern, zu meinem Sohn zu gelangen, aber Luzifer packte den Gargoyle an der Kehle. Er streckte eine Ranke der Finsternis aus und hob Morningstar auf, das heruntergefallen war, als Belial zum Tod geworden war. Er ergriff das glühende Schwert und trennte Theo ohne zu zögern den Kopf ab. Danach warf Luzifer den Körper des Gargoyle beiseite, als sei er eine Puppe, reichte Morningstar an Kassiel weiter und wischte sich die Hände ab.

Ich konnte mich nicht einmal über den Tod des Verräters freuen, denn alles, was ich sehen konnte, war Belial, der seine purpurfarbenen Flügel ausbreitete, während er über das Schlachtfeld auf seine untote Armee blickte. Als Belial noch ein Kind gewesen war, hatte er schreckliche Albträume gehabt, und ich hatte ihm den Kopf gestreichelt und ihm gesagt, dass alles in Ordnung sei, bis er wieder eingeschlafen war – aber dieses Monster konnte ich nicht einfach so vertreiben. Hätte mein schierer Wille gereicht, wäre er sofort zu mir zurückgekehrt.

„Kämpfe, Belial!" rief ich. „Erinnere dich daran, wer du wirklich bist!"

„Wer ich bin?" Er stieß ein weiteres grauenhaftes Krächzen aus. „Ich bin der Tod. Belial gibt es nicht mehr. Er war schwach, und jetzt ist er fort."

Luzifer ballte die Fäuste. „Nein, das ist er nicht. Du bist Belial. Unser erstes Kind. Unser stärkster Sohn. Ich weiß, dass du das bekämpfen kannst. Lass ihn nicht gewinnen."

Belial stürzte sich plötzlich auf Luzifer und schlang seine Hände um den Hals meines Gefährten. Luzifers Augen weiteten sich, als der Tod das Leben aus ihm heraussaugte und ihn erblassen ließ. „Ich bin der Tod, und du wirst sterben!"

Anstatt sich zu wehren, schlang Luzifer seine Arme um

seinen Sohn und umarmte ihn. „Wenn du mich töten musst, dann soll es so sein. Wenn ich mein Leben geben könnte, um dich zu retten, würde ich es tun. Ich würde gerne alles für dich opfern."

Der Tod brüllte, gab Luzifer frei und zog sich von uns zurück. Er schüttelte den Kopf, als sei er verwirrt, und ich wusste, dass es Belial war, der versuchte, ihn abzuwehren. Alles, was er brauchte, war ein wenig Hilfe von seiner Familie.

Ich gab meinen anderen Söhnen ein Zeichen, näher zu kommen, während ich mich auf den Tod zubewegte. Genau wie beim Krieg musste ich darauf vertrauen, dass Belial mich nicht verletzen würde. Mit Luzifer an meiner Seite, stellte sich Kassiel links und Damien rechts von mir auf. Aurora löste sich von Damien und flog zu mir, ich nahm sie in die Arme und küsste sie auf den Mund, so erleichtert war ich, sie wieder zu haben. Meine ganze Familie war wieder vereint – und jetzt mussten wir einen von uns retten.

„Belial, wir lieben dich", sagte ich zu ihm, als er uns anstarrte. „Konzentriere dich darauf. Konzentriere dich auf deine Familie."

„Lass dir dein Handeln nicht von vergangenen Kränkungen diktieren, Bruder", sagte Damien.

„Bitte komm zurück", fügte Kassiel hinzu. „Wir warten hier alle auf dich."

„Liebe ist eine Lüge", sagte Belial. „Liebe macht dich schwach. Liebe ist nichts."

„Das ist der Tod, der da spricht", sagte Luzifer. „Nicht du."

„Was weißt du schon von Liebe?", fragte Belial und starrte seinen Vater an. „Du hast mich als Kind vernachlässigt. Du hast mich aus der Hölle verstoßen. Du hast jahrhundertelang so getan, als gäbe es mich nicht. Und jetzt sprichst du zu mir von Liebe? Wo war damals deine verdammte Liebe?"

„Es tut mir leid." Luzifers Stimme stockte ein wenig. „Ich habe viele Fehler gemacht. Ich habe mich von meinem Stolz davon abhalten lassen, das Richtige zu tun. Aber ich habe dich immer geliebt, und ich war immer stolz auf dich, auch wenn ich es nicht zeigen konnte. Ich verspreche, dass ich mich in Zukunft bessern werde."

Belial hob daraufhin die Arme, und seine untote Armee stürmte auf uns zu, überrollte unsere anderen Soldaten, um zu uns zu gelangen. Er war dabei, diesen Kampf gegen den Tod zu verlieren, und wir mussten etwas tun. Etwas mehr. Zuerst dachte ich, dass ich ihm vielleicht die Kraft entziehen könnte, wie ich es mit Adam und Fenrir getan hatte, aber dann hätten wir den Tod ohne Wirt und ohne Möglichkeit, ihn irgendwo unterzubringen. Wir mussten stattdessen Belial dazu bringen, den Tod zu besiegen.

Ich dachte an die Zeit zurück, als Luzifer und ich unsere Altgötter besiegt hatten, und wie wir unsere gegensätzlichen Naturen aufgerufen hatten, um zurückzuschlagen. Beim Hunger hatte ich Wachstum eingesetzt. Gegen den Krieg hatte Luzifer den Frieden eingesetzt. Was bedeutete, dass Belial gegen den Tod das Leben einsetzen musste. Aber wie? Er besaß diese Gabe nicht.

Nein, aber ich hatte sie. Luzifer warf einen Blick auf die herannahende Horde der Untoten, aber unsere Soldaten hielten sie auf, zumindest für den Moment. Demeter und ihre Feenkrieger setzten ihre Luftmagie und eleganten Schwerter ein, um sie in Schach zu halten. Gabriel und die anderen Engel verschossen Licht und flogen auf leuchtenden Flügeln über das Schlachtfeld. Baal, Lilith und Samael führten die Dämonen und Gefallenen an, und unter ihnen sah ich Zel, wie sie Gestaltwandler und Gargoyles aufschlitzten, und Cerberus, der Skelette Glied für Glied zerfetzte. Sie alle verschafften uns Zeit, Zeit genug, um unseren Sohn zu retten.

Ich stützte Aurora auf meiner Hüfte ab und griff dann nach den Händen der anderen. Sie begriffen den Plan, und meine Familie schloss sich an den Händen zusammen, als wir den Tod umkreisten. Er starrte uns mit violetten Augen an, aber Belial hielt ihn davon ab, uns anzugreifen, wie ich es erwartet hatte.

„Was tut ihr da?", fragte der Tod mit einem kalten Lachen. „Ihr könnt mich nicht aufhalten."

Ich gab meine Hungerkräfte frei, aber anstatt Energie zu nehmen, gab ich sie. Ich kanalisierte das Leben meiner Familie und ließ es in den Tod fließen, was ihn zum Schreien brachte. Luzifer gab auch die Kräfte des Krieges frei, aber er kehrte sie um und sandte Gefühle der Liebe und des Friedens in unseren Sohn, statt Wut und Hass.

„Der Tod wird mir meinen Sohn nicht wegnehmen", rief ich, als ich spürte, wie der Tod sich wehrte und versuchte, meine lebensspendende Kraft zu unterdrücken. „Ich bin eine Göttin des Lebens, und auch meine Kinder tragen diese Gabe in sich. Du hast mich dazu verflucht, immer wieder zu sterben, aber meine Wiedergeburt hat mich nur stärker gemacht. Jetzt gebe ich diese Macht an Belial weiter."

Es funktionierte. Die Macht des Todes über Belial wurde schwächer. Ich sah die Augen meines Sohnes wieder durchschimmern. Aber ich war mir nicht sicher, ob es ausreichen würde, selbst wenn wir alle Leben und Liebe in ihn hineinschickten. Der Tod war einfach zu verdammt stark, wie ein schwarzes Loch, das alles in sich aufsaugte.

Dann flog Aurora plötzlich aus meiner Umklammerung auf Belial zu, und ich stieß einen kleinen Schrei aus, während ich nach ihr greifen wollte. Doch es war zu spät, und sie landete in seinen Armen und klammerte sich an ihm fest. Belial senkte seinen Kopf zu ihr, seine Bewegungen waren fast roboterhaft, als er seine kleine Schwester in seinen Händen hielt. Ich hielt den Atem an, während ich darauf wartete, was als Nächstes passieren würde. Ich hatte schreckliche Angst, aber ich hatte auch

Vertrauen. Ich glaubte, dass Belial seiner Schwester nicht wehtun würde. Ich glaubte, dass die Liebe siegen würde.

„Ja, du wirst eines Tages eine ausgezeichnete Wirtin sein", sagte der Tod, und meine Hoffnung schwankte.

Aber dann streckte Aurora ihre Hand aus, um Belials Gesicht zu berühren, und sie sahen sich in die Augen, und etwas ging zwischen ihnen vor. Macht. Leben. Liebe.

„Be be be", sagte Aurora, ihre Stimme war selbst inmitten des Schlachtfeldes deutlich zu hören. Versuchte sie, seinen Namen auszusprechen? Er blinzelte sie an, als ob er sich das Gleiche fragte. Sie sah ihn mit purer kleinkindlicher Verehrung an, ihre Augen leuchteten vor Liebe für den mürrischen großen Bruder, und das reichte aus, um ihn aus der Fassung zu bringen.

Belial warf mit einem Brüllen den Kopf zurück, und in ihm tobte ein innerer Krieg, zu dem wir nichts mehr beisteuern konnten. Es schien eine Ewigkeit zu dauern, doch schließlich gewann Belial die Oberhand, und das purpurne Glühen um ihn herum verschwand wieder in seinem Körper. Er taumelte, und ich stürzte vor, um ihm Aurora abzunehmen, während Luzifer ihn in die Arme nahm.

Belial hustete. „Er ist … Er ist fort."

„Ja, mein Vater ist fort", sagte Luzifer. „Aber der Tod bleibt. Du bist jetzt ein Altgott."

„Wie fühlst du dich?", fragte Kassiel.

„Großartig", sagte Belial sarkastisch, als er sich von Luzifer löste und aus eigener Kraft stand.

„Wie ist das möglich?", fragte Damien.

Ich zuckte leicht mit den Schultern und lächelte meine Söhne an. „Die Liebe ist stärker als der Tod."

Luzifer nickte. „Ja, die Liebe bleibt bestehen, auch wenn jemand nicht mehr da ist. Sie ist der Grund, warum wir um jemanden trauern oder bei der Erinnerung an ihn lächeln. Sie war das Einzige, was der Tod mehr als alles andere hasste, und der Grund, warum er mich und Hannah vor all den Jahren verflucht hat. Die Liebe ist das Einzige, das er nie vernichten konnte."

„Das ist ja schön und gut, aber würdest du bitte deine untote Horde aufhalten, bevor sie meine Großmutter tötet?", fragte Damien und wandte seinen Kopf in Richtung der Schlacht hinter uns.

„Ach ja, richtig." Belial hob seine Hände zu einem stummen Befehl, und die Untoten sackten alle in sich zusammen, ihre Knochen fielen zu Boden oder wurden wieder zu Staub.

Als sie verschwunden waren, war der Kampf vorbei. Die verbliebenen Gestaltwandler, Kobolde und anderen Verräter ergaben sich, und wir alle konnten endlich ein wenig aufatmen.

Ich zog Aurora in meine Arme und drückte sie fest an meine Brust, wobei ich Küsse in ihre blonden Haarsträhnen drückte. „Braves Mädchen", flüsterte ich. „Hast du gesehen, was du getan hast? Du hast deinen Bruder gerettet." Ich drückte sie wieder an mich und ihre Finger strichen über meine Wange. Ich drehte meinen Kopf, um ihre kleinen Hände zu küssen, als Luzifer uns beide an sich zog und uns mit seinen Arme und seinen Flügeln umfasste.

Er seufzte und beugte sich nach vorne. „Ihr seid beide unglaublich."

Aurora kicherte und griff nach seinen Federn. Er ließ sie ein paar Augenblicke lang an sich heran, bevor er sie von mir nahm und seine Flügel einklappte. Ich ging als Nächstes zu Belial.

„Ist alles in Ordnung mit dir?", fragte ich, schlang meine Arme um ihn und drückte ihn lange und fest an mich. Ich hatte ihn heute fast verloren.

„Mir geht es gut", sagte er und löste sich langsam aus meiner Umklammerung. „Dank dir."

Obwohl er das sagte, wusste ich als seine Mutter, dass es eine Lüge war. Irgendetwas an ihm war anders. Kälter. Leerer.

Aber natürlich war er anders. Er war jetzt ein Gott.

Luzifer ging als nächster hinüber und klopfte Belial auf die Schulter, während er Aurora immer noch festhielt. „Ich wusste, dass du es schaffst."

„Hast du das?", fragte Belial, aufrichtig überrascht.

Er nickte. „Ich hatte nie einen Zweifel daran, dass du den Weg zurück zu uns finden würdest."

„Be be be", sagte Aurora, und Belial schenkte ihr etwas, das fast einem Lächeln glich, als er ihr die Hand hinhielt.

„Aber du hast deine Seele geopfert", sagte Kassiel. „Was bedeutet das?"

Damien tippte sich an die Lippen. „Vater hat seine Erinnerungen geopfert, aber sie wurden zurückgegeben. Könnte Belials Seele auch wiederhergestellt werden?"

Ich schüttelte den Kopf. „Ich weiß es nicht. Ich hoffe es."

Luzifer legte einen Arm um meine Taille. „Wir sind alle hier. Wieder zusammen. Wenn es einen Weg gibt, Belials Seele zu retten, werden wir ihn finden."

Belial rollte mit den Augen. „Mir geht's gut. Wirklich."

Er schien in Ordnung zu sein, deshalb war es schwer zu sagen, was genau der Verlust seiner Seele mit ihm gemacht hatte. Ich betete, dass es nichts war und dass er sein Leben jetzt mit ein paar neuen Kräften weiterführen konnte. Wie auch immer, ich wusste, dass ich wieder in der Bibliothek nach Antworten suchen würde, sobald wir wieder zu Hause waren. Schließlich war es das, was ich immer tat.

Plötzlich galoppierte ein fahles Pferd zu uns herüber und neigte den Kopf vor Belial, der von dieser Wendung der Ereignisse überrascht aussah. Er war jetzt ein Reiter, wie Luzifer und ich es waren. Aber wir waren jetzt nur noch zu dritt auf der Erde, und vielleicht bedeutete das, dass die Gefahr der Apokalypse gebannt war. Schließlich hieß es in allen Prophezeiungen, dass es vier sein mussten.

Als sich die Hölle um uns herum beruhigte, lehnte ich mich an Luzifer, während wir über das Schlachtfeld auf die Nachwirkungen unseres apokalyptischen Krieges blickten. Ein Krieg, den wir trotz aller Widrigkeiten irgendwie gewonnen hatten. Marcus und einige andere Engel heilten die Verwundeten. Romana und Azazel hatten die verbliebenen feindlichen Soldaten zusammengetrieben und unterworfen, während Cerberus knurrte und die Gefangenen in Schach hielt. Ich entdeckte Demeter unter den Feen, wie sie ihre gepanzerte Krone zurechtrückte. Alle, die ich liebte, waren gekommen, um diese Schlacht mit uns zu führen, und wir hatten gesiegt.

Eine ungeheure Welle der Erleichterung durchströmte mich, als ich mich Luzifer zuwandte, der Aurora immer noch im Arm hielt. Ich schlang meine Arme um die beiden und drückte sie fest an mich. Wir waren frei. Frei vom Fluch des Todes. Frei von Adams Bedrohung. Frei, ein normales Leben zu führen. Nun ja, so normal wie das Leben eben sein kann, wenn es aus Engeln, Dämonen, Feen, fliegenden Babys und dreiköpfigen Höllenhunden besteht. Ganz zu schweigen von ein paar Reitern der Apokalypse.

„Wir haben es geschafft", sagte Luzifer, bevor er mir einen Kuss auf die Lippen drückte. „Wir haben gewonnen."

Ich nickte und Tränen des Glücks füllten meine Augen. „Lass uns nach Hause gehen und feiern."

LUZIFER

Hannah und ich betraten den Konferenzraum im Celestial, von dem wir beschlossen hatten, dass es weiterhin die Schaltzentrale für unser Imperium sein würde, auch wenn wir jetzt in Südkalifornien wohnten. Las Vegas war der Hauptknotenpunkt für Dämonen auf der Erde, und das würde sich nicht ändern. Schließlich konnten wir mit dem Internet und einem Privatjet von überall aus regieren. Verdammt, ich liebte dieses Jahrhundert.

Meine Königin und ich nahmen unsere Plätze am Kopfende des Tisches ein, und ich ließ meinen Blick langsam auf jeden der Anwesenden vor mir fallen. Es war drei Wochen her, dass wir den Tod und die Pest aufgehalten hatten, und ich hatte eine Versammlung der neuen und alten Erzdämonen einberufen. Ich musste einige Änderungen vornehmen, um die Zukunft unseres Volkes vorzubereiten und es in eine neue Ära zu führen.

Zu meiner Linken saß Lilith, die sich von ihrer Entführung vollständig erholt hatte und so schön wie eh und je aussah. Zu meiner Rechten saß Baal, der einen Anzug trug, der aussah, als stamme er aus dem viktorianischen Zeitalter. Neben ihm saß

Romana, gegenüber von Samael, beide mit stoischem Blick. Neben Hannah saß Valefar, der zum ersten Mal die Drachen vertrat, und Bastet, die Anführerin der Katzenwandler und die neueste Erzdämonin in unseren Reihen. Sie hatte mir nach Fenrirs Tod schnell ihre Loyalität gelobt und geschworen, dass ihr Volk die Korruption ausrotten und die anderen Clans der Gestaltwandler unter Kontrolle bringen würde. Da an dem Aufstand hauptsächlich Wölfe und Bären beteiligt waren, war ich bereit, ihr eine Chance zu geben. Außerdem hatte sie Fenrir seit Tausenden von Jahren gehasst und war hocherfreut, seinen Platz einzunehmen – und das war genug, um ihre Loyalität zu bewahren. Zumindest für den Moment.

Der letzte Platz am Tisch blieb leer. Es war noch kein Erzdämon für die Kobolde gewählt worden, und nach allem, was ich gehört hatte, herrschte in ihren Reihen Chaos. Eines der vielen Dinge, die heute auf der Tagesordnung standen.

„Danke, dass ihr heute hier seid", sagte ich. „Wir haben viel zu besprechen."

„Ja, es stehen große Veränderungen an", sagte Hannah und nahm mit einem Lächeln Platz.

Die Erzdämonen stutzten und blickten einander an. „Sind die Gerüchte wahr?", fragte Romana. „Trittst du zurück?"

Ein herzhaftes Lachen brach aus mir heraus. „Nein, natürlich nicht. Warum sollte das jemand denken?"

Die Dämonen beruhigten sich bei diesen Worten. Unsterbliche mochten keine Veränderungen. Sie neigten dazu, in ihren Gewohnheiten zu verharren, selbst wenn diese altmodisch waren und es offensichtlich war, dass ein neuer Weg besser für sie wäre. Natürlich waren Veränderungen für das Überleben unseres Volkes notwendig. Ich hatte in den letzten Wochen viel nachgedacht, und mir wurde klar, dass ich in diesem Punkt als Herrscher bisher versagt hatte. Entweder war ich zu zögerlich bei Veränderungen, oder ich hatte sie zu überstürzt in Angriff genommen. Aber jetzt hatte ich Hannah an meiner Seite, die mir half, das richtige Gleichgewicht zu finden.

Ich setzte mich langsam in meinen Chefsessel, als wäre er ein Thron, den Rücken gerade, und ließ meine Hände auf den Armlehnen ruhen. „Der erste Punkt auf der Tagesordnung ist eine Beförderung. Samael, bitte erhebe dich."

„Ja, Mylord?" Widerwillig erhob er sich und überragte den Rest des Tisches.

„Samael, Hannah und ich freuen uns, dir mitzuteilen, dass du nun offiziell ein Erzdämon bist und die Gefallenen repräsentierst."

„I... ich verstehe nicht", sagte er. „Die Gefallenen haben keinen Erzdämon."

„Jetzt haben sie einen", sagte Hannah mit einem strahlenden Lächeln für ihren Freund.

Ich nickte. Bis jetzt hatte ich sowohl als Dämonenkönig als auch als Anführer der Gefallenen fungiert, aber es war an der Zeit, mehr zu delegieren. Außerdem hatte Samael für alles, was er für uns getan hatte, eine Beförderung verdient. „Das hätte ich schon vor Jahrhunderten tun sollen."

„Stimmt", sagte Lilith und schenkte Samael ein verführerisches Lächeln. „Du hattest den Job im Grunde sowieso schon all die Jahre, Sam. Es ist höchste Zeit, dass du dafür Anerkennung bekommst."

„Danke", sagte Samael und verneigte sich, und auch die anderen Erzdämonen gratulierten ihm. „Ich werde alles in meiner Macht Stehende tun, um den Gefallenen als ihr Anführer zu dienen."

„Ich weiß, dass du das tun wirst", sagte ich. „Und ich hoffe, dass damit ein weiteres Problem angesprochen wird – der Glaube einiger, dass Gefallene keine echten Dämonen sind, oder dass ich sie gegenüber anderen Dämonenrassen bevorzuge. Das ist falsch. Wir sind alle Geschöpfe der Nacht und Kinder der

Hölle, und Hannah und ich werden über alle Dämonen gleichermaßen und unparteilich herrschen."

Mammon hatte dies als Grund für seinen Versuch angeführt, mich zu stürzen, und nachdem ich in den letzten Wochen mit einigen der anderen Erzdämonen unter vier Augen gesprochen hatte, war mir klar geworden, dass dies ein größeres Problem war, als ich gedacht hatte. Ich hoffte, dass die Ernennung Samaels zum Erzdämon der Gefallenen ihn als ihren Anführer und Repräsentanten festigen und es mir ermöglichen würde, alle dämonischen Rassen als gleichberechtigte Untertanen zu behandeln. Schließlich war ich nicht wirklich ein Gefallener, jedenfalls nicht mehr, und meine Königin war es auch nicht.

Ich ließ meine Finger auf dem Tisch ruhen, als wir zum nächsten Punkt der Tagesordnung übergingen. „Was die Kobolde angeht, so geben wir ihnen noch eine Woche Zeit, und wenn kein Erzdämon benannt wird, werden wir einen für sie auswählen. Hat jemand eine Person, die er vorschlagen möchte?"

„Das wird nicht nötig sein", sagte eine wohlklingende Stimme von der Tür her. Ein hörbares Aufatmen ging durch den Raum, als unser unerwarteter Gast den Raum betrat. Ich hatte den Mann seit Hunderten von Jahren nicht mehr gesehen, und obwohl er sein Äußeres nach Belieben verändern konnte, erkannte ich sein großspuriges Auftreten sofort – Loki.

Heute trug er gewelltes schwarzes Haar, hohe Wangenknochen und schelmische grüne Augen und sein typisches verschmitztes Lächeln. Er war ein uralter Kobold, der Cousin von Nemesis und auch der Vater von Fenrir, der in seinen Kräften seiner Wolfsmutter nach geriet. War Loki hier, um seine Treue zu schwören – oder um sich zu rächen?

Ich erhob mich und bereitete mich vor, falls er angreifen sollte. „Willkommen, Loki. Es ist schon lange her."

„Wo hast du all die Jahre gesteckt?", fragte Bastet und warf ihr dunkelbraunes Haar herum. Die Art, wie sie es sagte, ließ mich glauben, dass sie einmal ein Paar gewesen waren.

„Ach, du weißt schon. Hier und da." Loki winkte mit einer Hand und lächelte geheimnisvoll. „Ich habe mich herumgetrieben und mein eigenes Ding gemacht, aber es scheint, dass ich jetzt gebraucht werde. Ich bin als neuer Erzdämon der Kobolde hier und bereit, dem guten alten Luzifer und seiner schönen Königin meine Treue zu schwören." Er zwinkerte Hannah zu, als er das sagte, und ich konnte ein Grollen kaum unterdrücken.

Stattdessen zog ich eine Augenbraue zu Hannah hoch und fragte sie stumm, ob er die Wahrheit sagte. Sie betrachtete ihn eingehend, zweifellos, um seine Aura zu lesen, und nickte mir dann zu.

„Oh gut, ich sehe, ich habe deine Zustimmung." Loki verneigte sich ausgiebig vor uns. „Ich bin euer bescheidener Diener, mein König und meine Königin. Ich gelobe euch meine Treue und schwöre, euch als Erzdämon nach besten Kräften zu dienen."

Das gefiel mir nicht, kein bisschen. Loki war der berühmteste Schwindler aller Zeiten, und verdammt gerissen war er auch. Wenn er nach Jahrhunderten aufgetaucht war, musste es einen Grund dafür geben, einen, den wir vielleicht erst in vielen Jahren erfahren würden, und ich glaubte nicht eine Sekunde lang, dass es daran lag, dass die Kobolde ihn brauchten. Aber wie heißt es so schön: Halte deine Freunde nah und deine Feinde noch näher.

Ich schenkte ihm eines meiner eigenen charmanten Lächeln. „Wir freuen uns sehr, dass du bei uns bist. Bitte, nimm Platz."

Alle Augen waren auf Loki gerichtet, als er sich auf dem Stuhl niederließ. „Mit Vergnügen."

Hannah warf ein warmes Lächeln in die Runde und lenkte die Blicke aller auf sich, als sie sprach. „Jetzt, da das Problem mit dem Erzdämon gelöst ist, können wir zum nächsten Punkt auf unserer Tagesordnung übergehen. Der Hölle."

„Was ist mit ihr?", fragte Baal.

Ich lehnte mich in meinem Stuhl zurück. „Wir werden mit dem Wiederaufbau beginnen."

Das erregte die Aufmerksamkeit aller.

„Plant ihr, dass wir dorthin zurückkehren?", fragte Valefar. Das war eine weitere Sache, die sein Vater Mammon gewollt hatte. Nachdem ich mit den anderen Erzdämonen gesprochen hatte, schien es, als ob viele meiner Untertanen das auch wollten – während viele andere absolut nicht den Wunsch hatten, die Erde zu verlassen.

„Irgendwann, ja", sagte Hannah. „Sobald wir einen Teil der Hölle wieder aufgebaut und festgestellt haben, dass sie wieder bewohnbar ist, werden wir jedem Dämon, der dorthin zurückkehren möchte, den Weg öffnen. Wir wissen, dass viele sich auf der Erde niedergelassen haben und nicht mehr weg wollen, aber es gibt auch andere, die sich danach sehnen, in unser altes Reich zurückzukehren."

„Wir würden gerne ein Team mit Vertretern aller sieben Dämonenrassen zusammenstellen, das dieses Projekt leitet", sagte ich. „Bitte wählt fünf eurer Leute aus, die eurer Meinung nach am besten für diese Aufgabe geeignet sind, und erstattet uns bis Ende des Monats Bericht."

Baal nickte mir respektvoll zu. „Das wird einen großen Beitrag zur Wiedervereinigung unseres Volkes leisten."

„Wird es das?", fragte Lilith. „Oder wird es zu einer weiteren Spaltung zwischen Erd- und Höllendämonen führen?"

„Wir werden versuchen, das zu verhindern, indem wir den Dämonen erlauben, ungehindert zwischen den beiden Reichen zu wechseln", sagte Hannah.

Valefar strich sich über das Kinn. „Mein Volk würde das gutheißen. Die Hölle ist für meine Drachen viel sicherer als die Erde, aber da wir so wenige sind, müssen wir auch in diesem

Reich sein, um uns zu vermehren und unsere Rasse wieder zu stärken."

Bastet beugte sich zu mir und fragte: „Aber wirst du über die Dämonen auf der Erde oder über die in der Hölle herrschen?"

„Beides." Ich warf jedem einen Blick zu, der mich herausfordern wollte, und schenkte ihnen dann ein weiteres entwaffnendes Lächeln. „Allerdings werde ich es ohne meine Erzdämonen nicht schaffen. Ich werde euch alle mehr denn je brauchen. Ich sehe eine glänzende Zukunft für unser Volk – aber wir müssen alle zusammenarbeiten, um die Dämonen in die nächste Ära zu führen."

Loki klatschte mir langsam Beifall und grinste dann die anderen an. „Nun, ich weiß nicht, wie es euch geht, aber ich bin begeistert. Ich bin dabei, alter Knabe."

Ich versuchte, nicht mit den Zähnen zu knirschen und behielt stattdessen mein Lächeln im Gesicht. „Ausgezeichnet. Wenn jemand von euch etwas besprechen möchte, kann er das gerne tun."

Bastet begann, von ihren Plänen für den Umgang mit den verschiedenen Gruppen von Gestaltwandlern zu sprechen, und die anderen meldeten sich mit Ideen oder Fragen zu Wort. Während die Besprechung weiterging, fiel mein Blick wieder auf Hannah und ich sah, wie sie den Raum mit Leichtigkeit beherrschte. Sie hatte sich so sehr verändert, dass es schwer zu glauben war, dass sie einmal die unschuldige Frau gewesen war, die an meine Tür gekommen war, um mich um einen Gefallen zu bitten. Meine Eva. Meine Persephone. Meine Hannah.

Ihre Augen begegneten meinen, und sie schenkte mir ein Lächeln, das nur für mich bestimmt war, voller Liebe und Respekt. Sie war mir ebenbürtig. Meine Gefährtin. Meine Frau.

Meine Königin.

HANNAH

Ich reckte mich und wälzte mich im Bett, eigentlich wollte ich nicht aufwachen, war aber trotzdem wach. Natürlich brauchte ich keinen Schlaf. Ich mochte ihn nur. Dadurch fühlte ich mich ein bisschen weniger ... gottgleich.

„Guten Morgen." Luzifers Stimme war warm und verheißungsvoll, und als seine Hand über meine Hüfte strich, machte es mir plötzlich gar nichts mehr aus, wach zu sein. Er küsste meinen Nacken, sein weiches Haar strich über meine Wange, noch bevor ich meine Augen geöffnet hatte. Ich hatte das Gefühl, dass er schon seit Stunden wach war. Im Gegensatz zu mir hatte Luzifer keine Lust zu schlafen.

„Morgen", murmelte ich zurück und genoss seine Berührung und seinen warmen Mund, als er an meinem Kiefer entlang knabberte.

Das Haus war so ruhig. Friedlich.

Meine Augen flogen auf. „Aurora."

Luzifers Hand lag an meiner Wange, seine Augen sahen in meine. „Sie schläft noch. Bleib einfach hier bei mir." Er nahm sein sanftes Knabbern wieder auf, während seine Hand erneut über meine Hüfte strich und dann auf meinen Rippen ruhte, sodass sein Daumen sanft gegen die Unterseite meiner Brust drückte.

Ich wollte ihn ermutigen, konnte aber meine Gedanken nicht von dem plötzlichen mentalen Ansturm aus Partyplänen, Caterern, Gästen und einem einjährigen Geburtstagskind losreißen. Für Luzifer würde später noch Zeit sein. Dafür würde ich sorgen.

„So gern ich das hier fortsetzen würde, ich habe einen Haufen Kram zu erledigen", sagte ich mit einem Seufzer.

Luzifer lachte über meine wortgewandten Worte. „Was für Kram denn?"

„Partykram", stellte ich klar. „Aurora wird nur einmal ein Jahr alt, und die Leute kommen hierher, weil sie eine Party erwarten, und nicht, um mit uns in unserem Schlafzimmer die größte Orgie der Welt zu feiern."

Seine Augen blitzten interessiert auf. „Eine Orgie? Ganz schön klassisch. Du weißt, ich bin dabei."

„Vielleicht ein anderes Mal." Ich lachte und drückte meine Handfläche auf seine Brust, während ich ihn von mir wegdrückte. „Ich gehe erst duschen."

Ich hielt für den Bruchteil einer Sekunde inne, weil ich wusste, was ich als Nächstes hören würde.

„Lass uns Wasser sparen", murmelte Luzifer, als er in seiner ganzen nackten Pracht dastand.

Ich grinste. Gut, vielleicht konnte der Partykram noch ein bisschen warten.

***

Ich blickte auf unsere Freunde und Familie, so wie ich es nach der letzten Schlacht mit der Pest und dem Tod getan hatte, aber dieses Mal war die Luft um mich herum von Lachen erfüllt und nicht von den Nachwirkungen der Schlacht. Heute waren alle, die wir liebten, versammelt, um Auroras ersten Geburtstag zu feiern, und ich hätte nicht glücklicher sein können. Rund um unseren Garten waren wieder Zelte mit Sofas und Tischen aufgestellt worden, und an einer Seite stand ein riesiges Buffet, natürlich mit einer offenen Bar. Luzifer hatte es nicht anders gewollt. Ich schaute mich nach meiner Tochter um und entdeckte sie bei Demeter. Ja, natürlich. Demeter hatte vielleicht die größte Geduld, Aurora an der Hand zu halten, während sie torkelte und sich so sehr bemühte, zu gehen. Sie taumelte um die Gartenanlage herum, während ihre dicken Schenkel sie vorwärts trugen und ihre Flügel versuchten, sie zu heben.

Luftballons wehten hier und da in der Luft, und Aurora griff nach ihnen, flog hoch, hoch, hoch und schickte sie dann mit ihren ungeschickten Versuchen, sie zu fangen, weg. Demeter fing sie auf und lächelte, küsste sie auf die Wangen und verwöhnte sie mit großmütterlicher Liebe. Demeter war mir und Luzifer gegenüber immer noch ein wenig frostig, aber für Aurora empfand sie nichts als Wärme.

Hinter ihr saß Lilith mit Brandy und Asmodeus und hielt den kleinen Isaac, der auf ihrem Schoß herumhüpfte. Sie sah geradezu vernarrt in ihr eigenes Enkelkind aus, während Samael, Baal und Gabriel sich neben ihr unterhielten. Olivia, Liliths Tochter mit Gabriel, setzte sich zu ihr und nahm ihr das Baby lächelnd aus den Armen. Callan, Marcus und Bastien ließen sich an einen Tisch in der Nähe fallen, und ich lächelte über diese riesige Familie, in die Brandy irgendwie hineingeraten war. Ich hätte wetten können, dass sie keine Ahnung gehabt hatte, worauf sie sich einließ, als sie sich in Asmodeus verliebte, aber ihrem Lächeln und der Liebe nach zu urteilen, die ihr Sohn bekam, machte es ihr nichts aus.

Sie waren natürlich auch meine Familie. Olivia war mit

meinem Sohn und meinem Neffen verbunden, und so waren wir alle miteinander verbunden. Ich hätte es nicht anders gewollt.

„Nette Party", sagte Zel und legte mir einen Arm über die Schulter. „Darf ich Aurora schon ihre Dolche geben?"

Ich seufzte und lachte, alles auf einmal. „Erst in ein paar Jahren."

„Verdammt. Ich hatte mich so darauf gefreut, mit ihrer Ausbildung zu beginnen."

Ich lehnte mich an meine beste Freundin. „Sie ist noch zu jung, aber in ein paar Jahren kannst du ihr alles beibringen, was du weißt. Ich kann mir keinen besseren Mentor für sie vorstellen."

Zel grummelte. „Gut, ich denke, ich kann noch ein wenig warten. Zumindest bis sie richtig laufen kann."

„Danke." Ich musterte ihr Gesicht und suchte nach Anzeichen von Traurigkeit. „Aber reicht dir das? Bist du glücklich hier bei uns?"

Zel zuckte mit den Schultern. „Ich bin zufrieden. Ich habe eine Aufgabe. Ich bin mit Menschen zusammen, die ich liebe. Das reicht mir."

Ich nickte langsam, hoffte aber, dass Zel eines Tages wieder Liebe finden würde, auch wenn ihre Gefährtin gestorben war. War es möglich, einen zweiten Schicksalsgefährten zu haben? Ich war mir nicht sicher, aber im Moment wäre ich schon zufrieden gewesen, wenn Zel eine nette Frau getroffen hätte, die sie zum Lächeln gebracht hätte.

Ich sah mich auf der Party nach meinen Söhnen um und entdeckte Damien und Kassiel, die zusammen am Rande der Zelte saßen und Bier tranken. Sie entspannten sich gemeinsam, scherzten und rieben die vielen Köpfe von Cerberus, der versuchte, ihnen den Käse vom Teller zu stibitzen. Aber wo war Belial?

Ich entdeckte ihn, wie er allein stand und auf das Meer

hinausblickte. Er hatte die Hände in die Taschen seiner Jeans gesteckt, und der Wind peitschte durch sein dunkles Haar. Mein Herz verkrampfte sich bei seinem Anblick, weil ich befürchtete, dass etwas nicht stimmte, aber dann gesellte sich Luzifer zu ihm, und die beiden sprachen leise miteinander. Was auch immer sie sagten, ging im Wind verloren, bevor es meine Ohren erreichte, aber ich war einfach nur froh, dass sie wieder miteinander sprachen.

Belial schien immer noch anders zu sein, aber er schwor, dass es ihm gut ging, und ich war mir nicht sicher, was – wenn überhaupt – ich zu diesem Zeitpunkt für ihn tun konnte. Wie ich selbst und Luzifer musste er lernen, damit umzugehen, ein Altgott zu sein, dass der Tod nun ein ständiger Teil von ihm war, mit allem, was das mit sich brachte. Das war nicht leicht, aber Luzifer und ich waren für ihn da, wenn er Probleme hatte. Was die Sache mit seiner fehlenden Seele anging ... nun, ich war mir immer noch nicht sicher, was das bedeutete, aber ich würde es herausfinden. Wenn Luzifer und ich uns etwas in den Kopf gesetzt hatten, konnte uns nichts aufhalten.

Während ich die Partygäste weiter beobachtete, stellte sich Luzifer hinter mich, legte seine Hände auf meine Hüften und drückte mir einen Kuss auf den Hals. „Worüber denkst du nach?“

„An das Schicksal“, sagte ich. „Leben. An die Liebe.“

Er knabberte an meinem Hals. „Sex?“

Ich musste kurz auflachen. „Ist das alles, woran du denkst?“

Luzifers Hand war bereits zu meinem Hintern gewandert. „Wenn du so ein knappes Kleidchen trägst, ja.“

„Später“, sagte ich, ein Versprechen, das ich zu halten gedachte. „Wenn die Gäste weg sind.“

„Ich nehme dich beim Wort.“

Luzifer hielt sein Wort und fand mich später in der Nacht auf dem Balkon. Die Party war zu Ende, Aurora lag im Bett, und ich starrte auf das Meer, ähnlich wie Belial es zuvor getan hatte.

„Denkst du immer noch an die Liebe?", fragte Luzifer, als er sich auf mich zubewegte. Er hatte kein Hemd mehr an und trug nur noch eine schwarze Hose, die perfekt zu seinem Körper passte.

„Mit dir? Immer."

„Du hast mir ein Versprechen gegeben." Seine Hände strichen an meinen Seiten entlang, während er das Kleid, das ich trug, hochhob und meine Schenkel entblößte. „Ich hatte eine Idee ... Etwas, das wir seit vielen Jahren nicht mehr gemacht haben."

Meine Augenbrauen schnellten daraufhin nach oben. „Und was wäre das?"

Er riss mir das Kleid vom Leib, während seine Schattenmagie mir alles, was ich darunter trug, vom Leib riss. Dann ließ er seine eigene Hose fallen und gab seinen beeindruckenden Schwanz frei.

Er nahm meine Hand, während sich seine schwarzen Flügel hinter ihm ausbreiteten. „Komm mit mir, Liebes."

Meine eigenen silbernen Flügel breiteten sich aus, und gemeinsam flogen wir in die Nacht hinauf, beide völlig nackt, obwohl Luzifers Schattenmagie uns vor jedem verborgen hielt, der zufällig nach oben blickte. Als wir über unserem Anwesen schwebten, nahm ich alles in mich auf und genoss den Blick auf unser Zuhause. Unser Palast auf der Erde.

Aber das war nicht der Grund, warum Luzifer mich hierher gebracht hatte. Er zog mich zu sich heran, seine Flügel weit hinter sich ausgebreitet, und dann stürzte sein Mund auf den meinen, während seine Hände wieder meine Schenkel fanden.

Sein Kuss war rau und fordernd, ebenso wie seine Finger, die über meine Haut fuhren. Mein Verlangen steigerte sich sofort, als mir klar wurde, was er vorhatte.

Ich legte meine Hände auf Luzifers Schultern, und seine Muskeln spannten sich an und bewegten sich unter meiner Berührung, während er weiter Küsse auf mich verteilte. Feuchte Küsse mit offenem Mund auf meinen Hals. Ein Hauch von Zähnen. Das Schnalzen seiner Zunge über meinem Schlüsselbein und die sanfte Liebkosung seiner Finger über meinen Brüsten, wie sie meine Brustwarzen umspielten, bis sie sich verhärteten und ich mich gegen ihn wölbte.

„Wie ich sehe, habe ich jetzt deine Aufmerksamkeit", sagte er mit einem Grinsen.

„Mmhmm." Ich krallte meine Finger in sein Haar, als sich seine Lippen um meine Brustwarze schlossen und er sie in seinen Mund saugte. Dann ging er zu meiner anderen Brust über und sein Schwanz lag hart und schwer an meinem Oberschenkel. Ich grinste, als er ein wenig auf meiner Haut hin und her fuhr. „Wie ich sehe, bin ich nicht der Einzige, der interessiert ist."

„Wenn du nur wüsstest, wie du mich über die Jahrhunderte hinweg gequält hast. Wie du meinen Körper mit einem Blick oder dem Geräusch deines Atems, deinem Duft, der noch im Raum verweilt, nachdem du gegangen bist, zu einer Reaktion bringen konntest ..."

„Ich weiß genau, was du meinst." Ich zog ihn an den Haaren, wollte seinen Mund wieder auf meinem haben, während meine Flügel langsam hinter uns schlugen, um uns in der Luft zu halten. Der Wind wehte leicht gegen uns, die Nachtluft war kalt auf meiner Haut, aber ich wusste, dass Luzifers Berührung mich warm halten würde.

Er kam mir entgegen, seine Lippen verzogen sich zu einem Grinsen, bevor sie die meinen eroberten und seine Zunge in meinen Mund glitt, langsam und sanft und auf der Suche nach etwas, aber nicht in Eile. Er ließ sich Zeit, weil wir plötzlich viel davon hatten. Keine Notfälle, niemand, den wir bekämpfen mussten, niemand, der in Gefahr war.

Ich erwiderte seinen Kuss, genoss unsere Freiheit und ließ meine Hand unter seinen und meinen Körper gleiten, zeichnete die Täler zwischen seinen Muskeln nach, um dann seinen Schwanz zu streicheln, der noch härter wurde, als er heftig einatmete.

„Du neckst mich."

„Du würdest mich nicht anders haben wollen." Ich lachte und drückte ihm einen Kuss auf den Hals.

„Ich würde dich auf jede andere Weise haben wollen, Hannah." Er packte meine Beine und spreizte sie um seine Hüften, während seine schwarzen Flügel hinter ihm schlugen. „Auf alle Arten. Und ich werde dich jetzt haben."

Ich schlang meine Arme um seinen Hals und drückte mich an ihn. „Versprechungen, Versprechungen."

Während wir in der Luft schwebten, schob er seine Hüften nach vorne, und die Spitze seines Schwanzes stieß zwischen meine Schamfalten. Ich zog meine Beine um ihn zusammen, als er mich vollständig ausfüllte und mich mit seiner Perfektion zum Schreien brachte. Ich ließ meinen Kopf zurückfallen und genoss das Gefühl von ihm in mir. So nah man sich nur kommen konnte. Zwei Gefährten, die zu einer Einheit verschmolzen, unsere Seelen waren ebenso miteinander verflochten wie unsere Körper. Wir waren der König und die Königin der Nacht, und wir vollzogen unsere Liebe unter den Sternen.

Luzifers Hände lagen auf meinen Hüften, als er begann, in mich zu stoßen, wobei er seine Flügel benutzte, um sich mit mehr Schwung vorwärts zu treiben. Er begann langsam und sanft, hart und tief, aber dann stieß ich mit meinen Flügeln gegen ihn, was unser Tempo beschleunigte. Er stöhnte und flog plötzlich höher, spießte mich auf seinem Schwanz auf, als wir eins mit der Nacht wurden und nach dem Mond griffen, und ich hielt mich an seinen Schultern fest und ließ mich von ihm mitreißen. Wir flogen durch die Luft, bewegten uns schneller, als es eigentlich möglich sein sollte, unsere Körper verbanden sich miteinander. Ficken in der Luft war wie nichts anderes, das ich je zuvor erlebt hatte, ein echtes Geben und Nehmen, und jeder Stoß wurde von einem Flügelschlag begleitet, der uns in der Luft hielt. Luzifers Federn strichen über mich, ihre zarte Berührung war der perfekte Kontrast zu seinen fordernden Bewegungen. Seine Finger drückten fest gegen mich, als er meinen Körper gegen sich bewegte, und trafen jedes Mal genau die richtige Stelle.

Wir hatten Sex, wie es nur Götter können, stießen kräftiger und schneller, als es ein Sterblicher aushalten könnte, und unser Vergnügen wurde durch die Kraft, die uns durchströmte, und die Art, wie unsere Flügel die Luft küssten, wenn sie sich bewegten, noch gesteigert. Ich griff nach oben, um seine Federn zu streicheln, und er stieß ein lautes Stöhnen aus.

„Verdammt, Hannah. Komm für mich." Seine Atemzüge wurden schneller, als er in mich eindrang. „Ich will spüren, wie du meinen Schwanz zusammenpresst, wenn du die Kontrolle verlierst."

„Wenn ich soweit bin." Ich wollte das so lange wie möglich hinauszögern, aber ich konnte die Lust, die sich in mir aufbaute, nicht aufhalten. Er war zu gut. Er berührte all die richtigen Stellen, und bald konnte ich nur noch keuchen und stöhnen, als er mich härter und schneller ranrnahm. Seine Hände ruhten auf meinem Hintern, kneteten mich dort durch und verlangten, dass ich seine Befehle befolgte.

„Ich sagte, du sollst für mich kommen", knurrte er, als sein Schwanz tief in mich eindrang.

Ich wölbte mich gegen ihn, meine Flügel flatterten auf, als der Orgasmus mich mit Hitze und Kraft überflutete. Luzifer stöhnte ebenfalls auf, als ich mich um seinen Schwanz zusammenzog, meine Beine drückten sich immer noch um seine Hüften, ich wollte ihn nicht loslassen, bevor er sich nicht vollständig in mir entleert hatte. Er stieß ein letztes Mal nach oben, während wir uns aneinander klammerten, unsere Flügel hielten uns kaum noch in der Luft, während wir vor überwältigender Lust die Kontrolle über uns verloren.

„Ich liebe dich", sagte er und vergrub sein Gesicht in meinem Nacken. „Über jedes Leben hinweg. Für alle Ewigkeit."

„Ich liebe dich auch. Für immer."

Wir trennten uns, um ein paar Runden über unser Haus zu drehen, aber unsere Hände blieben die ganze Zeit ineinander verschlungen. Als ich zu meinem Gefährten hinüberblickte, dessen Augen unter den funkelnden Sternen und dem sanften Mondlicht leuchteten, fühlte ich nur Liebe und Frieden. Allen Widrigkeiten zum Trotz hatten Luzifer und ich über Hunderte von Leben hinweg zueinander gefunden und es geschafft, den Fluch zu besiegen, der uns immer wieder voneinander getrennt hatte. Wir überwanden den Tod und besiegten schließlich die Pest. Wir mussten nicht länger in Angst davor leben, was Adam uns oder unseren Kindern antun könnte. Wir waren frei.

Vor allem aber hatten wir unsere Familie wieder zusammengeführt – und wir hatten uns vorgenommen, sie nie wieder auseinanderreißen zu lassen, ganz gleich, welche Bedrohungen uns in Zukunft begegnen würden. Was auch immer geschehen würde, wir waren bereit für das nächste Kapitel unserer Geschichte.

Es war an der Zeit zu leben.

www.ingramcontent.com/pod-product-compliance
Lightning Source LLC
Chambersburg PA
CBHW050830190726
48286CB00007B/2025